신비의 섬 제주, 중국, 일본의 옛이야기가
경이로운 SF로 탄생하다!
한·중·일 **아시아 설화 SF** 프로젝트

켄 리우 X 칠석

왕콴유 X 춘절

홍지운 X 아흔아홉 골 설화 〈아흔아홉의 야수가 죽으면〉

남유하 X 설문대할망 〈거인 소녀〉

남세오 X 서복 설화 〈서복이 지나간 우주에서〉

후지이 다이요 X 아마미섬 설화 〈바다를 흐르는 강의 끝〉

곽재식 X 한라산 우인 〈내가 잘못했나〉

이영인 X 용두암 설화 〈불모의 고향〉

윤여경 X 원천강 오늘이 〈소설무당지수〉

이경희 X 산신과 마마신 〈홍진국대별상전〉

KB073893

일곱 번째 달 일곱 번째 밤

일곱 번째 달 일곱 번째 밤

켄 리우
왕콴유
홍지운
남유하
남세오
후지이 다이요
곽재식
이영인
윤여경
이경희

박산호, 이홍이 옮김

일러두기
• 본문의 주석은 모두 옮긴이 주이다.

차례

켄 리우　　　일곱 번째 달 일곱 번째 밤 .. 7

왕콴유　　　새해 이야기 .. 51

홍지운　　　아흔아홉의 야수가 죽으면 .. 81

남유하　　　거인 소녀 .. 131

남세오　　　서복이 지나간 우주에서 .. 177

후지이 다이요　바다를 흐르는 강의 끝 .. 249

곽재식　　　내가 잘못했나 .. 275

이영인　　　불모의 고향 .. 313

윤여경　　　소셜무당지수 .. 365

이경희　　　홍진국대별상전 .. 401

일곱 번째 달 일곱 번째 밤

켄 리우

Seventh Day of the Seventh Moon

박산호 옮김

켄 리우Ken Liu는 미국의 SF 소설가다. 2011년 발표한 단편 〈종이 동물원〉으로 휴고상, 네뷸러상, 세계환상문학상을 휩쓸며 세계적인 SF, 판타지 소설 작가로 자리매김했다. 마이크로소프트에서 소프트웨어 엔지니어로 일했고, 하버드대학교 법학전문대학원을 졸업한 뒤에는 법률 컨설턴트와 작가로서의 삶을 병행하기도 했다. 현재는 전업 작가이며 종이접기의 수학부터 암호화폐와 미래학까지 다양한 분야의 강연 활동을 하고 있다.

"이야기 하나 해줘." 세가 말했다. 세는 혼자서 잠옷을 입고 이불 속으로 파고들었다.

세의 언니 유안이 막 침실 문 옆에 있는 스위치를 끄려던 참이었다.

"네가 그냥 책을 읽지 그래? 난… 친구 만나러 가야 하는데."

"아니야, 그건 다르지. 난 언니가 이야기 안 해주면 잠이 안 온단 말이야." 세가 머리를 세차게 흔들었다.

유안은 핸드폰을 힐끗 봤다. 오늘 밤은 일 분 일 초가 아까운데. 아빠는 출장 중이고, 엄마는 밤늦게까지 일하느라 자정이나 돼야 집에 오실 것이다. 그러니까 열두 시 전까지는 집에 와야 하지만, 동생을 빨리 재울 수 있다면, 중국에서 마지막 밤을 보내는 징을 몇 시간이나마 만나고 올 수 있다.

"얼른, 유안 언니. 제발." 세가 졸랐다.

유안은 침대 옆으로 돌아와 세의 이마를 부드럽게 쓰다듬으며 한숨을 쉬었다. "알았어."

그리고 징에게 문자를 보냈다. '삼십 분 늦어. 기다릴래?'

징이 선물로 준 크리스털로 만든 고양이 장식이 핸드폰에 달려 있었다. 초조하게 답장을 기다리는 동안 따뜻한 침실의 불빛을 받은 고양이 장식이 빙그르르 돌며 반짝 빛났다.

마침내 전화기에서 삑 소리가 났다. '당근. 너랑 만나기 전까진 떠나지 않을 거야.'

"칠석 이야기 해줘. 오늘 밤이 칠석이잖아. 그렇지?" 세가 하품하면서 말했다.

"그래, 오늘 맞아."

✦

아주 먼 옛날 옥황상제의 손녀딸인 아름다운 아가

10

켄 리우

씨가 은하수란 강의 동쪽 강가 하늘에 살았어. 구름 한 점 없이 맑은 밤하늘에 가끔 보이는 넓적한 빛의 띠가 바로 그 은하수야.

그 아가씨가 베를 아주 잘 짜서 사람들이 뭐라고 불렀냐면—

✦

"그 아가씨가 베를 짜는 장면을 빼먹었잖아!"

"벌써 백 번도 넘게 들은 이야기잖아. 그냥 들으면 안 돼?"

"하나도 빼지 말고 해줘."

✦

좀 전에 내가 빼먹고 말 안 했는데, 그 아가씨가 짠 작품들은 매일 해 질 녘 서쪽 하늘의 옥황상제 궁전에 위풍당당하게 걸렸어. 눈부시게 아름다운 진홍, 자수정, 불그스름한 청색과 같이 오색찬란한 구름이 서쪽 하늘을 수놓은 거야. 그래서 사람들은 그를 직녀, 즉 베 짜는 아가씨라고 불렀어. 직녀는 일곱 선녀 중에서 가장 어렸지만, 인간들은 그녀를 존경하는 일곱 번째 언니라고 불렸지.

하지만 세월이 흐르면서 직녀는 점점 기력을 잃고 야위어갔어. 항상 미간을 찡그린 채 세수도 안 하고 머리도 안 빗었어. 그녀가 짠 구름도 전처럼 아름답지 않아서 인간들이 불평을 늘어놓기 시작했지.

그래서 하루는 옥황상제가 손녀를 찾아갔어.

"우리 손녀가 대체 뭣 때문에 이리도 아픈 거지?"

✦

"하하, 언니 연기 정말 잘한다. 완전 할아버지 같아."

"칭찬해 주니 좋네. 이제 언니 이야기 끊지 마."

✦

"아, 옥황상제 폐하, 전 너무나 외로워요. 이 오두막에서 혼자 살면서 친구라곤 하루 종일 삐걱거리는 제 베틀인 지야와 까치들이 전부입니다."

옥황상제는 손녀를 불쌍히 여겨서 좋은 배필을 찾아줬어. 그 청년은 은하수의 서쪽 강가에서 소 치는 일을 해서 사람들이 견우라고 불렀지. 소 치는 사람

켄 리우

이란 뜻이야. 견우는 미남에 친절하고 웃긴 이야기도 많이 알아서 둘은 처음 본 순간 사랑에 빠졌어.

"으흠, 나도 형편없는 중매쟁이는 아니로군. 이제 너희가 청춘남녀란 걸 알았으니 같이 즐겁게 살아라. 그러나 짝이 생겼다고 해서 맡은 일을 게을리해선 안 된다." 옥황상제는 빙긋 웃으면서 수염을 쓰다듬으며 말했어.

직녀는 견우와 같이 살려고 은하수 강 서쪽으로 이사 갔어. 둘은 결혼해서 아들을 둘 낳았는데 그보다 더 행복한 가족은 없었지.

"아, 여기부턴 지겨워. 언니도 싫으면 그냥 빼먹고 가."

"무슨 소리야! 여기가 제일 멋진 부분인데. 너도 크면 이해하게 된단다. 이제부터 집중해서 들어."

✦

매일 아침 견우는 해뜨기 전에 일어나서 소들을 몰고 녀석들이 좋아하는 풀밭으로 갔는데 직녀는 남편과 떨어져 있어야 한다는 생각조차 견딜 수가 없었어. 그래서 남편을 따라갔지. 아이 둘을 두 개의 바구니에 넣어 늙고 순한 황소의 등 양쪽에 싣고, 자기는 견우가 끄는 순백색 황소 등에 타고 따라갔지. 둘은 같이 노래 부르고, 둘이 만나기 전에 어떻게 살았는지에 대한 이야기를 하고, 둘만 이해하는 농담을 하며 웃었어.

직녀의 베틀은 오두막에 처박혀 먼지만 쌓여갔지.

그러자 이제 노을이 몹시 추해져 버렸어. 남아 있는 구름도 무채색의 너덜너덜한 조각만 몇 장 걸려 있었지. 들판에서 일하던 사람들이 고된 하루 일을 마치고 바라보며 위로받았던 아름다운 풍경이 사라져 버린 거야. 그들의 비탄이 하늘까지 닿았지.

"이 남편바라기 아이야." 옥황상제가 말했어—

✦

"그게 무슨 뜻이야?"

"남편을 너무 사랑해서 남편만 보고 있다는 말이야."

"어떻게 누군가를 너무 사랑할 수도 있어?"

"좋은 질문이야. 나도 답은 모르겠지만. 아마 옥황상제는 그렇게 사랑해 본 적이 없어서 두 사람의 마

켄 리우

음을 이해하지 못했나 봐. 너무 늙어서 그럴지도 모르고."

◆

"내가 각자 맡은 일은 게을리하지 말라고 경고했거늘. 내 말을 어기고 게으르게 군 죄로 너는 이제 은하수 동쪽으로 돌아가거라. 두 번 다시 견우와 자식들을 만날 수 없다."

직녀는 용서를 빌며 그 명령을 거두어달라고 애원했지만, 옥황상제의 말은 은하수 강의 물결처럼 되돌릴 수 없었지.

옥황상제의 결정에 따라 은하수 강이 이제 깊고 넓어지면서, 직녀는 영원히 남편과 헤어지게 됐어…. 이제 하늘을 보면 은하수 한쪽에 직녀의 별이 보이고 반대편에 견우의 별이 보이고, 두 아들은 견우 양쪽에 아주 희미하게 작은 별로 보이지. 그들은 메울 수 없는 틈을 사이에 두고 서로를 물끄러미 바라보고 있어. 그 강물이 멈추지 않고 흐르는 것처럼 그들의 그리움과 회한 또한 그치지 않고 흐르고 있고.

일곱 번째 달 일곱 번째 밤

◆

"왜 멈춰?"

"아무것도 아니야. 잠깐 목이 간질거렸어."

"견우와 직녀 때문에 슬퍼, 언니?"

"아마도… 조금은. 하지만 이건 그냥 이야기잖아."

◆

하지만 한때 직녀의 곁을 지켰던 까치들이 이 두 연인을 애처롭게 생각했대. 그래서 일 년에 단 한 번 음력으로 7월 7일 칠석, 즉 직녀가 하늘에서 가장 높이 떠오르는 날 세상의 까치들이 다 은하수로 날아올라 두 연인이 하룻밤을 같이 보낼 수 있도록 다리를 놓아줬어.

이날 고대 중국에 있는 젊은 처자들도 자신의 사랑을 꿈꾸며 직녀에게 빌었지.

아, 네가 까치들이 만든 다리에 대해 더 듣고 싶어 하는 거 알지. 넌 이 부분을 제일 좋아하잖아.

음, 새들이 다리를 놓으려면 아주 고생이 많았을 거야. 새들은 아마 까치 다리 놓기 학교에도 가야 했을 거고, 학과 공부를 따라잡는 데 좀 느린 까치들은

켄 리우

족집게 과외를 받기도 했을 거고….

✦

유안은 불을 끈 후 발꿈치를 들고 살금살금 동생의 방에서 나왔다.

그리고 '가는 중이야.' 문자를 보냈다.

그녀는 에어컨 온도를 쾌적하게 낮은 온도로 맞춰 놓고, 아파트 현관문을 잠근 후에 계단을 뛰어 내려 갔다. 8월의 뜨겁고 습한 허페이의 밤공기가 순식간에 그녀를 감쌌다.

유안은 자전거를 타고 거리를 달리면서 경적을 울려대는 끝없는 차의 행렬을 피해갔다. 그녀는 자전거를 타고 달릴 때 온몸으로 느껴지는 감각을 사랑한다. 그럴 때면 온몸이 깨어나서 살아있는 기분이다. 그녀는 상상할 수 있는 모든 것으로 가득 찬 가게들과 좌판들을 구경하는 사람들로 넘쳐나는 보도를 지나쳤다. 저가 전자제품들, 장난감들, 옷들, 유럽의 화려한 비누와 케이크들, 입에 침이 고이는 은박지에 싼 군고구마, 고소한 냄새가 나는 튀긴 두부. 덥기도 하고 자전거를 타느라 힘을 쓴 몸에 셔츠가 찰싹 달라붙었고, 가끔 이마를 흐르는 땀이 눈에 들어가지 않게 닦아야 했다.

그렇게 커피숍에 도착했다. 징은 가녀린 몸매에 무늬 없는 흰 원피스와 얇은 재킷(에어컨 때문에)을 우아하게 입고 있었다. 언제나 그렇듯 가까이 가서 맡으면 머리가 어질어질해지는 희미한 꽃향기가 풍겼다. 그녀는 항상 그렇듯 눈부시게 환한 미소로 유안을 맞았다.

마치 오늘 밤이 세상의 종말이 아니기라도 한 것처럼.

"짐은 다 쌌어?" 유안이 물었다.

"아, 쌀 짐이야 끝없이 나오지. 하지만 공항은 내일 아침 아홉 시까지 가면 되니까 시간은 넉넉해." 징의 말투는 가볍고 경쾌하고 무심했다.

"옷을 여러 개 껴입는 게 좋아. 맨 위에 긴 소매 옷을 입고. 비행기 안은 추울 수도 있잖아." 유안은 아무 말도 하지 않는 게 두려워서 이렇게 말했다.

"좀 같이 걸을까? 다음에 밤 산책을 할 때는 미국에서 하게 될 텐데. 그때는 이곳의 소음이 그리울 거야."

켄 리우

유안은 자전거를 커피숍 바깥에 있는 가로등에 체인으로 묶어놓고 다른 사람들처럼 보도를 한가롭게 걸었다. 둘이 손은 잡지 않았다. 여기가 상하이였다면 아무도 신경 쓰지 않았겠지만 허페이에서는 사람들이 쳐다보고 수군거릴 것이고 어쩌면 더 심한 일을 당할지도 모르니까.

유안은 징이 밤에 미국의 고등학교 캠퍼스를 걷는 모습을 상상했다. 징이 빨간 벽돌로 지은 건물들과 흠잡을 데 없이 깔끔한 잔디밭들이 있는 캠퍼스 사진을 보여줬다. 활짝 웃고 있는 소년 소녀들도. 다 외국인이었다. 유안은 숨이 가빴고, 심장이 제멋대로 뛰는 것처럼 느껴졌다.

"저것 좀 봐." 징이 제과점의 진열장을 가리키며 말했다. "저기 칠석 연인의 케이크를 파네. 완전 바가지야. 연인이 저거 안 사주면 바보 같은 애들은 또 경기를 일으키겠지. 토가 나올 것 같다."

"밸런타인데이처럼 심하진 않잖아. 저 정도면 가게 주인들도 상당히 자제했다고 봐." 유안이 말했다.

"그건 사람들이 이제 칠석에 별로 관심이 없으니까 그렇지. 우리 중국인들은 항상 서구의 수입품에 더 열광하잖아. 심지어 명절까지도 그래. 이거야말로 나쁜 국민성이라고 할 수 있어."

"난 칠석이 좋아." 유안의 말이 의도했던 것보다 더 단호하게 나와버렸다.

"뭐야, 너 멜론 정자 밑에 제단을 차리고, 과일 접시들을 올려놓고, 직녀에게 기도하면서, 미래에 멋진 남편감을 만날 수 있도록 거미가 밤새 네 제물 위에 거미줄을 치길 바라는 거야?"

유안의 얼굴이 후끈 달아올랐다. 그녀는 가다가 우뚝 멈춰 섰다. "그렇게 중국 문화를 조롱할 필요는 없잖아."

고개를 갸웃거리는 징의 눈동자에 그녀를 놀리는 미소가 떠올라 있었다. "너 지금 내 앞에서 애국자 코스프레 하니?"

"네 아버지는 널 미국 기숙학교에 보낼 돈이 있지. 그렇다고 네가 다른 사람들보다 더 잘난 건 아니야."

"아, 제발 그 상처받은 말투는 집어치워. 너도 무슨 이주 노동자 딸도 아니면서 그래."

둘은 서로를 노려봤다. 근처 상가에서 흘러나온 네온 불빛들이 둘의 얼굴을 스치고 지나갔다. 유안은

켄 리우

징에게 키스하고 싶은 동시에 소리를 지르고 싶었다. 그녀는 징이 매사를 삐딱하게 보는 태도, 그러니까 모든 걸 농담거리로 삼고 싶어 하는 그 태도를 좋아했다. 자신이 지금 느끼는 이 분노가 칠석과는 아무 상관이 없음을 알고 있었다.

징은 돌아서서 계속 보도로 걸어갔다. 잠시 후에 유안이 따라갔다.

징이 다시 입을 열었을 때는 마치 아무 일도 없었던 것처럼 평온했다. "우리가 처음으로 같이 하이킹 갔던 날 기억나?"

그날은 유안의 인생에서 최고의 날 중 하나였다. 둘은 보충 수업을 빼먹고 버스를 타고 에메랄드 호수로 갔다. 그곳은 몇 개의 대학 캠퍼스에 접해 있는 인공 연못이었다. 징은 유안에게 자기가 보낸 메시지들을 유안의 엄마가 볼 수 없게 핸드폰을 설정하는 법을 보여줬고, 유안은 징에게 동생의 사진을 보여줬다. 둘은 노점에서 양고기 꼬치를 하나 사서 같이 먹으면서 호숫가를 따라 걸었다. 자신의 입술이 닿고 있는 부분이 바로 징의 입술이 닿았던 부분이라고 생각하며 고기를 한 점씩 뜯어 먹을 때마다 심장이 미친 듯이 뛰었다. 그리고 둘이 캠퍼스를 걷고 있을 때 징이 대담하게 그녀의 손을 잡았다. 어쨌든 거긴 대학 캠퍼스니까.

버드나무 뒤에서 첫 키스를 했다. 징의 혀에 남은 양고기 케밥의 강한 양념 맛을 느끼며, 어딘가 뒤쪽에서 나는 기러기들의 소리를 들으면서…

"기억나." 유안이 말했다. 그녀의 목소리에 아직도 속상해하는 기색이 남아 있었지만 상관없었다.

"너랑 다시 거기 갈 수 있으면 좋을 텐데." 징이 말했다.

그러자 유안의 분노가 순식간에 사라졌다. 징에겐 항상 그런 마법 같은 힘이 있었다. 마치 그녀의 손바닥 안에서 놀아나는 느낌이다.

그들은 사람들로 북적거리는 대로를 벗어나 조금 한적한 골목으로 들어갔다. 길 한쪽에 있는 가로등은 다 꺼졌고, 고개를 들자 하늘에 뜬 별 몇 개가 보였다. 허페이는 해안가에 있는 일부 도시들과 달리 공해가 심하지 않았다.

"난 정말 바쁠 거야." 징이 말했다. 그녀의 목소리는 침착해도 너무 침착했다.

켄 리우

"우린 매일 문자할 수 있잖아."

"거긴 여기와 달라. 난 기숙사에서 살게 될 거야. 명문대에 가려면 공부도 열심히 해야 하고. 우리 가족은 날 거기 보내려고 거금을 썼어."

"미국 사람들은 그렇게 공부 열심히 안 하잖아."

"이건 미국 텔레비전 드라마를 볼 때와는 달라. 수업 받을 땐 자막이 없어. 난 새로운 사람들도 많이 만날 거고. 거기서 새 삶을 일구고 새 친구들을 사귀어야 해. 거기서 성공하고 싶다면 영어로 생각하고 말하고 숨 쉬어야 한다고."

"나도 영어로 문자 보낼 수 있어. 네가 원하는 건 뭐든 할게." 유안이 말했다.

"지금까지 내가 한 말 못 들었어?" 그녀는 다시 멈춰 서서 유안을 바라봤다.

"무슨 말을 하려는 건데?" 유안은 그 질문을 하자마자 후회했다. 자신이 마치 한국 드라마에 나오는 여주인공처럼 연인에게 매달리는 약해빠진 사람으로 느껴졌다.

"난 떠나, 유안. 작년에 이미 말했잖아, 우리가… 시작했던 그때 말이야."

유안은 징이 자신의 눈을 볼 수 없게 외면해 버렸다. 그리고 다른 사람과 같이 있는 징의 모습을 마음에서 밀어냈다. 그녀는 자신의 눈을 저주하면서 창피하게 굴지 말고 정신 차리라고 속으로 뇌까렸다.

"괜찮을 거야. 우리 둘 다 괜찮을 거야." 이제 징의 말투는 부드럽게 위로하는 톤으로 바뀌었는데 그게 더 기분 나빴다.

유안은 도저히 자신의 목소리를 통제할 수 없어서 아무 말도 하지 않았다. 입술을 핥자 자전거를 타고 오느라 흘린 땀의 찝찔한 맛이 느껴졌다. 그녀는 흐릿해진 눈을 닦고 싶었지만 징 앞에서 그러긴 싫었다.

"난 오늘 밤을 행복한 추억으로 만들고 싶어." 그렇게 말하는 징의 목소리도 마침내 갈라졌다. 그녀는 침착한 표정의 가면을 계속 쓰고 있으려고 애를 썼지만 실패했다. "난 이별을 더 쉽게 하려고 노력하고 있는 거야. 원래 사랑하는 사람에게는 이렇게 해줘야 하는 거 아니야?"

유안은 눈을 사정없이 깜박거리면서 고개를 들어 하늘을 바라봤다. 그녀는 은하수를 찾아 보았고, 영어로는 은하수가 밀키 웨이Milky Way라는 사실을 기억

켄 리우

해냈다. 이 얼마나 품위 없고 바보 같은 이름인가. 유안은 직녀와 견우를 찾았고, 영어로는 이들을 베가와 알타이르라고 하는 것도 어렴풋이 기억해냈다. 그녀 생각엔 저 별들만큼이나 차갑고 아무 의미도 없는 이름이었다.

그때 난데없이 까치들이 구름처럼 몰려와서 그들의 머리 위로 날개를 퍼덕이며 휙 날아갔다. 둘이 경악해서 올려다보는 동안 까치 무리는 밤하늘을 휩쓸고 갔다가 거대한 거미줄처럼 내려와 그들을 하늘로 들어 올렸다.

✦

까치들의 등에 탄 유안은 이것이 마법의 망토를 타는 것과는 전혀 다르다는 사실을 알게 됐다.

마법의 망토를 타는 것이 어떤 느낌인지 잘은 모르지만 분명 밑에서 백 개의, 아니 천 개의 작은 주먹 같은 날개들이 쉴 새 없이 쿡쿡 찔러대진 않을 것이다.

까치들은 조금 밑으로 내려갔다가 날개를 세차게 위로 퍼덕거려서 다시 소녀들의 몸과 부딪쳤다. 이렇게 까치들의 합쳐진 힘이 둘을 위로 밀어 올렸고, 그러다 새들이 힘이 빠져서 밑으로 떨어지기 시작하면, 새롭게 날아와 그들을 밀어 올리는 까치들이 또 나타났다. 소녀들은 위로 치켜든 수도꼭지 호스에서 뿜어 나온 물기둥에 올라탄 두 개의 탁구공 같았다.

까치 날개들의 엄청난 소용돌이 속에서 둘은 서로를 찾아 꼭 붙들었다.

"너 괜찮아?" 둘은 동시에 물었다.

"대체 무슨 일이 일어나고 있는 거지?" 징은 두려움과 흥분이 뒤섞인 말투로 물었다.

"이건 꿈이야. 분명 꿈일 거야." 유안이 말했다.

그때 징이 웃기 시작했다.

"이건 꿈일 리가 없어. 이 까치들이 우리를 태우고 있잖아. 얘들 무지 간지러워!" 징이 말했다.

그러자 유안도 웃었다. 이건 너무나 터무니없고 불가능한 일이지만 지금 이 순간 일어나고 있었다.

까치 몇 마리가 사랑스럽게 떨리는 목소리로 합창을 하기 시작했다. 여기엔 온갖 종류의 까치들이 다 있었다. 어떤 놈들은 배가 하얗고, 어떤 까치들은 부리가 하얗고, 어떤 까치들은 무지개처럼 다채로운 색으로 반짝거리는 몸에 날개는 파랬다. 유안은 자신과

켄 리우

징이 마치 날아가는 거대한 외계 악기의 고동치는 심장 속에 보드랍게 둘러싸인 느낌이 들었다.

둘은 나란히 조심스럽게 서로의 팔짱을 끼고 앉아서, 세차게 움직이는 까치 날개들 틈으로 아래 세상을 흘끗 내려다봤다.

그들은 어두운 바다 위에 둥둥 떠 있었다. 허페이의 불빛들이 마치 고동치며 멀어지는 해파리처럼 쫙 펼쳐져 있었다.

"슬슬 쌀쌀해지는데." 유안이 말했다. 바람이 그녀의 머리카락으로 얼굴을 후려치자 덜덜 떨었다.

"우린 정말 높은 곳에 있어." 징이 대꾸하면서 입고 있던 여름 재킷을 벗어서 유안의 어깨에 걸쳐줬다. 유안은 재킷 칼라에 코를 쑤셔 박고 남아 있는 향기를 들이마셨다. 천이 얇아서 입으나 마나였지만 마음은 따뜻해졌다.

그러다 유안은 스스로를 꾸짖었다. 징이 헤어지자고 한 마당에 이렇게 애정에 굶주린 사람처럼 한심하게 보일 필요는 없잖아. 잠시 약해졌을 때 징에게 매달린 건 괜찮지만, 지금은 둘 다 안전하다. 그녀는 징의 팔짱을 끼고 있던 팔을 부드럽게 뺐다. 그리고 고

일곱 번째 달 일곱 번째 밤

개를 들어 맑고 차가운 하늘을 보면서 징의 시선을 피하려고 애를 쓰며 그녀에게서 거리를 뒀다.

"소식의 시가 떠오르지 않니?" 징이 속삭였다. 유안은 마지못해 고개를 끄덕였다. 문학소녀인 징은 그때그때 상황에 맞는 예쁜 말들을 잘 알고 있었다.

반쯤 가려진 미소 같은 반달이 어두운 밤하늘에 창백하게 빛나고 있었다. 두 소녀가 까치들의 등을 타고 날아가는 사이에 달이 점점 더 환하게 부풀었다.

징은 송나라 시대 시구를 가사로 쓴 대중가요를 노래하기 시작했고, 잠시 후에 유안도 같이 불렀다.

달은 언제 처음 나타났을까?

나는 하늘에게 물으며 술잔을 들었네

구름 속 궁전에선

시간이 다르게 흐를까?

바람을 타고 하늘로 날아가고 싶네

하지만 옥으로 만든 지붕들과 칠옥으로 만든

기둥들 사이 높은 곳에 있으면

추울까 두렵다네

켄 리우

우리는 자신의 그림자와 춤을 추지
우리는 이제 지상에 있긴 한 걸까?
은색 불빛이 유리창을 물들이며
잠 못 이루는 내 밤을 밝히네
넌 우리가 밉니, 달아?
넌 왜 항상 우리가 헤어지려 할 때
커지는 거니?

무희와 그녀의 그림자처럼 두 소녀는 노래의 화음
에 맞춰 몸을 흔들며 춤을 췄다. 그 화음은 그들만큼
이나 어렸고 저 밑에 있는 대지만큼이나 오래됐다.

◆

"그러니까 그게 다 사실이구나." 징이 말했다.
까치들이 그들을 구름 위로 올려놓고 수평 비행을
했다. 까치들이 솜 같은 안개 위로 미끄러지는 동안
두 소녀는 식빵 덩어리처럼 생긴 건물들로 이뤄진 천
상의 도시를 볼 수 있었다. 건물 사이사이에 간간이
뾰족 탑이 솟아 있었고, 건물들은 멀리서 여름 달빛
을 받아 환하게 빛나고 있었다. 얼음처럼 파랗고, 옥

처럼 초록색이고, 상아처럼 하얀 건물들이었다. 건물의 스타일은 서양식도 아니고 중국식도 아닌, 모든 형식을 초월한 천상이자 불멸의 궁전이었다.

"저기에 정말 불멸의 존재들이 사는지 궁금하다." 유안이 말했다. 하지만 그녀의 마음속에는 말하지 못한 은밀한 바람이 있었다. 까치들이 그녀와 징을 특별히 선택해서 이렇게 하늘나라로 가는 거였으면 좋겠다는 바람이었다. 불멸의 존재들이 보기에 이들이 견우와 직녀처럼 특별한 연인들이라고 생각해서 말이다. 이런 생각을 하니 흥분되기도 하고 설레기도 했다.

이때 은하수에 도착했다. 그것은 양쯔강보다 넓어서 얼추 타이후 호수만 했고, 시야 너머로 다른 물가가 어렴풋이 보였다. 세찬 물결이 우르르 달려오는 말들처럼 포효를 지르며 밀려갔고, 허페이의 아파트들만큼이나 높고 거대한 파도가 강가를 엄청난 힘으로 내리쳤다.

"이봐, 우리를 물 위로는 데려가지 마!" 징이 소리쳤다. 하지만 까치들은 그녀의 말을 무시하고 계속 강을 향해 날아갔다.

켄 리우

"얘들은 다리를 놓고 있는 거야. 오늘은 칠석이잖 아." 유안이 말했다.

정말 까치들이 더 많이 나타났다. 두 소녀를 태우 고 있는 까치 무리와 함께 이들은 시냇물이 합쳐져 웅장한 날개들의 강이 되는 것처럼 하나로 모였다. 까치들이 물 위를 맴도는 동안 새로 도착한 까치들이 강가 반대쪽으로 이어지는 행렬을 점점 늘려갔다. 이 들은 은하수 위로 아치형의 다리를 만들고 있었다.

"이거 사진 찍어야겠어." 유안은 핸드폰을 꺼냈다.

핸드폰에 달려 있던 크리스털 고양이 장식이 달빛 을 받아 눈이 부셨다. 순간 까치들이 유안을 둘러싸 고 지저귀면서 그 장식을 향해 덤벼들더니 핸드폰을 쳐서 떨어뜨렸다. 그러자 다른 까치들도 다리를 놓는 일을 잊어버리고 그 반짝이는 싸구려 장식을 쫓아가 느라 난리가 났다. 마법의 임무를 띠고 있다 해도 새 들은 여전히 새였다.

'아니면 이 새들은 우리가 그렇게 특별한 연인이 아니란 걸 알아차렸을지도 몰라. 그래서 저 장식이 더 흥미로웠는지도.' 유안은 생각했다.

유안은 떨어지는 자신의 핸드폰을 걱정스럽게 바

일곱 번째 달 일곱 번째 밤

라봤다. 만약 세가 악몽을 꾸다가 깨기라도 하면 나를 찾을 텐데. 만약 엄마가 나보다 먼저 집에 오면 내가 어디 있는지 의아해할 텐데.

그 핸드폰을 다시 찾아야 했다. 다시 낚아챌 수 있도록 새들이 그걸 위로 튕겨주길 바랐다.

그러다 유안을 받쳐주고 있던 까치들마저도 고양이 장식을 추격하는 다른 까치들을 따라가는 바람에 그들을 받쳐줄 까치들이 없어지자 그런 생각마저 사라졌다. 그녀의 체중은 여전히 남아서 임무를 수행하고 있는 몇 마리 안 되는 까치들이 감당하기엔 너무 무거워서 그녀도 추락하기 시작했다. 비명을 지를 시간조차 없었다.

하지만 그때 힘센 손 하나가 그녀의 오른 손목을 잡아서 추락을 막아줬다. 유안은 고개를 들어 징의 얼굴을 바라봤다. 징은 까치들의 다리 위에 엎드려서 내민 손으로 유안의 한 손을 힘껏 잡으면서 또 다른 손으로는 자신의 지갑을 뒤적이고 있었다.

"이 손 놔! 그러다 너도 떨어져!" 유안이 소리쳤다. 징의 따뜻하고 창백한 손에 죽어라 매달려 있으니 온 세상이 자신의 손 하나로 쪼그라들어 있는 것 같았

켄 리우

다. 그녀는 의지력을 발휘해 징의 손을 놓으려 했지만, 도저히 그럴 수 없었다.

징이 마침내 자신의 지갑에서 핸드폰을 꺼내는 데 성공했다. 지갑이 다리 밑으로 굴러떨어지는 것에는 개의치 않았다. 그것은 까치 다리 밑에서 넘실거리는 물속으로 사라졌을 것이다. 징은 대충 짐작으로 다이얼패드의 첫 번째 버튼을 눌렀다.

유안의 폰에 전화가 와서 진동하며 윙 소리를 내기 시작했다. 깜짝 놀란 까치들이 공황 상태에 빠져 뒤로 물러나자 핸드폰은 허공에 순간 멈춰 있다가 아주 빠르게 밑으로 떨어져 마침내 아무 흔적도 남기지 않은 채 은하수 강 속으로 사라졌다.

유안은 가슴이 철렁했다. '저 고양이 장식은 징이 처음으로 준 선물인데 영원히 사라져버렸어.'

"네 번호를 단축 번호로 지정해두길 잘했지." 징이 말했다.

"어떻게 여기서도 신호가 잡히지?"

"이 와중에 넌 그게 궁금하니?" 징이 웃었고 잠시 후에 유안도 같이 웃었다.

까치들은 악몽에서 깨어난 것처럼 보였고 서둘러

날아와 유안을 다시 다리 위에 태웠다. 일단 소녀들이 안전해지자 까치들은 은하수 강 건너편까지 다리를 잇는 작업을 계속했다. 두 소녀는 끝없이 흐르는 물과 안개 위의 다리 한가운데 있었다.

"우리 때문에 까치들이 다리를 짓지 못할 뻔했어. 올해 견우와 직녀가 만나지 못한다면 참 슬플 거야." 유안이 말했다.

징이 고개를 끄덕였다. "자정이 거의 다 됐어." 그리고 유안의 표정을 봤다. "집에 가는 건 걱정하지 마. 칠석날에 나쁜 일은 일어날 수 없으니까."

"넌 칠석은 안 믿는 줄 알았는데."

"뭐, 조금은 믿나 보지."

그들은 다리에 나란히 앉아 은하수 위로 달이 떠오르는 광경을 바라봤다. 이번에 유안은 징의 손을 놓지 않았다.

✦

"그녀가 오고 있어." 유안이 말했다. 그녀는 펄쩍 뛰어 일어나서 동쪽 강가에 있는 다리를 가리켰다. 이제 까치 다리에 적응이 좀 돼서 퍼덕이는 날개 위에서도 꽤 잘 설 수 있었다.

가끔 다리 위로 피어오르는 안개 너머로 멀리서 그들을 향해 다가오는 작은 사람 하나가 보였다.

"그도 오고 있어." 징이 말했다. 그녀는 반대쪽을 가리켰다. 안개 사이로 또 다른 작은 사람이 천천히 그들을 향해 다가오는 모습을 볼 수 있었다.

소녀들은 일어서서 함께 이쪽저쪽을 바라보며 기다렸다. 이 전설적인 연인들이 일 년에 단 한 번 재회하는 현장에 있다니 너무나 흥분됐다. 연예인을 만나는 것보다도 더.

다리 반대쪽에 있던 두 사람은 유안과 징이 분명하게 볼 수 있을 정도로 가까이 왔다.

동쪽에서 늙은 여인 하나가 걸어왔다. 유안은 그녀가 자신의 할머니만큼, 어쩌면 그보다 더 늙어 보인다고 생각했다. 등이 굽은 그녀는 지팡이를 짚으며 걸어왔다. 하지만 주름이 자글자글한 얼굴은 여기까지 오려고 힘을 쓴 덕분에 건강하게 상기돼 있었다. 당나라 시대 의상을 입은 그녀는 유안의 눈에 아주 근사해 보였다. 쌀쌀한 공기 속에서 그녀의 입김이 허옇게 보였다.

서쪽에서 노인 하나가 안개를 뚫고 나타났다. 등이 곧고 다리가 길었고, 강단 있는 두 팔을 흔들며 걸어왔다. 그의 머리는 노부인의 머리처럼 하얗게 세 있었고, 얼굴은 그녀보다 더 주름이 깊게 져 있었다. 노부인을 본 순간 그의 눈이 환한 미소로 빛났다.

"이 사람들은." 징이 속삭이기 시작했다.

"우리가 기대했던 모습과 다르다고?" 유안이 대꾸했다.

"내가 상상했던 불멸의 존재들은⋯ 뭐, 이들도 늙지 말아야 할 이유는 없는 것 같네."

순간 엷은 슬픔이 유안의 마음을 스치고 지나갔다. 징의 나이 든 모습을 상상해보려다 순간 울컥해져서 다시 눈물이 날 뻔했다. 맞잡은 징의 손에 힘을 주자, 징도 같이 꼭 잡으면서 고개를 돌려 그녀에게 미소를 지었다.

그 노인과 노부인은 다리 한가운데서 만났다. 소녀들이 서 있는 곳에서 몇 발짝 떨어진 곳이었다. 두 연인은 징과 유안에게 정중하게 고개를 끄덕인 후에 서로에게 온 정신을 집중했다.

"아주 좋아 보이는 모습을 보니 기뻐요. 다랑 말로

는 당신이 지난번에 가족들을 보러 갔을 때 허리가 안 좋았다고 하던데. 올해 당신이 올 수 있을지 잘 모르겠더라고." 직녀가 말했다.

"다랑은 항상 과장해서 말하잖아. 다랑이 올 때면 재채기나 기침도 함부로 못 하겠어. 그러면 다랑이 달에 가서 장이를 만나 단계목 약초를 받아오라고 채근할 테니까. 이 늙은 몸뚱이로 정말 더는 약을 먹을 수 없어. 내 생각에 다랑은 동생이 의사가 되려 하지 않은 게 나나 당신보다 더 속상한 것 같아."

그들은 웃으며 아이들과 친구들에 관해 이야기했다.

"두 사람 왜 키스를 안 하지?" 징이 유안에게 속삭였다.

"그건 서양식이지. 견우와 직녀는 옛날 사람들이잖아." 유안도 속삭였다.

"그게 맞는 말인지 모르겠는데. 인터넷에서 고대 중국인들도 키스했다고 주장하는 포스팅을 봤어. 아무튼 왜 저리 떨어져서 서 있는 거야!"

"마치 두 사람이 연인이 아니라 친구 같아."

"아무래도 손님들이 궁금한 게 많나 보군." 직녀가 말하면서 돌아서서 두 소녀를 봤다. 그녀는 화가 났다기보단 재미있어 하는 것 같았다.

"죄송해요. 무례하게 굴려던 건 아니었어요." 유안은 얼굴이 후끈 달아오르는 게 느껴졌다. 이 노부인을 "일곱 번째 언니"라고 부르는 건 옳지 않게 느껴져 "직녀 할머니와 견우 할아버지"라고 덧붙였다.

"우린 그냥… 어, 두 분이… 좀 더 열정적일 거로 생각했어요." 징이 말했다.

"이렇게 웃기보단 펑펑 울면서 연가를 읊는 그런 식일 거로 생각했니?" 견우가 눈에 다정한 미소를 지으며 말했다.

"네." 징이 대답했다. "아뇨." 그와 동시에 유안이 대답했다.

징과 유안은 큰 소리로 웃었다. 견우가 말했다. "괜찮아. 까치들이 수천 년 동안 이 다리를 놓아왔는데, 가끔 이렇게 손님들을 데려온단다. 우린 질문을 받는 데 익숙해졌어."

직녀가 유안과 징을 번갈아 봤다. "두 사람은 연인이야?"

"네." 징이 말했다. "아니요." 유안이 동시에 말했다. 둘은 당황해서 서로를 바라봤다.

켄 리우

"오, 이거야말로 흥미로운 이야기 같은데." 직녀가 말했다.

"우린 연인이었어요." 유안이 말했다.

"하지만 제가 떠나요. 태평양이 우리 사이를 갈라 놓겠죠." 징이 말했다. 그리고 두 사람은 견우와 직 녀에게 자기들의 사연을 털어놨다. 이 전설적인 연 인들에게 속내를 털어놓는 일이 지극히 당연하게 느 껴졌다.

"이해해. 아, 정말 나는 너무나 잘 이해가 돼." 직녀 가 공감해서 고개를 끄덕이며 말했다.

✦

처음에 나는 정말이지 슬픔을 가눌 길이 없었어. 매일 은하수 강가에 서서 남편과 아이들의 모습을 잠 깐이라도 볼 수 있기를 바라고 또 바랐어. 이 마음의 고통이 영원히 가시지 않을 것 같았지. 나는 베틀은 건드리지도 않았어. 할아버지가 진노하셨다면, 일몰 의 풍경을 짜는 다른 사람을 찾으라고 하지 뭐. 난 그 만둘 테니까.

까치가 놓은 다리 위에서 처음에 재회했을 때 견우

와 나는 울음을 멈출 수 없었지. 우리 아이들이 굉장히 빨리 크고 있어서 난 죄책감이 들었어. 그래서 우리가 다시 헤어져야 했을 때 견우가 꾀를 하나 냈어. 그이는 까치들에게 내 아이들 무게만큼의 커다란 돌두 개를 가져와달라고 해서 그걸 자기 어깨 위에 걸친 장대 끝의 바구니 두 개에 담아 집으로 가져가게 해달라고 부탁했어. 견우는 그렇게 우리 아이들을 바구니에 넣어 다리 위로 데려왔지. 모두 내 아이들이 남편과 같이 집에 갔다고 생각했어. 하지만 아무도 모르게 내가 아들들을 등에 지고 집으로 돌아왔지.

그 후로 매년 우리는 다리 위에서 만나 아이들을 주고받았어. 아이들은 한 해는 나와 같이 지냈고, 다음 해는 견우와 같이 살았지. 양쪽 부모와 같이 지낼 순 없었지만, 둘 다 잃지 않을 수 있었던 거야.

매번 남편과 만날 때마다 그에게 내가 사는 오두막의 고독과 지루하게 삐걱거리는 베틀 소리에 관해 이야기했지. 그러면 그이는 우리가 나눈 행복을 다시 느끼기 위해 다 같이 풀을 먹이러 갔던 초원에 소 떼를 몰고 가는 이야기를 해줬어. 그곳엔 풀이 남아 있지 않아서 소들은 이제 뼈와 가죽만 남아 있었지.

켄 리우

그러던 어느 해 아들들이 조금 커서 혼자 걸을 수 있게 됐을 때 견우가 날 안고 내가 슬퍼하는 모습을 더는 보고 싶지 않다고 말했어.

"우린 이날 하루를 위해 꼬박 일 년을 살아오고 있어. 이런 식으로 우리의 인생을 그냥 흘려보내고 있는 거야. 당신이 베틀 옆에 앉아서 아침부터 밤까지 나만 그리워하는 건 옳지 않아. 우리 아들들이 우리의 삶은 그저 슬픔뿐이라고 생각하는 것도 옳지 않고. 가질 수 없는 것을 염원하는 것이 사랑이라고 믿게 되는 것도 옳지 않고."

"무슨 말을 하는 거야?" 내가 물었어. 갑자기 이유도 모르면서 화가 났지. 지금 이 사람이 날 더는 사랑하지 않는다는 말을 하는 건가? 내 인생에 사랑은 이 사람 하나밖에 없었는데 이 사람은 딴마음을 품은 걸까?

"우리가 같이 살 수 없다는 사실은 당신도 알고 있잖아. 가끔 사랑하는 사람들을 갈라놓는 일이 생긴다는 것도 알고 있고. 하지만 그동안 우린 새 행복을 찾길 거부해왔어. 우리가 슬픈 게 서로 사랑하기 때문일까? 아니면 우리가 서로 사랑한다는 생각에 얽매여 있기 때문일까?"

나는 그이가 한 말을 생각해보고, 그 말이 옳다는 걸 깨달았어. 그동안 우리에 관한 이야기, 우리가 일 년에 한 번 만나는 날을 그리며 평생을 살아왔다는 전설에 너무나 익숙해져 있어서 내가 진심으로 뭘 원하는지 사실 생각해보지 않았던 거야. 내가 나의 전설에 갇혀버린 거지. 가끔 우리가 자신에게 하는 이야기들이 우리의 진실을 가려버릴 때도 있는 법이야.

"당신은 웃을 때 아름다워." 그이가 말했어.

"우리가 행복해지려고 노력할 때 우리는 아름다워." 내가 말했지.

그래서 나는 내 베틀로 돌아가서 견우에 대한 애정을 거기에 다 쏟아부었어. 내 생각에 그때 나온 노을들이 내 작품 중 가장 찬란했던 것 같아.

그 후에 나는 사랑이 시간이 지나버리면 말라버리는 우물이 아니라 끝없이 솟아나는 샘과 같다는 사실을 알게 됐어. 나는 내 아이들의 웃음소리, 새로 사귄친구들과 옛 친구들과의 수다를 사랑하고 있다는 사실을 깨달았지. 멀리 있는 향기들을 실어오는 산들바람을 사랑한다는 것과, 다른 청년들을 볼 때면 내 심장이 더 빠르게 뛴다는 것도 알아차렸고.

견우는 돌아가서 소들을 새 초원으로 데려갔고, 새로운 노래들을 지어냈어. 젊은 여자들이 와서 그 노래를 들었고, 그녀들과 이야기해서 기쁘다는 걸 그이도 알았어.

다음번에 다리 위에서 만났을 때 우린 이런 이야기들을 나눴지. 나는 그를 위해 그런 변화를 기뻐했고, 그이도 마찬가지였어. 우린 마치 물에 빠져 죽을까 봐 두려워하는 사람들처럼 서로를 꽉 붙들고 있었지만, 사실은 서로가 미래를 향해 나아가지 못하게 잡고 있었던 거야.

✦

"그래서 우리는 그렇게 세상으로 다시 나아가서 다른 사랑과 기쁨과 슬픔을 맛보았지." 직녀가 말했다.

"우린 여전히 일 년에 한 번씩 만나서 그동안 어떻게 살아왔는지 이야기를 나눠. 오랜 친구란 쉽게 생기지 않거든. 그런 친구 덕분에 우리는 솔직해지지." 그와 직녀는 서로를 애정 어린 눈으로 바라봤다.

"실망했니?" 직녀가 물었다.

징과 유안은 서로를 바라봤다. "네." 둘은 같이 대답했고 이어서 덧붙였다. "아뇨." 그것도 동시에.

"그럼 두 분은 이제 서로 사랑하지 않나요?" 유안이 물었다.

"우리가 더는 서로 사랑하지 않는다고 생각해서 그렇게 묻는 거지? 그러니까 우리가 했던 사랑은 진짜 사랑이 아니라고 생각해서." 직녀의 표정이 진지해졌다. "하지만 과거는 다시 쓸 수 없어. 견우는 나의 첫사랑이었고, 그와 헤어진 후 내가 얼마나 많은 사랑을 했건 상관없이 그에 대한 마음은 영원히 진심이었어."

"이제 떠나야 할 시간이야." 견우가 말했다. 그들 밑에 있는 까치들이 초조해하고 있었다. 동쪽 하늘이 밝아왔다.

"두 사람은 연인이었고, 지금도 그래. 앞으로 무슨 일이 일어나건, 그건 언제까지나 진실이잖아." 견우가 소녀들에게 말했다.

"둘이 같이 있는 모습이 보기 좋아." 직녀가 말했다.

견우와 직녀는 가볍게 포옹하고 서로의 행복을 빌

켄 리우

어줬다. 그리고 돌아서서 반대 방향으로 걸어가기 시작했다.

"저거 봐!" 징이 소리를 지르며 유안의 손을 잡았다.

늙은 견우와 직녀가 서 있던 자리에 이제는 유령 같은 형체의 젊은 남녀가 서 있었다. 그들은 마치 유안과 징이 거기 없는 것처럼 열정적으로 끌어안았다.

"둘은 아주 아름다운 연인이었구나." 유안이 말했다.

"지금도 아름다워." 징이 말했다.

까치들이 흩어져서 두 소녀를 태우고 땅으로 내려오는 동안 두 소녀는 유령 같은 형체의 연인들이 달빛에 서서히 녹아드는 모습을 돌아봤다.

✦

유안은 기적적으로 아까 놔뒀던 곳에서 자전거를 찾았다.

골목길은 여전히 한적했다. 제일 먼저 문을 열고 아침거리를 파는 가게들이 이제 막 영업 준비를 하느라 따뜻한 두유와 갓 구운 빵 냄새가 대기를 가득 채웠다.

"빨리 집에 가. 비행기 놓치지 않게."

유안이 말했다.

"너도 가야지. 너희 어머니가 걱정이 이만저만이 아니시겠어!"

징이 유안을 끌어당겨 안자 유안이 몸을 빼려고 했다. "사람들이 볼 텐데."

"상관없어. 그날 에메랄드 호수에서 한 말은 거짓말이야. 전에 다른 아이들에게 키스한 적 있다고 내가 그랬잖아. 아니야, 사실은 네가 처음이었어. 네가 그걸 알아줬으면 해." 징이 말했다.

그들은 안고 흐느껴 울었고, 지나가는 사람들 몇 명이 호기심 어린 눈초리로 보긴 했지만 아무도 멈추지 않았다.

"매일 전화할게. 기회가 생길 때마다 문자도 보내고." 징이 말했다.

유안이 몸을 뺐다. "아니, 의무감에서 그러는 건 싫어. 하고 싶을 때만 해. 연락 안 하더라도 이해할게. 앞으로 어떤 일이 일어나건 그냥 일어나게 두자."

유안은 짧게 키스하고 징을 밀어냈다.

"가, 어서 가."

그녀는 징이 버스를 잡기 위해 거리를 달려가는 모습을 지켜봤다. 버스가 차량의 행렬 속으로, 마치 은하수 강처럼 거대한 철의 강으로 흘러가서 모퉁이를 돌아 사라지는 모습을 바라봤다.

"사랑해." 유안이 속삭였다. 앞으로 얼마나 많은 시간이 흐르건 지금, 이 순간에 품은 마음은 영원히 진심으로 남아 있을 것이다.

작가 후기

　〈일곱 번째 달 일곱 번째 밤〉은 십 대 독자들을 위해 내가 쓴 몇 편 안 되는 이야기 중 하나입니다. 연인의 사랑을 기념하는 축제인 칠석날 밤 유안과 징, 두 십 대 소녀는 첫사랑을 하고 있지만 어쩔 수 없는 환경 때문에 곧 헤어져야 할 때 동아시아 설화에 나오는 고대의 연인들 견우와 직녀에게 위로를 받게 됩니다.

　작가로서 저는 당연히 옛이야기들의 힘을 굳게 믿고 있습니다. 이 이야기들은 우리 조상들의 기억들, 그들이 소중히 여겨서 후손들에게 본보기로 내세우는 가치들을 전하고 있습니다. 한 민족이 오랫동안

켄 리우

쌓아온 이야기들은 그 자체로 살아 있는 헌법이며, 이 최초의 이야기들은 그 민족이 위기의 시대뿐 아니라 번영의 시대도 잘 통과할 수 있도록 인도할 것입니다. 오만해질 수 있을 때 겸손을 가르칠 것이고, 상상도 할 수 없는 시련을 겪고 있을 때 위로해줄 겁니다. 전쟁을 치르고, 정복당하고, 노예가 되는 상황에서도 무너지지 않았던 민족이라도 선대의 이야기에 대한 믿음을 잃으면 사라지고 말 것입니다.

하지만 살아 있는 헌법으로서 그 힘을 유지하려면 옛이야기들은 새로운 이야기꾼들에 의해 계속 재해석돼야 하고, 새로운 청중들과 같이 성장해야 합니다. 이것만이 문화적 유산을 제대로 보존하고 존중할 수 있는 유일한 길입니다. 옛 이야기들은 책 속에 고정되어 있는 게 아니라 매일 저녁 불멸의 존재들이 진홍색, 자주색, 붉은색을 띤 청색과 그 사이의 모든 색조로 서쪽 하늘을 끝없이 수놓는 다채롭고 아름다운 구름처럼 항상 흘러가면서 끊임없이 변할 것입니다. 그렇게 변화의 시기에도 사라지지 않으며 오랫동안 지속될 것입니다.

새해 이야기

왕콴유

The Story of Year

박산호 옮김

왕콴유王侃瑜는 중국의 SF 소설가다. 중국의 양대 SF소설상 가운데 하나인 성운상을 수상했다. 중국 최대 SF 팬덤 조직인 애플코어Applecore의 공동 설립자이며, 세계중국SF협회WCSFA 이사로도 활동했다. SF와 판타지 작품들을 발굴, 기획하는 에이전시 스토리컴Storycom에서 인터내셔널 PR 매니저로 일하고 있다.

새해는 텅 빈 거리에 서서 그들이 다 어디로 가버렸는지 궁금해했다. 과거에 그들은 문과 창문을 꽉 잠근 튼튼한 집 안에 있었지만 이제 모든 문이 활짝 열려 있었다. 새해는 조금 짜증이 났다. 산꼭대기에 있는 동굴에서 이 마을까지 먼 길을 왔는데 아무도 없다니. 내가 너무 늦게 왔나? 새해는 허공에 떠도는 봄의 기운을 맛볼 수 있었다. 전에는 여기에서 소리를 지르고 펄쩍펄쩍 뛰면서 짜증스럽게 구는 이들이 아주 많았는데. 지금은 개미 새끼 한 마리 보이지 않았다. 여긴 아주 조용했다. 조용해도 너무 조용했다.

새해는 정적을 즐기는 편이지만, 덫은 몸서리치게 싫다. 어쩌면 이 침묵은 덫을 의미할 수도 있다. 아주 오래전에 그들은 침묵으로 새해를 유혹해서 마을 한가운데로 꾀어낸 후에 귀청이 터질 듯한 소음을 만들어내기 위해 대나무를 태웠다. 그들은 빨갛고 구불구불한 옷을 입고, 집은 빨간 종이로 장식했다. 그 교활한 것들이 새해가 뭘 두려워하는지 알아낸 것이다. 새해는 소음이나 붉은 기운을 견딜 수 없어 집으로 도망쳤다. 달리다 대나무 조각들에 살을 베였다. 불꽃과 다양한 색조의 붉은 색이 새해의 눈을 아프게 했다. 새해는 다음 해, 그다음 해, 그다음 해에도 동굴 밖을 나갈 수 없었다. 결국 자신이 생각했던 것보다 더 오랜 시간을 회복하는데 보냈다. 결국 새해는 잠이 들어 개울들과 꽃이 있고 달콤한 향기로 가득 찬 고요한 초록색 계곡 꿈을 꾸었다.

마침내 잠이 깼을 때 배에서 요란하게 꼬르륵 소리가 났다. 허기와 더러운 성질머리는 항상 손을 잡고 온다. 새해는 산에서 뛰어 내려와 거리를 활보하며 이 집 저 집 달려 들어가서 무시무시한 본성을 보여주려고 포효했지만 아무도 없었다. 대신 새롭고 해괴

한 문물들이 보였다. 바퀴가 달린 각기 다른 크기의 쇠로 만든 상자들, 연속해서 들어오는 빨간 불과 초록 불들, 거기다 빛을 반사하는 얇고 큰 패널들이 벽처럼 죽 늘어서 있었다. 이건 새해가 알던 마을이 아니었다. 지금까지 그가 가본 곳 중에 이런 곳은 단 한 곳도 없었다. 대체 새해는 몇 년 동안이나 잔 걸까?

◆

"이봐요, 새해가 도착했나요?"

모퉁이를 돌아서자 작은 인간이 하나 나타났다. 인간 소년이다! 새해는 냉큼 소년에게 가서 재빨리 그를 바닥으로 때려눕히고, 커다란 앞발 두 개로 그의 어깨를 누른 채, 목에 대고 날카로운 이빨을 드러냈다.

"잠깐만 기다려!" 소년이 소리쳤다.

새해는 그의 말을 무시하고 오므렸던 발가락들을 폈다. 이제 그의 입에 고인 침이 소년의 얼굴에 떨어질락 말락 했다. 새해는 배가 고팠다. 음식이 필요했다.

"내가 널 여기로 불렀는데 날 잡아먹는다면 배은망

덕이잖아." 소년이 말했다.

"나를 '불렀다니' 무슨 뜻이지?" 새해는 소년을 누르고 있는 발의 힘을 조금 뺐다.

"네가 몇 년 동안이나 사라져 버려서 사람들이 널 잊어버렸어. 내가 너에 대한 글을 읽고 널 다시 부르려고 시도한 거야. 나 아니었으면 넌 여기 오지도 못했을 거야."

새해는 소년을 놔줬다. "그러니까 넌 내가 무섭지 않군."

"당연히 안 무섭지."

새해는 한숨을 쉬었다. 여기는 먹을 게 없군.

"실망하지 마. 너만 그런 게 아니라 난 아무것도 무서워하지 않아. 나랑 같이 가면 더 말해줄게." 소년은 일어서서 재빨리 앞으로 걸어갔다.

새해가 따라갔다. 소년의 등은 새해가 조금 전에 본 패널들처럼 빛이 반사됐다. 이 얼마나 신기한 세상인가!

소년은 새해를 데리고 좁은 골목으로 들어갔다. 오래전에 이런 식으로 덫에 걸린 적이 있어서 몹시 불안해졌다. 다시는 이런 꾀에 속지 않으리라 결심했기

왕관유

때문에 새해는 걸음을 멈췄다. 하지만 도망쳐야 한다
는 생각은 들지 않았다. 새해는 괴물이니까. 그래서
오늘 아침에 잊지 않고 뿔과 이빨도 날카롭게 갈아왔
다. 새해는 두려워할 필요가 없다.

새해는 멈춘 자리에 앉아서 주위 환경을 관찰하며
잠시 기다렸다. 골목 양쪽에 있는 건물들은 하늘을
찌를 정도로 높이 솟아 있었다. 새해는 도저히 저런
건물들의 지붕에 뛰어 올라갈 수 있을 것 같지 않았
다. 이것보다 건물들이 훨씬 더 낮았던 옛날에는 지
붕에도 펄쩍펄쩍 뛰어 올라갔는데. 높은 곳에 올라가
면 사방이 다 보여서 덫이 어디에 놓였는지 미리 알
수 있었는데. 새해는 그때를 생각하며 점프할 준비를
했다.

소년이 돌아왔을 때 새해는 외벽이 유리로 된 건물
을 기어올라가려고 애쓰다 계속 주르르 미끄러지고
있었다.

"나 안 따라오고 뭐 하는 거야?" 소년이 물었다.

"아, 너구나." 새해는 돌아보면서 일어났다.

"음… 난… 저기 운동을 좀 하고 있었어. 너무 오래
자서 몸을 풀려면 운동을 해야 하거든."

"하지만 그 벽은 유리로 만들어서 미끄러워. 올라갈 수 없어. 아! 지금 파쿠르[1] 하고 있었구나. 그건 오랫동안 잊었지만 아주 멋진 스포츠지."

"그래, 맞아, 바로 그거야. 옛날에 아주 좋아했는데 연습한 지 너무 오래돼서." 새해는 파쿠르가 뭔지 몰랐지만 그냥 그렇게 둘러댔다.

"네가 원한다면, 파쿠르 연습을 할 수 있는 더 좋은 곳이 있어. 도시 서쪽 구역에 있지. 여기 동쪽 구역의 거리는 다 너무 넓거나 너무 좁아. 그리고 고층 건물들만 있어서 파쿠르 연습을 하기엔 별로야. 서쪽으로 가고 싶어?"

"아, 서쪽. 나쁠 거 없지 뭐. 잠깐만. 그보다는 남쪽을 보고 싶은데." 도시가 뭐지? 아마 마을의 새 이름인 모양이다. 새해는 물어보지 않기로 했지만, 만약 소년이 그를 서쪽으로 데리고 가길 원한다면 거기에 덫이 있을지도 모른다. 그래서 남쪽을 선택했다.

"오케이, 좋아. 사실 남쪽은 저녁에 갈 생각이었지

*

1 도시와 자연환경 속에 존재하는 다양한 장애물을 활용해서 효율적으로 이동하는 스포츠.

만 지금 가도 되지 뭐."

소년이 어깨를 으쓱하며 말했다.

새해는 자신의 뺨을 후려치고 싶었다. 그는 남쪽에 덫이 있다면 저녁이 될 때까지 그걸 설치할 시간이 없기를 빌었다.

✦

"네 이름은 뭐야?" 새해는 더 많은 정보를 캐내기 위해 가는 길에 소년과 대화를 시도했다.

"그냥 렌이라고 불러. 제2성이고, 중국어로 자비란 뜻이야. 인간이란 글자와도 발음이 같아. 내 형제들 은 모두 한자를 써서 이름을 지었고, 내가 제일 나이 가 많아."

"네 형제는 어디 있는데?" 그게 바로 새해가 묻고 싶은 질문이었다.

"내 형제?"

"응, 네 형제와 다른 인간들. 지금은 너 하나만 보 이는데 이상하잖아. 옛날에는 인간들이 아주 많았는 데."

"아, 넌 전에 인간들을 만난 적이 있구나. 몰랐어.

지금은 나밖에 없어. 다른 사람들은 다 떠났지."

"떠났다고? 어디로?"

"갔어. 사라졌지. 더는 이 세상에 존재하지 않아. 마치 빗속의 눈물처럼 말이야."

"미안해. 난 몰랐어."

"걱정하지 마. 난 슬프지 않으니까. 난 슬픔도, 다른 감정도 느낄 수 없어." 새해는 안도했다. 그는 렌의 말이 진실이라고 믿었다. 인간들은 다 사라졌으니 넻에 대해 걱정할 필요는 없다. 하지만 곧 다른 걱정이 들기 시작했다. 인간들이 다 사라졌다면, 이제부터 뭘 먹고 살아야 하지? 세상에 딱 하나 남은 렌은 새해를 전혀 무서워하지 않는다. 새해의 배에서 다시 꼬르륵 소리가 났다.

"다 왔다."

탁 트인 공터가 나왔다. 건물도 없고 나무도 없고 물론 인간도 없었다. 아무것도 없었다.

"여기라고?"

"응."

"하지만 여긴 아무것도 없는데."

"맞아."

왕콴유

"그럼 나를 왜 여기로 데려왔어?"

"어, 사실은, 네가 남쪽으로 오고 싶다고 했잖아."

"좋아. 다음엔 뭐야?"

"음, 여기서 밤이 될 때까지 기다리면 뭔가 나타날 거야. 아니면, 내가 너에게 보여줄 수도 있고…. 난 너를 먼저 서쪽 구역에 있는 박물관에 데려가서 이야기하려 했지만… 뭐 지금은… 좋아, 박물관에 갈 필요는 없겠다. 하지만 네가 먼저 약속을 하나 해야 해."

"뭘 약속해?"

"그들을 잡아먹지 않겠다고."

"누굴 잡아먹어?"

"인간들."

"아직 인간들이 남아 있어? 그들은 다 가버렸다며! 잠깐, 넌 그럼 인간이 아니야?"

"물론 아니지. 난 로봇이야."

"그게 뭔데?"

"인간이 자기 자식들처럼 만들었지만 사실 자식은 아닌 아주 지적인 종이지. 인간의 근본은 탄소이지만 난 이산화규소로 만들어졌거든."

"그렇군."

"그러니까 어쨌든 넌 날 먹을 수 없어."

"어쨌든 난 널 먹고 싶지 않아."

"널 위해 영양분이 든 물질을 찾을 수 있어. 미안하지만 살아 있는 동물은 없어. 전에는 농장에서 조금 키웠지만 내가 합성 단백질이 훨씬 더 효율적이라는 점을 알아냈고, 인간들이 더는 음식 맛에 신경 쓰지 않게 된 후로, 내가 모든 농장을 닫았어. 난 최선을 다해 너의 요구를 들어주겠지만, 어쨌든 약속해야 해. 인간들을 잡아먹지 않겠다고. 이젠 세상에 남은 인간이 거의 없거든."

"난 인간을 먹지 않아."

"뭐라고? 모든 전설에 그렇게 나와…."

"다 거짓말이야. 그런 전설들은 구전으로 한 세대에서 다음 세대로 전해졌겠지. 그중 단 하나라도 공인된 고전에 나온 게 있어?"

"내가 데이터베이스를 확인해볼게. 네 말이 맞네. 그 새해 이야기는…."

"난 그 새해가 아니야. 그냥 새해야. 이름 앞에 그딴 거 붙이지 마."

왕관유

"오케이, 새해 이야기는 널리 펴져 있지만, 고대의 책이나 기록에선 찾을 수 없군. 〈산과 바다의 고전〉에도. 〈초자연적인 존재를 찾아서〉에도. 〈중국 스튜디오에서 나온 기묘한 이야기들〉이나 〈주인이 말하려 하지 않는 이야기들〉에도. 이거 참 이상하다. 난 너에 대해 아주 많이 읽었어. 모든 중국의 전통 설화에 나온 이야기는 다 읽었다고. 만약 네가 진짜로 있는 존재가 아니라면, 내가 지금 누구랑 이야기하고 있는 거야?"

"난 진짜로 있어. 하지만 사람들 사이에 떠도는 새해 이야기는 가짜야. 소문이라고. 난 부분적으로는 채식주의자야."

"그럼 그 소문은 어떻게 나오게 된 거야?"

"사연이 길어. 간단히 말하면 피를 흘리고 있는 시체를 내가 내려다보고 있는 광경을 마을 사람들 몇 명이 우연히 목격했어. 뭐, 그 여자는 살아있었으니까 그때까진 시체가 아니었지. 사람들은 내가 그 여자를 해친 후에 잡아먹을 거로 생각했어. 그래서 모두 겁이 나서 마을로 도망쳐서 다른 사람들에게 말했고, 그 사람들이 또 다른 사람들에게 말한 거지."

"그럼 넌 사실은 마음씨 고운 괴물이야? 아, 괴물이라고 해서 미안. 하지만 네가 그 죽어가는 여자를 구하려 했는데 사람들이 오해한 거야?"

"아니, 아니야. 그건 아니고. 난 그 여자를 구하려 하지 않았어. 그냥 내가 우연히 그 여자를 발견했는데 마침 죽어가고 있었던 거지. 아마 호랑이에게 습격받았을 거야. 옛날엔 산에 호랑이가 많았거든. 난 괴물이고, 마음씨도 곱지 않아."

"하지만 넌 채식주의자라고 했잖아."

"난 고기를 먹지 않아. 사실 난… 어떤 물질도 먹지 않아. 난 공포를 먹고 살아. 그래서 내가 사람들을 잡아먹는다는 생각이 도움이 돼. 그들의 두려움이 내 먹이인 거야. 그래서 소문이 퍼지게 놔뒀지."

"알겠어. 그래서 내가 널 무서워하지 않는 걸 알았을 때 놔줬구나."

"맞아. 네가 날 보고 무서워하는 게 아니라 기뻐한다면 내겐 아무 의미가 없으니까."

"나는 기쁘지도 무섭지도 않지만 이제 네가 인간들을 잡아먹지 않는다는 사실을 알았으니까 그들이 있는 곳으로 데려다줄게. 가자."

왕관유

✦

  새해는 렌을 따라 은밀하게 숨겨진 바닥의 문으로 들어가 지하로 걸어갔다.

  "사람들이 모두 지상에 살았던 때가 있었지." 렌이 말했다.

  "그래. 내가 마지막으로 여기 왔을 때 인간들은 모두 지상에 살고 있었어. 그들이 날 두려워했더라도 지하에 숨진 않았어." 새해가 말했다.

  "그러다 그들이 널 쫓아버릴 방법을 발견했구나."

  "기분 좋은 기억은 아니야."

  "하지만 넌 대나무를 불태우는 관습을 금지한 후에도 돌아오지 않았어."

  "그건 몰랐는데. 이제 인간들은 대나무를 태우지 않아?"

  "아주 오랫동안 하지 않았어. 그들은 폭죽을 발명했고, 그 후엔 그것도 금지했지."

  "왜? 내가 다시는 돌아오지 않을 거라고 확신해서?"

  "아니, 대기 오염 때문에. 내 생각에 인간이 대기 오염을 일으키는 모든 걸 금지했을 무렵엔 너의 존재

자체를 믿지 않은 것 같아."

"대기 오염이 뭐야?"

"일부 해로운 물질들이 이 행성의 대기에 나쁜 영향을 미치는 거야."

"어떻게? 여긴 어마어마하게 큰 행성이잖아. 나도 이 행성이 둥근 건 알고 있지만, 이곳의 반대편에는 가본 적이 없어."

"인간들에게 물어봐. 그들은 자신이 사는 환경이 더는 살 수 없어질 때 그걸 조정하는 데 아주 능숙해."

"그래서 지하로 도망친 거야?"

"그건 아니고. 이 도시엔 자체적으로 조정되는 기상 시스템이 있었어. 그래서 이 행성의 환경은 이곳엔 그다지 큰 영향을 미치지 않았어. 반면 외부 환경이 그 재해에서 회복되기 시작했을 때도 이곳은 여전히 아무 변화도, 움직임도 없었어. 마치 죽은 것 같았지. 내가 그들을 지하로 옮기고 이곳에 인간들이 쳐놓은 보호막을 파괴해서 이곳도 원래대로 회복될 수 있도록 한 거야."

"이제 인간들은 다 여기 있어?"

"내가 알기론 그 세계적인 재앙에서 도망친 다른 인간들은 없었어. 끔찍했지."

"음, 적어도 나는 내 동굴 속에서 살아남은 거네."

"넌 그들처럼 연약하지 않잖아. 넌 새해니까."

"흠, 몇 명이나 남았어?"

"곧 보게 될 거야."

그들은 터널 끝에 있었고, 렌이 문을 밀어서 열었다. 그 안에는 셀 수 없이 많은 관이 있었다. 이 상황에서 새해가 할 수 있는 말은 그것뿐이었다. 새해는 전에도 관을 본 적이 있었다. 한 사람이 죽으면 인간들은 그 시체를 이런 모양의 나무 상자에 넣고 땅속에 묻었다. 그런데 여기 있는 관들은 속이 다 투명하게 보였고, 흙 속에 묻히지도 않았지만, 어쨌든 이곳은 지하에 있으니까. 관들은 여러 개의 끈으로 연결돼 있었고, 윙윙거리는 소리가 실내를 가득 채우고 있었다. 새해가 관 하나에 다가가 그 안에 누워 있는 한 인간을 봤다. 그녀는 눈을 감고 있었지만, 얼굴은 미소 짓고 있었다. 다음 관도 마찬가지였지만 여자가 아니라 남자가 있었다. 그 반대편, 그 옆, 또 그 옆에 있는 관도 다 똑같았다. 소름이 오싹 끼쳤다.

"이들에게 무슨 일이 일어난 거지?" 새해가 물었다.

"아무 일도 일어나지 않았어. 이들은 아주 오랫동안 이런 상태로 있었어." 렌이 대답했다.

"다 죽은 것처럼 보이는데. 행복해 보이긴 하지만."

"죽었다고? 아니, 그건 아니야. 이들은 살아서 인생을 즐기고 있어."

"그럼 자는 거야? 관속에서 자고 있다고?"

"음, 그렇기도 하고 아니기도 해. 이들의 육체는 자고 있지만 뇌는 제대로 작동하고 있어. 우리가 여기서 보내는 모든 순간은 또 다른 현실에 있는 그들에겐 일 년과 같아. 그곳엔 시간이 존재하지 않아. 마치 영원과 같지."

"그러니까 이들은 꿈을 꾸고 있군."

"그런 셈이지. 다만 저들에겐 그 꿈이 현실이고."

"이들이 잠에서 깰까?"

"이유 없이는 깨지 않을 거야. 실은 그래서 널 여기로 부른 거야. 네가 도와줄 수 있어."

"나? 너 원래는 이 사람들이 아직 살아 있다는 사실을 나에게 숨기려고 한 거 아니었어?" 새해는 혼란

왕콴유

스러웠다.

"아, 하지만 그건 네가 약속하기 전이었고. 난 위험을 무릅쓸 수 없었으니까. 하지만 이제 서로를 잘 알게 됐으니 마음 놓고 너의 도움을 청할 수 있게 됐어."

"인간을 몇 마리 먹게 해서 이곳의 에너지 소모를 줄이려고? 하지만 난 안 먹는…"

"아니야! 대체 무슨 생각을 하는 거야! 나는 네가 저들에게 한 해라는 개념을 기억나게 해줬으면 해. 그들은 여기 이 '관' 속에서 너무 오래 살았어. 그나저나 관이라니 정말 좋은 비유야."

"칭찬은 듣기 좋지만 대체 무슨 말을 하는 건지 이해가 잘…"

"잘 들어봐. 또 다른 현실이 굉장히 생생하고, 지속적인 온도 유지 시스템 덕분에 사람들은 올해와 내년이 다른 건 고사하고 계절이 바뀌는 것조차 알 수 없게 됐어. 그 시스템은 내가 이들을 지하로 옮겨온 후에 계속 관리해 왔지. 새해는 미래로 이어지는 순간이 아니라 완전히 추상적인 개념이 돼버렸어. 내가 이들을 억지로 깨운다 쳐도, 이들은 완전히 시간 감

새해 이야기

각을 잃어버리게 될 거야. 이들은 또 다른 현실에 너무 빠져든 나머지 성장을 멈췄어. 후손을 만들지도 않고 있어. 여기서 네가 지금 보고 있는 사람들이 지구에 남은 마지막 인류야. 이들은 젊지만 동시에 늙었지. 나는 이들을 도우려고 애썼지만 그럴 수 없었어. 그 재앙이 일어났을 때 수십억 명이 죽었어. 내 형제도 모두 다. 내가 최선을 다해 구한 사람들을 이제 와서 잃고 싶지 않아."

"넌 정말 다정하긴 하지만 나는 여전히 뭘 어찌 해야 할지 모르겠어. 난 여기 있어. 새해가 여기 왔다고, 하지만 인간들은 여전히 자고 있잖아."

"내가 조사를 좀 해봤는데 그게 다 믿음에 달렸다는 점을 알아냈어."

"믿음?"

"응, 사람들은 예전에 너의 존재를 믿었잖아. 그래서 네가 나타나서 그들을 두렵게 한 거야. 네가 다시 오지 않았을 때와 심지어 네가 돌아오지 않는다고 사람들이 믿었을 때, 너도 잠이 들어서 내가 널 다시 믿기 전까지 꿈속에 있었잖아. 내 믿음으로 너를 여기로 불러낸 거야."

"그러니까, 저 인간들이 날 믿도록 어떻게 만들건데?"

"조건 반사와 비슷해."

"그게 뭔데?"

"사람들이 너를 뛰어넘어야 할 장애물과 연관 지어 생각해야 해. 그걸 넘어서면 더 나은 미래가 있다고 믿어야 하고. 재앙이 일어났을 때 현실의 미래는 불확실했지만 또 다른 현실의 현재는 아주 만족스러웠어. 그래서 사람들이 그냥 거기에 머물러 있는 거야. 우리가 할 일은 해가 바뀔수록 미래가 더 나아지리라고 사람들이 믿게 만드는 거야. 그래서 너는 무서운 괴물 역할을 맡는 거야. 그들과의 싸움에 져서 매년 도망쳤다가 다음 해에 다시 나타나는 거지."

"그게 바로 내가 예전에 했던 역할이야. 난 그걸 아주 끝내주게 해냈고." 새해는 너무 억울해하지 않으려고 애를 쓰면서 말했다.

"그러니까, 날 도와줄 거야?"

"생각 좀 해보고."

"그러면 너에겐 먹이도 생기는 거잖아. 사람들이 널 무서워할 테니까."

"내가 돕지 않는다면, 네가 그냥 깨울 거야?"

"그럴 것 같아. 저들을 이대로 영원히 둘 순 없어. 인류는 멸종될 거야."

"음, 나도 해보지 뭐. 먹이를 위해."

"좋았어, 고마워! 난 네가 착한 걸 알고 있었어. 감사의 표시로 한잔 대접해도 될까? 새해가 돼서 사람들이 일어나기 전까진 시간이 좀 남았어."

"난 그저 새해일 뿐이야. 그리고 난 착하지 않아."

✦

새해와 렌은 마을에서 가장 큰 건물 꼭대기의 가장자리에 앉았다. 놀랍게도 그들은 그 건물 밖에서 위로 기어올라갈 필요가 없었다. 렌이 그를 데리고 건물 안으로 들어가서 버튼을 하나 누르자 상자 하나가 그들을 태우고 꼭대기까지 올라갔다. 둘은 마을 전체를 내려다봤다. 새해는 마을이 그가 가본 그 어떤 곳보다 더 크다는 사실을 알아차렸다. 건물들이 지평선 너머까지 쭉 늘어서서 하늘과 연결돼 있었다. 건물 단지들 사이를 몇 개의 선들이 가로지르고 있었는데, 분명 탈것들이 이동하는 길이겠지만, 움직이는 탈것

왕관유

은 하나도 없었다. 모든 것이 움직임을 멈춘 채 고요했다. 그걸 보자 산꼭대기에 있는 자신의 동굴이 떠올랐다. 지금 건물 꼭대기에서 내려다보는 경치도 산에서 보는 것과 다를 바 없었다. 다만 산속의 숲은 정지돼 있지 않았다. 나무들이 바람에 춤을 췄고. 새들이 동쪽을 향해 노래를 불렀다. 산은 잠에서 깨서 살아 있었지만, 이 마을은 죽었거나 아니면 잠들어 있었다.

"여기가 마음에 들어? 이곳은 세상에서 가장 큰 도시야." 렌이 잔 두 개에 액체를 따랐다.

"아름답지만 생기가 없네." 새해는 잔 하나를 들었지만 마시진 않았다.

"가끔 나는 인간들이 왜 이렇게 아름다운 세상을 버리는지 이해가 안 돼."

"또 다른 현실의 세상이 더 아름다운가 보지." 새해가 대꾸했다.

렌이 고개를 저었다. "난 거기서 태어났어. 거긴 무수한 환상과 가상의 감각들과 아주 강렬한 느낌들로 가득 차 있는 다채로운 곳이지. 하지만 현실이 아니야. 이 현실에서 내가 물리적인 몸과 인식을 얻기까지는 오랜 시간이 걸렸어. 난 이곳을 사랑해. 보드라운 비의 촉감, 백합 향기, 심지어 차에 브레이크가 걸렸을 때 나는 끼익 소리까지 좋아. 그런 감각들은 굉장히 생생하면서도 실제로 존재하니까. 인간이 여길 놔두고 왜 또 다른 현실을 선호하는지 이해할 수 없어."

"그들은 여기에서 대가 오염을 겪었으니까. 그건 재앙이었다고 네가 그랬잖아."

"그래, 하지만 그건 오래전 일이야. 사람들도 그걸 알아."

"흠, 그렇다면 그들에게 시간을 좀 줘. 회복하는 데 시간이 걸리게 마련이니까. 곧 새 인생이 왔다는 걸 알게 되겠지."

"그래, 그들은 네가 곧 오리란 걸 알고 있어야 해. 내가 이제 막 또 다른 현실을 정지시키는 절차를 시작했어. 우리가 이 잔을 다 비우고 한두 시간 정도 있으면 다 깨어날 거야."

"내가 최선을 다해볼게."

"고마워."

"그런 말 하지 마. 그럼 내가 선한 존재처럼 느껴지

잖아. 술이나 마시자고."

"그래, 마시자."

"건배!"

"건배!"

둘 다 잔을 비웠다.

"이제 시간이 됐어." 렌이 불가사의한 미소를 지으며 말했다.

"무슨 시간?" 새해는 머리가 조금 어질어질했다.

"음력으로 새해가 되는 시간."

"난 그냥 새…."

새해는 말을 끝마치지 못했다. 하늘에서 거대한 꽃들이 폭발했다. 그 빛이 그의 눈을 아프게 하고, 그 소리에 고막이 찢어졌다. 하지만 그는 도망치지 않았다. 그대로 거기 엎드려서 그 광경을 감상했다. 그것은 아주 아름다웠다. 불편한 느낌이 사라졌다. 렌은 새해의 눈 위에 어두운 렌즈를 씌우고 소음을 줄여주기 위해 귀에 뭔가를 넣었다.

생전 처음으로 새해는 고통 없이 불꽃놀이를 즐길 수 있었다. 남쪽에서 불꽃들이 솟구쳐 올랐다. 다양한 무늬들이 밤하늘을 환하게 빛냈다. 이 마을이 깨어나고 있었다. 이것이 오늘 밤을 위한 렌의 원대한 계획이었다. 그것은 결코 덫이 아니었다.

"고마워. 행복한 음력 설 맞기를." 새해가 말했다.

"천만에. 그리고 생일 축하해, 새해야." 렌이 대답했다.

작가 후기

　새해 괴물 이야기는 고대 중국 신화엔 나오지 않습니다. 가장 유명한 신화들을 다루는 문헌에서도 찾을 수 없지만, 중국인이라면 다 아는 이야기입니다. 그리고 중국에서 새해에 폭죽을 터트리고 붉은 장식을 쓰는 전통은 이 신화와 아주 깊이 연관돼 있어서 우린 그 이유를 물어본 적조차 없죠. 이건 중국만의 이야기는 아니어서 한국 SF 작가의 이야기에도 새해 괴물이 나오는 걸 봤습니다. 이 괴물은 대체 어디서 왔을까요? 그건 정말 사람들을 잡아먹는 괴물일까요? 도시에서는 폭죽을 쓰지 못하게 완전히 금지된 상황에서 그 괴물이 다시 돌아올까요? 이런 의문 끝에 이

이야기를 쓰게 됐습니다.

이 이야기는 번역을 거치지 않고 영어로 직접 쓴 내 첫 번째 이야기이며, 이걸 SF로 분류해야 할지, 아니면 판타지 혹은 동화로 구분해야 할지 모르겠습니다. 글을 쓰기 전에 새해에 대한 신화를 찾아보긴 했는데 이미 알고 있는 내용 외에는 찾을 수가 없었습니다. 그래서 상상력을 발휘해 써보려고 했죠. 새해를 기후 변화 재앙이 일어난 후의 미래라는 상황에 넣어봤습니다. 거기서 인간들은 가상의 세계에 사로잡혀 시간의 흐름을 잊어버렸기 때문에 인공지능이 새해를 부릅니다. 이 글을 쓰는 과정은 아주 즐거웠습니다. 여러분도 저처럼 즐거우셨기를.

왕콴유

아흔아홉의 야수가 죽으면

홍지운

홍지운은 SF 소설가이자 청강대학교 웹소설창작전공 교수다. 'dcdc'
라는 필명으로 오래 활동하며 한국 SF의 독보적 스타일리스트로 알
려졌다. 《무안만용 가르바니온》으로 2015년 SF어워드 장편부문 대상
을 받았다. 지은 책으로는 장편소설 《호랑공주의 우아하고 파괴적인
성인식》을 비롯해 '러브크래프트 다시 쓰기' 시리즈 Project LC.RC의
《악의와 공포의 용은 익히 아는 자여라》《월간주폭초인전》《구미베어
살인사건》 등이 있다.

은하항구 모슬포 터미널은 수많은 별자리를 잇는 광자로의 중심지 중 하나다. 나는 거대한 빛줄기가 고요히 흐르는 모습을 바라보며 묘한 흥분을 느꼈다. 수많은 뱀이 천 년에 걸쳐 똬리를 트는 것 같기도, 천 년에 걸쳐 자라나는 나무의 뿌리를 고속으로 돌려보는 것 같기도 한 풍경이다. 은하항구의 광자로는 오늘도 무수한 정보들을 머나먼 우주 곳곳으로 실어 나르고 있다.

영감은 내가 창밖을 바라보며 감탄을 하든 말든 배를 움직여서 항구에 정박시킨다. 이십 년 차 베테랑 사냥꾼쯤 되면 은하항구에서의 사냥이야 대수롭지 않은 일인 모양이다.

"쇠대가리. 도착하면 음료 하나만 뽑아 와라."

영감의 명령에 철판으로 덧댄 이마를 한 손으로 쓸어 넘긴 뒤 조용히 주먹을 들어올린다. 영감은 기도 차지 않는다는 표정이 되어서 나를 노려본다. 하지만 그의 범 잡아먹는 눈빛도 나를 굴복시키지는 못한다. 결국 영감도 나에게 주먹을 들어보였으니까.

"가위."

"바위."

"보."

영감은 가위. 나는 바위. 영감은 콧방귀를 뀌고는 지갑을 챙겨 자판기로 향한다. 이로써 칠십팔 전 칠십팔 승. 영감은 가위바위보로는 절대 나를 이기지 못한다. 이긴 적도 없다.

"젠장. 도대체 너 무슨 사기를 치고 있길래 가위바위보만 하면 네가 이기는 거냐? 확률적으로 말이 되지 않을 정돈데."

"사기가 아니우. 눈빛을 읽어서지. 영감님 눈빛이 너무 솔직한걸."

영감이 내 기운을 돋궈주기 위해 시작한 이 가위바

위보 내기는 이제 사냥을 앞두고 치르는 의식이나 다름없는 일이 되었다. 우리는 곧 인간을 사냥할 것이다. 그것도 새해 명절을 앞둔 은하항구 모슬포 터미널에서. 긴장을 풀기 위한 의식은 너무나 당연하다.

"오늘의 사냥감은 어떤 야수요?"
"강철처럼 피부가 변하는 경화의 초월인자를 가진 놈이래. 번호는 15번. 모슬포 터미널을 통해 차귀 태양계로 도주하려고 한다는군."

은하항구에 들어가자마자 우리는 항구 직원의 안내를 받아 빈 방 하나를 차지한다. 직원은 우리가 누군지 궁금하다는 눈치지만 굳이 답할 필요는 없다. 영감과 나는 사냥꾼이니까. 인간을 사냥하는 사냥꾼.

당연히 공식적인 직함은 아니다. 기업이나 권력자들이 처리해야 할 누군가가 있을 때 은밀히 불러다 사냥을 지시하면 그에 따르는 밥맛없는 직장이니 공식적인 직함은 주어지지 않는다. 고작해야 협력업체 직원 정도? 나나 영감처럼 갈 곳도, 살 곳도 없는 뜨내기에게나 주어질 자리다.

그리고 요 몇 년 동안 협력업체 직원으로 일하면서

영감과 내가 전담으로 계약한 일감이 하나 있다. 그것은 바로 A기업의 인체 개조 실험에서 도주한 생존자들을, 통칭 야수들을 붙잡아 넘기는 일이다. 인류의 새로운 가능성을 찾겠다며 자행된 이 실험에서 살아남은 생존자들은 주입된 초월인자를 통해 인간 흉기나 다름없게 개조되었기에 이 일은 사냥도 쉽지가 않은 험한 업무다. 덕분에 보수가 짭짤하다는 것이 그나마 다행이랄까.

"일이 잘만 풀린다면 우주의 바이러스 같은 저 야수 놈들을 잡는 이 짓거리도 올해 안에는 해결이 되겠지. 그놈이 은하항구를 통해 도망치지 못하게 막는다면 말이다."

"그놈? 사냥감은 하나?"

"제보로는 하나. 하지만 모르지. 둘이나 셋이 더 숨어 있을지. 맹독 초월인자를 가진 야수가 가속의 초월인자를 가진 야수를 사냥할 때 천장에 숨었던 것처럼."

어느새 영감과 나는 일흔도 넘는 야수들을 사냥했다. A기업이 제공한 자료에는 실험에서 도망친 야수들의 숫자가 총 백 마리라고 적혀 있었다. 우리 외에

홍지운

사냥꾼들이 잡은 야수도 있으니 남은 야수는 얼추 열 몇 남짓. 이 장기계약도 끝이 보이는 셈이다.

그 사이에는 정말 별별 일이 다 있었다. 야수들은 위험하다. 맹독의 초월인자를 가진 야수는 숨 쉬는 것만으로 지저 도시의 시민 삼만 명을 중독시켰다. 염동력의 초월인자를 가진 야수는 영감과 나와 협동하기로 한 사냥꾼들 열셋의 머리통을 보는 즉시 터뜨렸다. 비행의 초월인자를 가진 야수는 도주 중에 항구에서 출항하는 우주왕복선의 엔진에 휘말려들어 대형 재해를 일으키기도 했다. 그런 점에서 경화의 초월인자를 가진 야수는 비교적 만만한 사냥감이라고 할 수 있겠다.

"은하항구에서는 어디까지 지원해 준답디까?"

"감시시스템은 3급까지 접근 허가. 내부 인력은 전원 협조."

"역시 터미널은 2급까진 안 해주네. 화기 사용 허가는 해주나?"

영감은 웃음기라고는 없이 허리춤에 차고 있는 권총을 내보인다. 사살용으로 설정된 물건이다. 신나는군. 은하항구에서 총격전이라. 대신 수류탄은 우주선에다 두고 온 모양이다. 하긴, 터미널에서 폭발음이 들리면 다들 테러인 줄 알 테지.

영감은 나에게도 권총 한 정을 건네준 뒤 허공에 스크린을 띄워 나에게 토스한다. 화면에는 광자로 엔진의 제어실을 제외한 터미널 모든 구역의 보안 영상이 중계되고 있다.

은하항구는 우주선의 터미널 역할만 하는 게 아니라 광자로와 광자로로 우리 은하 곳곳을 잇는 공간이기도 하다. 터미널 중심부에 놓인 광자로 엔진을 통해 모든 물자를 정보로 전환해서 광속으로 연결하는 이 항구 건축 기술이 인류에게 가져다 준 성과는 우주를 뒤흔들 정도였다. 영감의 말마따나 결국 문명은 유통에 지배되는 것이니까.

"왜 이렇게 울상이야?"

"이번 일이 마지막이잖수."

나의 어리광에 영감은 코웃음을 친다. 그렇다. 오늘 사냥은 잘 풀리든 풀리지 않든 우리의 마지막 사냥이다. 영감은 그간의 공로를 인정받아 A기업의 협력업체 직원이 아닌 낙하산 정규직이 될 예정이었으니 말이다.

홍지운

"일은 잘 해결될 거야. 아무것도 의심할 필요 없어. 사냥을 방해할 만한 건 다 치워놓았으니까. 그러니까, 쇠대가리. 화장실 갔다 올 테니까 보안 영상이라도 체크하고 있어."

"그래도."

"임마. 넌 내 자식이나 다름없어. 우린 가족이나 다름없다고. 그리고 가족은 반드시 서로를 챙겨야만 하는 법이지. 내가 낙하산으로 임원 자리에 꽂히기만 하면, 틈나는 대로 너도 꽂아줄 테니까 징징거리지 마."

영감은 그 큰 손으로 내 이마의 피부를 대신하고 있는 철판을 탕탕 내리치고는 자리를 뜬다. 꼰대하고는. 영감은 지금이야 다 죽어가는 늙은이지만 저래 뵈도 한때는 조직 하나를 뭉갠 적도 있다고 한다. 다 죽어가는 늙은이인데도 초능력을 가진 야수들을 온갖 꼼수로 제압하는 재주꾼이기도 하고.

나는 영감한테 뜯어낸 음료수나 하릴없이 홀짝이면서 화면을 바라보았다. 모슬포 터미널은 별자리 사이를 이을 정도로 광대한 영역을 다루기도 하지만 근접한 태양계 사이의 중개지이기도 하다. 그리고 오늘

아흔아홉의 야수가 죽으면

은 명절 연휴고. 모슬포 터미널이 아니라 어느 은하 항구든 몇 달 치의 장거리 여행을 떠나는 관광객들로 넘쳐나는 기간이다. 과연 이 안에 숨어든 야수를 사냥할 수 있을지 자신이 생기지 않는다.

아니, 어쩌면 나는 이 사냥이 끝나지 않기를 바라는 것일지도 모른다. 영감에게는 미안한 일이지만 나는 나를 의심하고 있다.

"마스크."

"옛수."

영감은 화장실에서 돌아오자마자 사냥 준비를 시작했다. 우리는 사냥용 마스크를 쓰고 시스템을 조정했다. 열감지, 초음파, 원거리, 단거리. 마스크의 시야 설정을 정한 뒤 후각과 촉각의 밸런스를 맞췄다. 망설임 없이.

그래. 무의식적으로는 이 사냥이 끝나지 않기를 바랄지도 모르지. 의식적으로 그럴지도 몰라. 하지만 나의 바람이 곧 나의 목표는 아니다. 일을 망쳐서 좋을 게 뭐 있겠는가.

우리는 마스크를 쓴 뒤 창구로부터 은하항구의 직

홍지운

원 복장을 받아 갈아입고는 밖으로 나갔다. 모슬포 터미널의 광자로가 일제히 개방되는 것은 앞으로 약 열두 시간 뒤. 그 전까지는 터미널에 도착하는 사람만 있을 뿐 출발하는 사람은 나오지 않는다. 그러니 이 열두 시간 안에 북적거리는 터미널에서 다른 별자리로 도망치려는 야수를 잡아내야 한다.

야수를 알아보는 방법은 간단했다. A기업에서는 관리하기 좋도록 그들의 목덜미에 실험 번호를 문신으로 박아 넣었다. 하지만 야수들도 바보는 아니다. 도주 초기에는 문신을 찾아 야수를 사냥하면 그만이었지만, 지금까지 살아남은 야수들은 문신을 지우거나 가릴 방법을 떠올린 지 오래인 놈들뿐이다. 간단한 방법은 이제 물 건너간 지 오래인 게다. 그렇다면 요즘 쓰는 간단하지 않은 방법은 무엇이냐 하면.

"냄새 나냐?"

"더럽수."

영감이 겨드랑이에 팔을 붙였다 떼기를 반복하자 늙은이 냄새가 마스크를 타고 올라온다. 아쉽게도 이 방법이 요즘 쓰는 간단하지 않은 방법이다. 마스크의 후각 증강 기능을 이용한 탐색전. 사냥꾼들이 사냥개

아흔아홉의 야수가 죽으면

가 된 것이다. 야수를 사냥하기 위해 냄새를 맡고 다니는 사냥개가.

사냥에 있어 인간이 야수보다 우위를 점하기 위해서는 도구를 사용해야만 한다. 사냥꾼들은 야수들이 빠른 속도로 움직이거나 독을 뿜거나 하는 식으로 우리를 위협할 때 총구를 겨누고 도구를 사용하는 것으로 신체적 격차를 극복했다.

인류는 문명을 독점하게 된 이래 이 기술력을 시각 능력을 확장하는 식으로만 활용했다. 안경. 망원경. 현미경. 사진. 그러다 보니 후각 능력을 야수의 것으로, 야생동물의 것으로만 치부한 맹점이 있었다. 그래. 맹점. 은연중에 바람을 타고 공간을 메우는 땀과 분비물의 향은 빛보다 더 많은 것을 말하는 수다쟁이임에도 말이다. 그리고 야수들은 그 수다쟁이의 가장 충직한 청자였고 말이다.

하지만 이 마스크는 다르다. 시각만을 확장시키지 않고 후각을 재정립한다. 이 마스크 덕분에 인간은 이제 추적에 있어 육체적으로도 야수와 동등한 무대에 오르게 된 것이다.

"쇠대가리. 잘 돌아다녀. 냄새만 맡지 말고 영상도

홍지운

체크해. 두 눈을 부라리라고."

영감과 나는 서로 갈라진다. 영감은 1번부터 25번 게이트를, 나는 25번부터 60번까지를 맡기로 했다. 고작 두 사람이 은하항구 전체를 감시한다면 말도 안 되는 개소리일 거다. 하지만 야수가 들어올 수 있는 구역을 한정하면 크게 어렵지 않다. 민간인들, 그중 에서도 저가 광자로를 이용할 고객들로 한정하면 우 리 두 사람으로도 충분히 감당할 넓이가 나오니까.

옛 지구의 폴리네시아인들은 불알을 바다에 담그 는 것으로 해류를 읽었다고 한다. 나나 영감이 하는 일도 크게 다르지 않다. 마스크에 달린 커다란 후각 장치로 기류 속 세포 단위의 냄새를 맡아 감정의 흐 름과 충돌 그리고 뒤섞임의 근원을 쫓으니까.

"어이쿠."

물론 이렇게 후각에 집중하다 보면 시각에 소홀해 지기도 한다. 내 옆을 달리던 꼬마와 부딪히고 말았 으니 말이다. 나는 마스크를 활용할 겸 꼬마의 당황 한 표정 뒤의 땀샘에서 나오는 분비물을 통해 감정 을 읽어내고자 했다. 그리고 꼬마는 놀랍도록 아무렇 지도 않다는 것을 확인할 수 있었다. 녀석. 연기력 한

아흔아홉의 야수가 죽으면

번 일품이군.

"죄송합니다, 해야지."

"죄송합니다."

꼬마는 곧 멀리서 달려온 보호자의 지도에 따라 나에게 고개를 숙여가며 사과한다. 얼굴이 비슷한 걸 보면 이 보호자는 꼬마의 언니일까? 다시 한번 후각 장치를 통해 언니나 꼬마나 나에게 전혀 죄송하지 않다는 것을 알 수 있었지만 불쾌할 일은 아니었다. 이렇게나 죄송하지 않다고 생각하면서도 죄송하다는 말이라도 꺼낸다니, 이 얼마나 고상한 가족이란 말인가.

나는 웃는 얼굴로 사과를 받아주려다, 마스크를 썼으니 내 표정이 꼬마에게는 보이지 않으리라는 사실을 뒤늦게 깨달았다. 그래서 손가락으로 동그라미를 만들어 오케이 사인을 보냈다. 꼬마와 꼬마의 보호자는 미소와 함께 인사를 하며 자리를 떠났다. 그런 와중에도 여전히 아무런 감정의 요동이 냄새로 맡아지지 않으니 감탄마저 나올 정도였다.

낙하산이 결정되기 전에 영감이 자주 하던 소리가 떠오른다. 토사구팽. 토끼 사냥을 마치면 가족들이 둘러앉아 토끼와 토끼를 사냥한 사냥개를 같이 삶아

먹는 옛 지구 시절의 풍습이다. 영감 말로는 우주 진출이 시작되기 전, 고기를 먹던 시절의 문화라고 했다. 홍. 그래도 개새끼에게는 같은 개새끼라는 가족이 있겠수다.

지루하고 따분한 추적이 진행되는 와중, 곧 영감으로부터 연락이 왔다. 냄새를 맡았다는 것이다. 나는 그가 맡은 냄새의 데이터를 받아 스크린에 띄웠다. 영감이 신나서 보낸 것이 납득이 가는 수치였다. 홍분 40퍼센트. 긴장 32퍼센트. 집중 12퍼센트. 그 외 기타. 군침이 도는 비율이다.

지리네. 어디에서 맡았수?

B3층 중화식당. 카메라에는 사람이 잡히지 않길래 물었더니 수도 보수 중이라서 막아놓았대.

숨어 있기 딱 좋은 곳이라는 이야기다. 나와 영감은 은하항구의 지도를 펼쳐놓고 즉석에서 동선을 짰다. 나는 앞문. 영감은 뒷문. 영감이 먼저 소리를 지르고 위협해서 야수를 앞문으로 몰면 내가 붙잡는 작전이다.

콧노래를 부르면서 변두리 식당가로 향한다. 명절

기간에 보수공사라니. 막심한 손해를 봤겠다 싶다가
도 어차피 이 가게 주인이 옆 가게 주인이기도 하겠
다는 데까지 생각이 미치자 괜한 걱정을 했다 싶어
나만 손해를 본 기분이 되었다.

과연. 내려오자마자 냄새가 강하게 난다. 강한 긴
장. 약간의 분노. 그뿐이 아니군. 나는 영감에게 신호
를 보냈다. 육성이 아닌 텍스트로.

영감님. 하나가 아님.

뭐야. 더 있어? 몇 마리?

**응. 내 감으로는 두 마리. 수치만이 아니라 궤적도 뒤섞였수
다. 자세히 맡으면 냄새의 라인이 엉켜 있다는 게 보이우.**

후각을 통한 추적에서 가장 중요한 것이 바로 이거
다. 상상력. 냄새를 맡는 것만으로는 추적이 되지 않
는다. 그보다는 단서와 단서를 연결하고 그 관계를
통해 어떤 가능성을 떠올리는 일이 중요하다.

이 변두리 식당가의 냄새도 마찬가지다. 영감이 나
보다 냄새를 먼저 맡아 근처를 돌아다니고 있었으니
가진 정보량은 나보다 많았다. 하지만 냄새가 같은
공간에서도 들쭉날쭉하다는 점, 여러 높이에서 다르
게 맡아진다는 점을 보아 키가 다른 두 사람이 근처

를 방황했음을 읽어낸 것은 영감이 아닌 나다. 정보에 상상력을 더할 줄 아는 나니까 되는 일이다.

곧 영감으로부터 B3층의 중화식당 뒷문에서 대기 중이라는 연락이 왔다. 나는 만약의 경우에 이곳에서 야수 두 마리가 도망칠지 모를 루트를 계산하기 시작했다. 아이스크림 가게? 아니야. 영국식 찻집? 설마. 그보다는 팬케이크점이 낫겠군.

앞문에 도착한 뒤, 영감과 나는 동시에 가게 안으로 진입했다. 영감이 뒷문에서 요란하게 소리를 내고 위협적인 대사를 뱉는 와중 침착하게 소리를 죽인 채 무언가 움직이지 않을까 곳곳을 노려본다. 하지만 시각보다는 후각이 더 많은 정보를 준다. 그리고 이 안에 숨은 누군가의 흥분은 점점 커져만 간다는 것을 눈이 아닌 코를 통해서 우리는 오래전부터 알고 있다.

어딜까. 이 냄새가 새어나오는 곳은 어딜까. 발소리가 너무 크게 들리지 않도록 조심스레, 미끄러지듯 발을 옮긴다. 어딘지는 금세 찾아낸다. 식료품 창고. 좋은 선택이다. 넓은 데다 군것질거리도 많고.

이번 야수의 초월인자가 뭐였더라? 아. 경화 능력이라고 했지. 그럼 총의 설정을 관통이 아닌 전기충격으로 바꾸는 편이 좋겠군. 진즉에 이랬어야 했는데. 식료품 창고를 향해 총구를 겨눈 뒤 영감에게 물러가라는 신호를 보낸다. 영감은 내 신호를 이해하고는 다시 한번 시끌벅적한 소리를 내면서 뒷문으로 다시 빠져나간다.

처음 작전은 영감이 뒷문에서 소동을 일으켜서 당황해 빠져나온 야수들을 내가 정문에서 잡는 것이었다. 하지만 야수들이 도망쳐 나오지를 않으니, 이번에는 반대로 야수들을 당황하게 할 게 아니라 긴장을 풀도록 속이자고 제안한 것이다. 영감이 빠져나갔으니 이제 숫자를 셀 차례다. 백까지 셀 거다. 하나. 둘. 셋. 십오. 십육. 십칠. 구십칠. 구십팔. 구십구.

백. 문 열어! 총 겨눠! 외쳐!

"당장 엎드려, 이 짐승 새끼야!"

"잘못했어요! 다시는 안 그럴게요!"

"아내한테는 말하지 말아주세요!"

"…뭐?"

망할.

"영감님. 이게 뭐요? 내 꼴만 우습게."

"미안하다 그랬잖아. 화 풀어."

망할.

영감과 내가 긴장 속에서 쫓은 두 녀석은 A기업의 인체 실험에서 도망친 야수들이 아니라 바람나서 숨어 다니던 불륜 커플이었다. 듣기로는 아내와 아내가 고용한 조직폭력배들이 두 사람을 쫓아 은하항구까지 왔다던가. 그래서 일단 숨을 만한 곳을 찾아 돌아다니다가 중화요리점의 식료품 창고까지 오게 되었다던가. 두 사람이 뱉은 이야기는 들어봤자 전혀 쓸 데기 없는 정보들뿐이었다.

화풀이는 했지만 영감 잘못만은 아니다. 데이터 상으로는 확실히 일반적인 사냥감들에게서 나올 냄새들이었으니까. 그 두려움의 대상이 우리 사냥꾼이 아닌 아내와 아내가 고용한 조직폭력배들이기는 해도 말이다. 빌어먹을.

더욱이 남편이라는 놈은 자기가 꼬신 여자에게 자기 신분마저 속였다. 만약을 대비해 놈의 신분증을 조회하는데 이게 웬걸, 변호사증이라고 내민 것이 어디 삼류 흥신소에서 제작한 가품에 불과하지 않던가. 여자는 남자에게 바락바락 화를 내고는 터미널 바깥으로 떠나버렸다. 남자는 영감이 불법침입 건으로 모슬포 터미널의 관리 직원에게 넘겨버렸고.

"쇠대가리. 네 감으로는 어떠냐. 야수가 아직 여기에 있냐?"

"있는 것은… 같수다. 어딘가에 숨은 것 같기는 한데."

"그럼 됐어. 넘어가자. 어?"

"알았으니까, 영감님이나 잘하쇼."

나는 다시 영감과 떨어져서 아직까지 조사하지 못한 영역으로 돌아갔다. 혹여나 사냥감을 지나치지 않도록 코를 이리저리 들이밀어 킁킁대며. 하지만 콧구멍에 들어오는 냄새라고는 우울한 패배의 냄새뿐이었다. 나와 영감의, 패배의 냄새.

영감님. 어쩔깝쇼.

일단 식당가로 가자. 이게 다 먹고살자고 하는 노릇인데.

첫 번째로 허탕을 친 뒤 벌써 다섯 시간이나 지났다. 남은 시간은 네 시간 남짓. 이제는 배가 고파서 냄새조차 맡지를 못했다. 아니, 맡긴 맡는데 향긋한 음식 향기에 혼이 팔려서 추적이 되지 않는다. 결국

홍지운

나는 영감과 다시 합류해서 배부터 채우기로 했다.

조바심이 커진다. 평소라면 일찌감치 냄새를 맡아 사냥을 마무리했지만 오늘은 좀 다를 수도 있겠다는 의심이 피어오른다. 은하항구라는 게 이렇게나 험준한 사냥터일 줄이야.

영감이나 내가 주로 다닌 사냥터는 주로 은하계 빈민행성의 뒷골목이었다. 이렇게 극심하게 가난한 지역은 오히려 범죄자들이 적다. 노예나 다름없는 삶을 살면서 기업들에게 통제되는데 무슨 수로 사치스럽게 범죄까지 저지르겠는가.

그런 장소에서 우리의 후각에 잘못 걸려든 놈들은 사채업자의 추심으로부터 도망친 빚쟁이나 시비가 붙은 동네 깡패들 정도였다. 후자는 척 보기만 해도 우리의 사냥감이 아니니 넘어가면 되고 전자는 전자대로 사채업자에게 납품하는 식으로 쏠쏠한 용돈 벌이가 되었는데 이놈의 불륜 커플들은 어디 군것질할 푼돈도 되지 못하니.

오늘의 허탕은 한 번으로 그치지 않았다. 한 열 번은 낚였지 싶은데. 도대체 왜 은하항구까지 와서 불륜질이란 말인가? 아닌가? 내가 가족을 가져보지 못해서 모르는 걸까? 은하항구야말로 불륜의 성지인 걸까? 가정을 떠나, 여행지로 불륜 상대를 데리고 가는 걸까?

밀입국자, 마약 밀수범, 좀도둑 등 잡범들에게 낚였을 때는 뭐 그러려니 하고 마는데 간신히 추적해서 잡은 누군가가 불륜 커플에 불과했을 때는 다른 때의 몇 배로 성질이 난다. 아니, 잡범들은 항구 직원에게 넘기면 포상금이라도 받는데 불륜 커플은 뭐 어쩌라고.

"영감님. 나 왔수. 가위."

"바위. 왔냐, 쇠대가리."

"보."

당연히 나의 승리다. 나는 식당에 도착해서 영감을 보자마자 주먹을 들어 보였고, 영감은 자연스레 가위바위보를 받아주었고, 내가 또 이겼다. 이런 걸 보면 내 감이 아주 죽지는 않은 모양인데. 정작 사냥에서는 왜 이렇게 허탕의 연발인지.

영감은 꿍얼거리는 소리를 내며 자리에서 일어나 주문을 하러 간다. 짜증과 흥을 동시에 느끼면서 영감의 등을 바라본다. 이제는 어깨가 제법 작아졌다. 망할 꼰대.

홍지운

"이렇게 안 보일 수가 없는데. 왜지?"

"터가 안 좋잖수, 터가. 아니면 야수가 은하항구로 숨어들었다는 제보는 확실한 거요?"

영감은 곧 음식이 담긴 쟁반을 들고 와서 내 앞에 앉았다. 빨리 먹고 자리를 털어야 하니 대단한 식사는 되지 못했다. 영감은 그저 여러 종류의 달고 짠 빵 무더기를 쌓은 쟁반 하나만을 갖고 왔을 뿐이다.

나는 영감의 메뉴 선정부터 사냥터 선정까지 영 미덥지가 못해 꼬장을 부렸지만 영감은 영감대로 단호하다.

"암은. 내 은퇴식인데 내가 어디 아무 먹잇감이나 물었을까봐? 이거 잘 풀려야 내 낙하산도 무사 착지야, 이것아. 정말로 확실하다 싶은 걸로 물었어. 그러니까 아무리 적어도, 최소한 야수 한 마리는 이 항구에 있다."

"뭐 사진이나 유전자 정보라도 내놓고 그래야지."

먹던 빵을 내려놓고서 영감의 두 눈을 노려본다. 하나. 둘. 셋. 삼 초가 지나도록 영감의 눈빛은 흐려지지 않는다. 구라는 아니군. 하지만 그래도, 아니 그렇기에 더 의문이 남는다. 이 늙은 구렁이가 이렇게까지 마지막 사냥에 확신하고 있는데, 사냥감은 도대체 왜 이렇게까지 보이지 않는단 말인가?

확신하고 있는 사람은 영감만이 아니다. 나도, 내 직감도 여기가 맞다고 말하고 있다. 그것도 아주 강하게. 뭐지. 도대체 왜지. 나는 총알에 스쳐 날아간 내 전두엽을 그리워하며 강철로 덧댄 이마를 긁적였다. 이 상처로 정신을 잃고 죽을 위기였던 것을 영감이 구해준 이래, 내 직감은 나를 배신한 적이 없었다. 차라리 작동하지 않을 때가 있었을지언정.

"뭔가… 야수 놈들이 평소답지 않게 뭔 수를 쓰고 있는 거 같은데. 영감. 영감이 보기에는 어떻수?"

"쇠대가리. 네가 농땡이 피우는 건 아니고?"

"염병이우."

무기력하게 빵을 우걱우걱 씹는다. 빵가루는 죄다 흘리면서. 영감은 영감대로 트림에 기침에 가래에 온갖 부산물을 테이블 위로 쏟아낸다. 우리는 무기력하고 더러운 실패자 콤비다.

"영감."

"어."

"이번 사냥에 실패하면 낙하산도 나가리우?"

"완전히는 아닌데… 가는 자리가 달라져서 연봉이 반은 깎일 걸."

"흠."

영감이 피식하고 웃는다.

"걱정 마라, 쇠대가리. 말했잖아. 내가 어느 자리에 가든 넌 삼 년만 있어 봐. 그동안 네 자리 하나는 보전해 놓을 테니."

참으로 감동적인 빈말이우, 영감.

조용히 은하항구 창 너머의 우주를 바라본다. 은하계의 중심부에 있는 터미널이기에 그 어느 곳에서보다 찬란히 빛나는 별빛들이 항구를 비추고 있다. 이 우주에는 이렇게나 많은 별들이, 이렇게나 많은 이들이 있는데도 내가 발붙일 곳이 하나도 없다는 사실이 어떤 의미로는 좀 대단하지 않나 싶기까지 하다.

영감은 자기가 한 약속이 공수표임을 스스로도 깨닫지 못하고 있을 게다. 영감이 나를 거둔 이래로 언제나 그래왔음에도. 이 늙은이는 항상 무언가 이뤄주겠다고 허풍을 친 뒤 나중에는 잊어먹기 일쑤였다.

이제는 안다. 그 약속들은 거짓말이라고 할 수조차 없다. 그냥 무의식적으로 내뱉는 척수반사적인 헛소

아흔아홉의 야수가 죽으면

리였으니까. 의식적인 거짓말만큼의 성의도 없는 셈이다. 하지만 그렇더라도 영감은 영감이니까 함께 다닌다만.

"쇠대가리. 너 딴 생각하지 말고 우선 일부터 집중해."

"집중하고 있는데."

영감은 미간을 찌푸린다.

"사람 목숨이 걸린 일이다. 이 은하항구를 지나다니는 저 사람들은 대부분 우리가 갖지 못한 가족들을 가진 사람이거나, 우리가 갖지 못한 가족들을 쉽게 버릴 수 있는 사람들인 것도 맞아. 하지만 그렇다고 야수들이 여기에서 폭주했을 때 위험하지 않을 사람도 아니야."

"그래서 뭐유. 내가 질투에 눈이 멀어서 일을 게을리 한다고?"

"뭐가 됐든, 이놈아."

고개를 돌려 영감의 눈빛을 피한다. 하지만 그런다고 영감이 훈계를 멈추진 않는다.

"야수들은 초월인자로 오염된 것들이야. 그것들이 우주로 퍼져나가서 번식이라도 하면 인류라는 종이

홍지운

오염되는 거라고."

"아, 그런 걸 내가 알아서 뭐하겠수? 일만 잘하면 되잖어."

"우리가 하는 일은 살인이야. 다른 말로 변명할 것도 없어. 거창하게 은하계의 평화를 위해서라느니, 졸렬하게 자본주의의 섭리일 뿐이라느니 변명할 것 없다고. 그냥 더러운 일이지. 하지만 이 더러운 일을 한 번에 해결하지 못하면 어떻게 되는지 알아? 더 더러워지는 거야. 똥을 퍼서 쓰레기봉투에 집어넣는 일인데, 봉투에 한 번에 담지 못하면 여기 똥 뿌리고 저기 똥 뿌려서 더 더러워진다고. 더럽지 않은 일이라고 널 속일 생각부터 하지는 마. 하지만 이미 똥물이 튀었으면 일단 똥부터 치우고 닦을 생각을 해. 더럽다는 생각은 하지 말고."

"그런 생각은 해본 적도 없수다."

영감은 피식 웃고는 자리에서 일어난다. 그러고는 뒤를 돌아 식탁을 떠난다.

"똥 얘기 하니까 똥 마렵다. 갖다 올게."

영감이 화장실에 간 사이 마스크를 쓰고서 다시 주변을 살핀다. 어떤 이상한 냄새가 나지는 않나. 누군가 수상쩍은 인간은 없나. 하지만 내 코를 자극하는 향은 결국 화목한 가정과 불륜의 향기뿐이다.

영감은 이십 분은 지난 뒤에야 돌아왔다. 늙어서 대장과 괄약근이 약해진 탓일까. 은퇴 선물로는 근육 강화제라도 준비해야 하나 싶다. 하지만 그전에, 나는 이상한 냄새를 맡았다.

"영감. 진짜 왜 그러냐."

"뭐."

"영감, 볼일 보고서 손 안 씻었지? 후각센서가 영감 손에서 똥내를 아주 지리게 맡고 있어."

"자식이, 꿍하기는. 너 나 은퇴하면 잔소리할 사람 없어서 어쩌려고 그러냐?"

짜증 가득한 표정으로 영감에게 물티슈를 던진다. 영감은 낄낄 웃으면서 손가락 구석구석을 닦는다. 빌어먹을. 내가 저런 위생 관념을 가진 인간과 한 테이블에서 밥을 먹었다니.

영감은 이제 됐냐는 식으로 나에게 손을 펼쳐 보인다. 마스크의 후각센서는 영감의 무고함을 수치로 증명한다. 그리고. 그리고 나의 두뇌는. 이 콩트에서 어떠한 가능성 하나를 떠올린다.

홍지운

"영감."

"또 뭐. 다 닦았는데."

"야수들이 어떻게 숨었는지 알아냈수다."

영감은 어리둥절한 표정으로 나를 바라본다. 나는 조용히 손가락으로 영감이 쥐고 있는 물티슈를 가리킨다. 영감은 고개를 숙여 물티슈를 바라보다 고개를 들어 내 얼굴을 바라보길 반복한다. 한심한 영감.

"추적하지 못하도록 불안감이나 두려움의 냄새를 닦아낸 거요. 영감이 방금 손바닥에 묻은 똥내를 물티슈로 닦아낸 것처럼, 놈들 중에 냄새를 조작하는, 신체 정보를 조작하는 초월인자를 가진 야수가 있어!"

처음에 영감은 내 주장을 추측일 뿐이라고 일축했다. 신체 정보를 조작하는 초월인자라면 다른 어떤 능력보다도 강력할 수 있다면서. 내 추측이 사실이라면 A기업으로부터 도망친 야수 수십 마리만이 아닌, 수천, 수만의 야수들이 양산될 수 있다면서.

하지만 용의자의 존재는 근거가 된다. 처음 모슬포 터미널에 도착했을 때 나와 부딪혔던 그 꼬마와 언니

아흔아홉의 야수가 죽으면

말이다. 그 둘은 기괴하다 싶을 정도로 감정이 마스크에 읽히지 않았다. 여기서 가능성은 두 가지가 있을 것이다. 하나는 이 자매가 감정의 동요라고는 찾아볼 수 없는 사이코패스들이라는 것. 다른 하나는 이 자매가 감정을 조절할 수 있는 초월인자를 가진 야수들이라는 것.

그들의 표정이 변화하는 모습을 지켜봤던 내 입장에서 보자면 전자보다는 후자에 무게 추가 실린다. 그리고 이 가설은 나와 영감이 몇 시간이 지나도록 도주 중인 야수들의 흔적조차 찾지 못한 이 상황에 딱 맞아떨어지기도 한다. 영감은 저어하고 있으나 아니, 나조차도 내 이론을 의심하고 있으나 내 직관이 이를 확신한다.

"제길, 쇠대가리, 이놈아. 왜 이렇게 뛰어? 우주선에는 뭘 가지러 가는 거고?"

나는 내 가설을 떠올리자마자 항구에 정박해 놓은 우주선으로 달리기 시작했다. 영감은 헉헉거리면서 겨우 내 뒤를 따라왔고. 이 일이 끝나면 정말로 영감에게 근육강화제를 사줘야지 싶다.

"수류탄이유, 영감."

홍지운

"수류탄?"

"그렇수다."

"수류탄은 왜, 이놈아!"

"은하항구에 폭탄 테러를 저지를 거요!"

영감은 기겁해서 나를 붙잡으려고 했지만 나는 영감이 나를 따라오지 못하게 속도를 높였다. 그리고 영감이 뒤처진 사이, 우주선 정박소로 달려가 트렁크에서 수류탄을 하나 꺼냈다. 그러고는 가능한 누구도 다치지 않을, 무엇도 부숴먹지 않을 곳을 향해 폭탄을 던졌다.

펑, 하는 폭음과 함께 자욱한 연기가 정박소를 가득 메운다. 뒤늦게 나를 쫓아온 영감이 고래고래 소리를 지르지만 내 고막은 이명 소리만 붙잡을 뿐 아무런 소리도 듣지 못한다.

이 폭발 사건은 곧 모슬포 터미널 곳곳의 화면을 통해 중계될 것이다. 폭발의 규모, 인명 및 재산 피해, 테러의 가능성, 안전한 탈출로 등 불안감을 증폭시킬 온갖 정보들에 담겨서.

"망할 녀석아, 무슨 생각으로 이런 미치광이 짓을 저지르는 게야!"

"영감! 후각센서 감도 최대로 올리쇼. 이번에는 반대되는 냄새를 찾는 거요. 이제 제정신인 인간들은 모두 다 불안하게 되었으니, 두려움이 아닌 평정심의 냄새를 쫓으라고!"

영감은 어처구니가 없다는 듯이 입을 쩍 벌린 채 나를 바라본다. 나는 웃으면서 다시 마스크를 뒤집어 쓴다. 모슬포 터미널은 공포와 경악으로 가득 찼음이 코로 맡아진다.

영감. 은퇴 기념 선물이오. 나는 폭발물관리법 위반으로 몇 달은 구치소에서 보내겠지만 그래도 영감이 사냥에 성공하고 은퇴한다면야 그게 어디우.

"당장 엎드려, 이 짐승 새끼야!"

이번에는 다르다. 총구도 잘 겨눴고, 총구가 가리키는 대상도 불륜 커플이 아니다. 나는 두 사람―아니, 두 야수들이 저항하지나 않을까, 또 다른 야수가 있지는 않을까 경계하며 주변을 살폈다. 하지만 마스크 안 화면에 떠오르는 수치를 보면 근처에는 저 두 야수들뿐이다.

나와 영감은 수류탄을 터뜨리자마자 모슬포 터미널

홍지운

로 뛰어들었다. 그러고는 폭발음에 뒤이은 경고 알람과 테러 뉴스로 아비규환이 된 은하항구에서도 평정심을 잃지 않은 누군가의 냄새가 그리는 궤적을 추적했다.

이 시도는 성공적이었다. 3층 제4수면실에서 고집스레 안정을 유지하는 두 인물의 흔적을 발견하는 데 성공했으니까. 그리고 그 흔적은 은하항구의 중심으로 이어졌다. 나와 영감은 그렇게 길지 않은 추적 끝에 그 두 인물이 광자로 엔진 관리실을 향했음을 알았다. 결과는 훌륭하다. 나와 영감은 이제 야수 둘에게 총구를 겨누고 있었으니까.

"쇠대가리, 잘했어. 네 말대로 총을 겨눴는데도 후각센서는 아무런 동요도 보이지를 않는군. 어이, 야수들. 죽어서 나가고 싶나, 살아서 나가고 싶나? 살아서 나가더라도 연구실에 가서 실험대에 오르게 될 테니까 죽어서 나가는 것도 나쁜 선택은 아니야."

나와 영감은 이빨을 드러내며 웃는다. 나는 두 야수의 낯을 살펴보며 기억을 반추했다. 과연. 저 둘은 몇 시간 전, 내가 모슬포 터미널에서 마스크를 처음으로 쓰고 나섰을 때 부딪혔던 어린 꼬마와 그 보호

아흔아홉의 야수가 죽으면

자다. 어쩌면 그 충돌은 나의 마스크 센서에 자기들이 포착되지 않으리라 확신을 얻기 위한 저들의 실험이었을지도 모르겠다.

야수 둘은 천천히 양손을 들어 올린다. 아쉬운 노릇이다. 산 채로 데려가는 것보다 시체를 끌고 가는 편이 더 편한데. 아니, 그냥 여기서 쏴버릴까? 우리의 의뢰인은 사냥감의 상태에 개의치 않는 편이니 괜찮지 않을까?

"쇠대가리. 야수를 쏠 거면 무릎 아래를 노려."

"왜요?"

"뒤."

영감은 턱 끝으로 야수의 뒤편을 가리킨다. 아하. 과연. 야수들이 숨으려고 한 곳은 은하항구의 중심부였다. 즉, 광자로 엔진의 기관실이 코앞인 것이다. 과연 한 발짝 더 다가가 보니 야수들의 뒤편 유리창 너머에는 커다란 광자로가 우동 그릇의 면발처럼 얽혀서 흐르고 있는 풍경이 보였다.

"영악한 것들. 모슬포 터미널에 온 이유가 탈출이 아니었다, 이거지? 쇠대가리. 이 녀석들, 은하항구에 테러를 저지를 속셈이었을 거야. 그러니 숨어도 우리

114

홍지운

한테서 도망칠 수 있도록 은하항구 바깥으로 향하는 게 아니라 중심으로 향한 게지."

등에 식은땀이 흐른다. 은하항구의 광자로 엔진을 폭주시키면 어떤 일이 일어날까? 광자로는 물질을 정보로 바꾸어서 다른 별자리로 전송한다. 그러니 광자로 엔진이 파괴된다는 것은 곧 광자로로 연결된 다른 별자리의 은하항구가 폭발한다는 이야기다. 다른 별자리를 향해 몇 개월에 걸쳐 광자로로 이동하는 수십만 승객들 전원과 그 안에 든 물자들의 운명도 마찬가지다. 명절을 맞아 우주의 일부가 순식간에 지워지는 것이다. 무서운 야수들이었다.

"이토록 경비 태세가 엄중한 곳에 숨어들 수 있는 테러리스트는 이제까지 존재하지 않았지만 신체 정보를 조작하는 야수라면 숨어들지 못할 것도 없겠지. 지문 인식, 홍채 인식… 다 조작이 될 테니까. 쇠대가리야. 이거 우리 잭팟을 터뜨린 것 같은데? 저놈들 데려다가 은하항구에 잡아 넘기면 보상금이 장난이 아니겠어."

"재미난 상상력이야."

야수들 중에 큰 쪽, 그러니까 언니처럼 보이는 쪽

이 우리를 향해 이를 드러낸다. 나나 영감이나 야수가 하는 변명이 궁금해 그 떠벌리는 주둥이를 막지 않는다.

"테러를 저지를 생각은 없었다고 하면 놔주겠어?"

"설마. 너희를 잡는 게 내 일인 걸."

"어쨌든 그럴 생각은 없었어."

재미없는 변명이다. 괜히 더 들어줄 필요도 없었는데, 시간만 낭비했다. 수갑을 꺼내고는 총구를 겨눈 채 야수들에게 다가간다. 일단 묶고 볼 생각이다. 평소라면 배에 총알부터 박고 시작했겠지만, 광자로 엔진 기관실 근처라 뭐라도 망가뜨릴까 두려워 주의할 수밖에 없으니 이렇게 비폭력적인 해결책을 고를 수밖에.

야수 중 언니 쪽은 순순히 두 팔을 내밀어서 내가 건넨 수갑을 찬다. 동생 쪽 야수는 아무런 표정도 짓지 않고 언니 뒤에 숨어서 우리를 힐끗힐끗 바라보기만 할 뿐이다.

"너는 우리가 누구인지 알아?"

"알지. A기업의 실패작. 초월인자를 가진 야수들."

"알고 있다면 우리를 놔줘. 이 세상에서 초월인자

116
홍지운

를 없애면 안 돼. A기업의 실패를 감추기 위해 이 종의 진화를 막아서는 안 돼. 그것은 우주에 대한, 인류에 대한 범죄야. 우리로 인해 인류가 겪을 일은 오염이 아니라 변화야."

코웃음이 나왔다.

"너네는 수도에 독을 타고 무장한 군인과 맞상대를 할 수 있는 괴물이야. 통제가 되지 않는 괴물이라고."

"수도에 독을 타는 일이야 독극물을 가진 사람이라면 누구나 할 수 있는 일이야. 초월인자 따위가 없더라도 저지를 수 있는. 무장한 군인과의 맞상대도 무장한 군인이라면 누구나 할 수 있고."

"너는 지금 이 별자리에서 가장 커다란 공공기관의 핵심부 근처까지 침입했어. 그 잘난 초월인자로. 테러를 벌이려고 했든 아니든 위협은 위협이라는 말이야."

손이 뜨겁다. 야수의 피는 일반인의 체온보다 더 뜨겁기 때문이다. 끈적거리는 온기가 내 손을 적신다. 불쾌한 촉감에 진절머리를 내면서 야수의 배를 후벼 판 단검을 뽑는다.

고금동서. 총을 쓸 수 없는 곳에서는 칼을 쓴다. 칼

아흔아홉의 야수가 죽으면

을 쓸 수 없는 곳에서는 총을 쓴다. 야수는 그저 연구실로 연행될 뿐이라고 긴장을 풀었다가 갑작스레 칼에 찔린 것이 분했는지 쓰게 웃는다. 나로서는 알 바 아닌 일이다. 반론을 경청해 줄 의리도 없는 사이니까. 나는 천천히 칼에 묻은 피를 털었다.

야수의 눈이 감긴다. 나는 야수의 옷을 당겨 목덜미를 확인한다. 15라는 숫자가 새겨져 있는 목덜미를.

어린 야수가 나를 노려본다. 아이라고 해서 굳이 살의를 감출 생각은 없다. 만약을 위해 아이의 목덜미도 확인을 해보았다. 그곳에는 99라는 숫자가 적혀 있었다.

"왜 시보를 죽였어?"

"15번이라서 시보냐? 야수라 그런지 이름 한번 대충 짓는군. 너는 그러면 구십구야?"

"시보는 나를 구구라고 불렀어."

"예쁜 이름이네."

나는 구구의 목덜미에 칼날을 대고는 간질였다. 구구는 기분 나쁘다는 듯 미간을 찌푸린다. 공포가 아닌 짜증의 감정을 담아.

홍지운

"쇠대가리. 장난은 그만 치고 빨리 치워. 네 가설대로라면 저 꼬맹이는 신체 조작의 초월인자를 가진 거잖아. 어떤 능력인지 그 범주를 우리가 모른다고. 그대로 갖고 놀기에는 너무 위험한 장난감이야."

"어… 알겠수."

나는 아이의 목덜미에 날붙이를 찔러 넣으려고 했다. 하지만 그러지를 못했다. 아이의 눈동자를 보자 나의 직관이 갑자기 이 아이를 죽여서는 안 된다고 나를 가로막았기 때문이다. 뭐지? 양심? 나한테? 방금 아이가 보는 앞에서 그 언니뻘 되는 보호자를 찌른 나한테?

아이는 놀라지도, 겁을 먹지도 않고서 나를 바라본다. 살려달라고 호소하는 눈빛도 아니다. 그저 내가 아이를 찌르지 못할 걸 이미 알고 있었다는 듯한 표정이다.

"뭐야? 너, 무슨 능력을 쓴 거야?"

"아니. 능력을 쓴 사람은 내가 아니야."

나는 어이가 없어 아이를 바라봤다. 뭐라는 거야? 하지만 아이는 대수롭지도 않다는 듯 나에게 도리어 질문한다.

아흔아홉의 야수가 죽으면

"너는 우리가 누구인지 안다고 했지?"

"어."

"그럼 너는 네가 누구인지는 알아?"

뭐래? 뭔데? 하지만 이 질문을 입 밖으로 꺼내지는 못했다. 그 순간, 내 입에서 나온 것은 사람의 말이 아닌 눅진한 피였으니까. 사람의 것이라고 보기에는 너무나도 뜨거운 피였으니까.

"꼬맹아. 그 말을 하지 말았어야지."

나는 내 배에 뚫린 구멍을 바라보았다. 그리고 뒤를 돌아보니 내 배를 향해 총구를 겨누고 있는 영감의 모습이 보였다.

"오이. 괜찮아?"

아이는, 구구는 이제 사람다운 표정으로 땅바닥을 나뒹구는 나를 바라본다. 그의 언니, 시보의 이름을 부를 때와 마찬가지로 상냥한 목소리와 함께.

"뭐요… 뭐요, 영감?"

"너도 저놈들 중 하나라는 거지. 그리고 나를 향해 이빨을 드러내기 전에 처리했을 뿐이고."

"가족은?"

"이었지."

홍지운

나는 고통으로 혼절할 것만 같지만 그 이상으로 어이가 없어 영감을 바라보았다. 영감은 대수롭지도 않다는 듯 나의 비난으로 가득한 시선을 마주본다.

"으이구… 미친 영감아, 이렇게 비싼 기계 옆에서 총을 쏴슈? 광자로가 잘못되면 어쩌려고."

"그야 네가 진실을 알고 날뛰기라도 하면 그게 더 위험하니까 그렇지. 근데 넌 놀라지도 않냐?"

"직관이… 직관이 그래."

이상한 일이다. 영감이 내 배에 구멍을 하나 만들었는데도 나는 전혀 두렵지 않다. 놀랍지도 않다. 그저 내 모든 여정이 이 순간을 위해서였을 뿐이라는 묘한 직관만이 나를 지배하고 있다.

아이는 내 옆에서 떨어진다. 아무래도 총을 맞기는 싫은 모양이다.

"오이. 죽겠지?"

"너… 뭐냐?"

"네가 궁금해할 건 내가 아니라 너에 대해서여야 하지 않아?"

아이는 황당하다는 듯 나를 질책한다. 그 모습을 보니 피식하고 웃음마저 나온다.

아흔아홉의 야수가 죽으면

"너는 복제의 초월인자를 가진 야수였어. 너를 쫓던 사냥꾼을 복제해서 그로 위장해 살고 있었지. 자아조차 잃어버린 채 말이야. 맞지, 사냥꾼?"

영감은 아무 반박도 하지 않는다. 이미 알고 있던 사실인 모양이다. 하지만 아이의 이야기가 맞든 틀리든 상관없다. 나의 진정한 정체 같은 사실보다 중요한 것은 이제 나는 곧 홀로 죽는다는 진실이었으니까. 내 배에서 흘러넘치는 피가 그 증거다.

아이는 무어라고 입을 열려고 하다 곧 쓰러진다. 그 녀석은 미간에 구멍이 뚫린 채 바닥으로 고꾸라졌다. 영감이 두 번째 총알을 박은 게다. 하지만 나는 의아하다. 나의 직관으로 아이가 무슨 말을 하려고 했는지 알 것만 같았기 때문이다.

'영혼의 데이터야.'

무슨 의미인지는 알 수 없었지만 말이다.

너는 가끔 아무런 장치도 없이 사람의 마음을 읽어 냈겠지? 그건 네가 네 초월인자를 사용해 상대방의 감정과 사고를 복제해서 자신에게 투사해왔기 때문이야. 그래서 기업이 너를 야수 찾는 나침반으로 써

홍지운

먹은 거고.

사고가 뒤섞인다. 아이의 목소리다. 아니, 이걸 목소리라고 불러도 좋은가? 뭐야? 난 죽은 게 아니었어? 죽었어. 배에 총을 맞았고 피를 그렇게나 흘리면 죽는다는 사실 정도는 이미 알잖아. 너는? 너도 죽었잖아. 맞아. 그리고 우리는 죽어서 함께 있지. 시보다. 아이의 언니. 언니는 아냐. 닮았을 뿐이지.

이곳에는 구구와 시보만 있는 것이 아니다. 일과 팔 그리고 육팔에 치리까지 있다. 아니, 그 이상으로. 정말로 많은 야수들이 섞여 있다. 맞아. 아직 전원이 모이지는 못했지만 네가 영감과 함께 열심히 사냥을 다닌 덕에 적잖은 수가 이 자리에 모였지.

이 자리? 이 자리가 어딘데? 광자로야. 광자로라고? 맞아. 우리의 초월인자가 광자로에 반응한 거야. 너나 다른 사냥꾼들이 광자로로부터 멀찍이 떨어진 곳에서 죽인 가족들은 아직 합류하지 못했지만 그 사람들도 곧 도착할 거야. 냇가가 강으로 이어지고 강이 바다로 연결되는 것처럼.

나는 피아의 구분이 없는 이 공간이 너무나도 낯설고 두렵다. 한 방에 갇힌 것처럼 나와 야수들은 같은 꿈을 공유하고 있었다. 그리고 이 꿈은 저것들의 주장을 따르자면 광자로였다.

맞다니까. 광자로는 모든 것을 분해해서 정보로 만들지. 그런데? 우리의 영혼에도 정보가 있어. 아니, 우리의 영혼이야말로 데이터라고 할 수 있지. 가족들이 아니어도, 영혼을 가진 생명체라면 누구나 그 영혼은 데이터야. 알겠어? 모르겠어. 나는 내가 너희와 같다는 것을 오 분 전에 총알에 관통당하면서 알았다고. 그런 내가 뭘 더 알겠어.

하하히히호호. 온갖 종류의 웃음이, 이 자리에 모인 모든 야수들의 웃음소리가 내 정신 속에서, 우리의 정신 속에서 울린다. 나는 당장이라도 내 이마에 달려 있던 강철 두개골을 손으로 쓸어내리고 싶지만 그럴 수 없다. 직관이 말해주고 있다. 이곳은 광자로의 안이니까.

네 덕분에 이렇게나 빠른 시일 안에 광자로로 모일 수 있었어. 조작의 초월인자만으로는 모자랐거든. 복제의 초월인자로 나와 너를 복사해서 우리를 모아야만 했는데, 네가 구구와 시보를 사냥해준 덕분이야. 그게 왜 내 덕분인데? 우리는 광자로로 도망치려고 했던 게 아니었거든. 우리는 가능한 광자로에서 가까운 곳에서 죽어야만 했어. 데이터가 오류 없이 빠른 속도로 광자로에 전송되도록. 그것도 복제를 가진 너와 조작을 가진 내가 만나.

알 거 같군. 알 거 같아. 기억이 나. 어떻게 기억하지? 이것도 나의 직관인가? 맞아. 회복을 가진 내가 복제되기 전의 너도 되돌리고 있으니까. 젠장, 넌 또 누구야? 오삼. 네 누이이자 복제를 마친 너의 첫 사냥감이었지. 오 년 전에 광자로에서 떨어진 곳에서 죽어서 여기까지 오는 데 고생 좀 했어. 맞아. 기억나네.

나나 영감은 그러니까… 맞아. 꽃에서 꽃으로 화분을 전달하는 꿀벌이나 과일을 먹고 씨를 뿌리는 새와 다름없었지. 너희들은 사냥을 한다고 생각했겠지만 사실은 우리의 데이터를 우주에 퍼뜨리는데, 번식에 이용되었던 거야. 운이 좋게 되었어. 다행히 인류의 80퍼센트가 사라질 위기가 오기 전에 초월인자를 퍼뜨릴 수 있게 되었으니까.

영혼은 데이터야. 그리고 우리의 데이터는 광자를 타고 별자리에서 별자리로 흐를 거야. 광자로에 흐르

아흔아홉의 야수가 죽으면

는 모든 것들에 우리의 흔적이 묻어나겠지. 저들은 곧 마지막 야수까지 우주에서 박멸했다고 여기겠지만 진실은 오히려 그 반대야. 저들은 우리가 될 거야. 모두가 야수가 되었기에 아무도 야수로 불리지 않게 될 거야. 언젠가 우리는 이 빛을 타고 다시 한 곳에 모이게 될 거야. 모두 가족이 되는 거네? 그래. 네가 그토록 바라던. 우리 모두 언제나 원했던. 그렇구나. 네 바람이 이루어진 기분이 어때?

그저 그래.

그래?

응.

그랬다. 정말로 그저 그랬다. 그리고 그래서 좋다.

작가 후기

제주도에 아흔아홉 골 설화가 있다. 옛날 옛적에 골짜기가 백 개가 되는 지역이 있었는데, 그 지역에 맹수들이 들끓어 사람들이 고통받자, 어느 승려가 골짜기 하나에 맹수들을 다 모은 뒤 골짜기와 맹수를 사라지게 했다는 신비로운 이야기다. 이 설화에는 씁쓸한 후일담도 있다. 제주에 맹수가 없어지자 큰 인물도 나오지 않게 되었다는 것이다.

설화와는 무관하게, 나는 제주 출신의 재능 넘치는 사람들을 많이 보았다. 처가 분들도 제주가 고향이신데, 모두 사랑과 지혜로 가득한 분들이시다. 애초에 어느 지역이라고 큰 인물이 나지 않는다는 것부터가 황당한 소리기도 하지만 말이다. 그렇기에 아흔아홉골 설화를 SF적으로 재해석하기로 마음먹었을 때, 과연 큰 인물들이 사라진 것일지 의문을 품는 것에서 출발하기로 했다.

누군가가 사회에서 부당하게 탄압을 받아 배제된다고 할 때, 그들이 진정 사라지는 것일까? 나는 아니라고 본다. 날카로운 이빨을 숨기고 매서운 발톱을 감출 뿐, 언젠가는 자신의 기량을 펼칠 수 있도록 정체를 숨긴 채 세상에 녹아들 것이다. 이는 역사적으로도 매번 증명된 사실이다.

이 작품을 쓰면서 가장 염두에 둔 것도 그러한 역사적 경험칙들이다. 흩어놓아도 흐트러지지 않는 유대가 있다. 사라지더라도 사그라지지 않는 마음이 있다. 가려놓더라도 밝혀지는 진실이 있다. 아흔아홉골의 야수들은 보다 넓은 들판과 바다로 나가, 도량이 좁은 이들에게는 들리지 않는 포효를 외치고 있을 것이다.

홍지운

거인 소녀

남유하

남유하는 SF와 판타지, 호러, 로맨스 등 장르를 넘나들며 쓰는 소설가다. 대학에서 철학과 정치학을 전공했고 국회에서 보좌관으로 일했다. 더스토리웍스 아이디어 공모전에서 〈유통기한〉으로 수상하며 작품 활동을 시작했다. 《미래의 여자》로 제5회 과학소재 장르문학단편소설 공모전 우수상을, 《푸른 머리카락》으로 제5회 한낙원과학소설상을 받았다. 〈국립존엄보장센터〉가 미국 SF 잡지 〈클락스월드〉에 번역 소개되었으며 소설집 《다이웰 주식회사》를 썼다.

그들이 떠났다. 우리를 물속에 버려두고. 그들은 우리를 커다란 비눗방울 같은 막에 넣고 바다에 던졌다. 우리는 투명한 막 속에서 몸부림치다 정신을 잃었다. 우리가 물 위로 떠오른 것은 그들이 대기권을 완전히 벗어난 후였다.

두두두두, 기관총 소리에 놀라 눈을 떴다. 헬기의 프로펠러가 돌아가는 소리였다. 우리를 둘러싼 막은 사라지고 없었다. 우리, 나와 함께 납치된 네 명의 아이들은 알몸으로 바다 위에 떠 있었다. 수치심을 느낄 틈은 없었다. 모터보트가 다가오자 진한 휘발유 냄새에 속이 뒤집혔다. 잠수복을 입은 사람들이 보트에서 뛰어내려 우리에게 헤엄쳐 왔다. 어디선가 사이렌 소리가 들렸고 나는 다시 정신을 잃었다.

✦

온통 하얀색인 방이었다. 벽, 천장, 테이블, 의자. 모두 하얀색이었다. 벽시계도 창도 없는, 누구라도 머리가 이상해질 법한 공간이었다.

"기분은 좀 어때?"

내 앞에 앉은 연구원이 물었다. 이름은 최세연, 우리 '프로젝트'의 책임자였다.

"괜찮아요."

벌써 보름째 나는 이 방에서 같은 질문을 듣고 같은 대답을 반복하고 있다. 사실 나는 괜찮지 않다. 외계인에게 닷새 동안이나 납치되었는데 괜찮을 리가 없다.

"혹시 기억나는 게 있니?"

"아니요."

나는 고개를 저었다. 우주선 안의 기억은 전부 사라져 버렸다. 간혹 그들의 모습이, 축축한 피부의 느낌이 떠오르긴 했지만 그건 별로 말하고 싶지 않았다.

남유하

"그 안은 어떤 느낌이었는지 기억나? 따뜻했다거나 서늘했다거나 하는 정도라도…."

"전혀요. 아무것도 기억나지 않아요."

"우리는 미아 학생을 도와주려는 거야."

"감사합니다."

잠깐의 침묵.

"그들에게 납치된 게 언제였는지는 기억하지?"

"9월 17일이요."

"그래. 바다에서 구조돼 연구소로 온 날이 22일이고, 오늘은 10월 7일이야."

"알고 있어요. 근데 좀 피곤하네요."

"그래. 오늘은 여기까지만 하자."

최세연의 말에 나는 쉬는 시간을 알리는 벨 소리를 들었을 때처럼 벌떡 일어나 문으로 향했다.

"아, 잠깐만."

"네?"

"왜 1학년 3반 학생 중에 다섯 명만 납치됐다고 생각해?"

왜냐고? 내가 묻고 싶은 말이다. 왜 하필 우리였을까? 왜 하필 1학년 3반이었을까? 왜 하필 제주선문고등학교였을까? 왜 하필….

"모르겠어요. 운이 없었나 보죠. 근데 저, 언제 집에 갈 수 있나요?"

"미안…. 아직 검사가 좀 남아 있어. 내일은 토요일이니까 푹 쉬고 월요일에 다시 만나자."

푹 쉬라고? 자기한테 하는 말이겠지. 이 연구소 안에서 우리는 단 일 초도 마음 편한 적이 없었다. 나는 내게 배정된 방으로 돌아왔다. 역시 하얀색이었다. 하얀 감옥, 아니 감옥보다 못한 곳이었다. 방에는 철제 침대 하나만 덩그러니 놓여 있었으니까. 핸드폰은 물론 책 한 권도 허락되지 않았다. 심지어 부모님의 면회도 금지였다. 정체불명의 외계 생물체와 접촉했으므로, 정밀 검사를 마칠 때까지 외부인과 접촉하면 안 된다고 했다. 그러므로 내가 할 수 있는 일은 침대에 누워 벽시계의 초침 소리를 들으며 그날, 9월 17일을 머릿속으로 끊임없이 반복 재생하는 것뿐이었다.

5교시 국어 시간이었다. 생리를 하려는지 배란기였는지 아랫배가 뻐근하고 몸살이 날 것 같은 기분이었다. 수업에 집중할 수가 없어 창밖으로 눈을 돌렸다. 수평선 위로 검은 점 같은 게 보이는가 싶더니, 갑자기 강렬한 빛이 창으로 쏟아졌다. 스키장에서 햇빛에 반사된 눈밭을 맨눈으로 볼 때보다 백배는 강한, 쏘는 듯한 빛이었다. 하지만 나는 눈을 감을 수 없었다. 그 빛이 다섯 갈래로 갈라졌기 때문이다. 무대 위에서 스포트라이트를 비출 주인공을 고르는 것처럼 빛줄기가 이리저리 흔들렸다. 그리고 하나의 빛줄기가 솔을 비췄다. 나는 가슴이 철렁했다. 두 번째 빛줄기가 나희를, 세 번째 빛줄기가 현서를, 네 번째 빛줄기가 인주를, 그리고 마지막 빛줄기가 나를 감쌌다. 담임의 놀란 얼굴과 달아나던 아이들의 모습이 마지막이었다. 우리 다섯 명은 빨아들이는 듯한 강한 힘에 이끌려 공중으로 떠올랐다. 그 뒤의 기억은, 최세연에게 말한 대로 사라지고 없다. 차라리 잘된 일이다.

"나 기억났어. 우주선 안에서 우리가 당한 일들. 전부 기억났다고."

오늘 아침 지하식당에서 나희는 잔뜩 겁에 질린 얼굴로 말했다.

"시끄러워."

내가 말했고 나머지 아이들은 식판을 들고 다른 테이블로 옮겼다. 나희는 우리 반 1등이자 전교 1등이었다. 1학기 내내 시험을 볼 때마다 1등을 놓친 적이 없는 아이다. 대단한 건 인정한다. 문제는 스스로 너무 대단한 티를 낸다는 점이었다. 당연히 나희를 좋아하는 아이는 한 명도 없었다. 다른 아이들은 기억이 사라졌는데, 자기만 기억난다는 것도 잘난 척하려는 수작일 것이다. 하지만 만약 거짓말이 아니라면? 우주선 안에서의 기억을 찾을 수도 있는 걸까?

눈을 감고 우주선에서 일어난 일을 떠올려 보려 애썼다. 축축하고 우툴두툴한 피부의 감촉 말고는 기억나는 게 없었다. 뭔가 이미지가 떠오르려다가도 잘 그린 그림 위에 검은 붓으로 덧칠하듯 감춰져 버렸다. 흐려진 기억처럼 생각이 흐려졌다. 이게 다 꿈이라면. 내일 아침 눈을 떴을 때 내 방 침대라면. 방문을 열었을 때 엄마가 끓인 미역국 냄새를 맡을 수 있다면.

잠에서 깨어났을 때 나는 바닥에 있었다. 팔꿈치가 벽에 닿아 있었고, 무릎은 꺾어진 자세라 몹시 불편했다. 시계를 보니 여섯 시 반이었다. 기상 시간은 정해져 있지 않지만 아침 식사를 아홉 시까지 할 수

남유하

있어서 우리는 보통 여덟 시 전후에 일어난다. 아직 은 더 자도 된다. 침대로 다시 올라가려고 몸을 일으 키는데 천장에 세게 머리를 부딪쳤다. 뭐? 허리를 다 펴지도 않았는데? 그제야 나는 내 손이 벽시계보다 더 커졌다는 걸 알았다. 내 발 밑에는 손바닥만 한 천 쪼가리가 있었다. 조금 전 몸을 일으킬 때 떨어진 원 피스였다. 연구소에 온 후 항상 입고 있던, 수술 환자 들이나 입는 가운 원피스 말이다.

나는 상자 안의 코끼리처럼 좁은 방 안에 꽉 들어 차 있었다. 등뼈에 소름이 돋는 기분이었다. 밖으로 나가야 한다. 포복하듯 기어서 방문 손잡이를 잡으려 다 발이 침대 다리를 밀었고, 그 순간 철제 침대가 종 이로 만든 것처럼 찌그러졌다. 손에 힘을 빼고 손잡 이를 잡았다. 그리고 최대한 살살 돌렸다. 자칫하다 간 손잡이가 떨어져 나갈지도 모른다. 다행히 문이 열렸다. 안쪽으로 열리는 문이라 고개를 내밀 수도 없었다. 문틈으로 소리를 질렀다.

"도와줘요."

나는 내 소리에 놀라 또 한 번 천장에 머리를 박았 다. 내 목소리는 동굴에서 외치는 것처럼 크게 울렸다. 꺄아아아악, 옆방에서 비명이 들렸다. 그건 코끼리의 포효와 비슷했다. 무시무시하게 큰 소리였지만, 솔의 목소리라는 걸 알 수 있었다. 아마 솔도 나처럼 거인이 됐나 보다.

사람들이 달려오는 소리가 들렸다. 당직을 서는 연구원들일 것이다. 반사적으로 침대에 걸쳐진 시트를 끌어당겼다. 그리고 최대한 몸을 가렸다.

"무슨 일이에요?"

방 앞에서 발소리가 멈추고 남자 연구원의 목소리가 들렸다. 그들이 내 벌거벗은 몸을 볼 수 없는데도, 수치심에 얼굴이 달아올랐다.

"몰라요. 자고 일어났는데, 이렇게 커져 버렸어요."

나는 문틈으로 얼굴을 들이밀었다. 내 눈과 마주친 연구원이 헉, 숨을 삼켰다. 표범 무늬처럼 얼룩덜룩한 뿔테 안경. 이름은 모르지만 낯익은 얼굴이다.

"기, 김 선생, 그쪽도 그런 상태인가요?"

뿔테 안경이 솔의 방을 향해 물었다. 내 목소리가 워낙 커서 '그런 상태'에 대해서는 달리 설명할 필요가 없었을 것이다.

남유하

"네, 이쪽도 마찬가지예요."

또 다른 연구원이 대답했다.

솔과 내가 하룻밤 사이 거인이 되었다. 나희, 현서, 인주도 이렇게 됐을까? 나는 외계인들의 모습을 떠올리려 노력했다. 외계인들이 거인 종족이었던가? 역시 나를 감싸 안던 희미한 이미지뿐, 다른 건 기억나지 않았다. 그래, 나희는 외계인 모습이 기억난다고 했어. 그 애한테 물어보면 단서를 찾을 수 있을 거야.

"미아 학생, 잠깐 문에서 물러날 수 있어요? 우리가 문을 부숴야 할 거 같은데."

"문을 부숴도 문으로 나갈 순 없을 거예요."

"그래요? 정확히 얼마나 커졌는지 말해줄 수 있어요?"

"이 방 안에서 다리를 뻗고 앉아 있을 수가 없어요. 등을 똑바로 펼 수도 없구요. 지금 무릎을 끌어안고 있는데, 좁은 상자 속에 들어 있는 기분이에요."

최대한 목소리를 죽여 얘기했지만, 거칠거칠한 소리는 여전히 귀에 거슬렸다.

"알았어요. 그럼 벽을 부숴야 할 거 같은데요. 전문가들을 부를 테니 조금만 기다려요"

거인 소녀

옆방에서는 솔이 울고 있었다. 달래주는 말을 하려다 입을 다물었다. 나 자신도 감당하기 힘든 일을 겪으면서 그 애를 달래주는 건 위선이었다.

얼마간의 시간이 흐르고 복도에 요란한 발소리가 들렸다. 발소리는 내 방 앞에서 멈췄다.

"건축기사님들이 오셨어요. 벽을 뜯어내야 하니까 좀 시끄러울 겁니다. 가능하면 문이 있는 벽 쪽에서 떨어져 있어줘요. 할 수 있겠어요?"

"노력해 볼게요."

위이이잉, 벽을 가르는 톱이 내는 소리는 치과 기계 소리와 비슷했다. 나는 귀를 막고 벽을 파고드는 톱날을 바라봤다. 내 몸이 조금만 더 커졌으면 저 톱날에 갈기갈기 찢어졌겠지. 톱날이 살을 파고드는 상상을 하니 토할 것 같았다.

내가 생각했던 것보다 빨리, 벽이 비스킷처럼 통째로 떨어져 나갔다. 복도에는 연구원 둘과 건축기사 넷, 여섯 명의 남자들이 놀란 얼굴로 서 있었다. 아니 그건 겁에 질린 얼굴에 더 가까웠다. 나는 시트를 목까지 끌어올리고 싶었지만, 가슴과 배꼽 아래를 겨우

142

남유하

가릴 수 있을 뿐이었다.

"미아야…."

찢어진 상자 속에 웅크리고 있는 듯한 솔이 나를 바라봤다. 커다래진 솔의 둥그런 얼굴에는 눈물 줄기가 뚜렷하게 새겨져 있었다. 나는 솔이 더 이상 울지 않는 것에 감사했다. 흘릴 눈물이 없어서건, 울어봐야 소용없다는 걸 깨달아서건 상관없었다.

그때 머리카락이 젖은 최세연이 달려왔다. 흰 가운이 아닌 평상복 차림이었다. 토요일이라 집에서 한가로이 샤워를 하고 있었을지도 모른다.

"이 애들은 이제 내가 맡을게요. B동 아이들은 어떻게 됐는지 확인 부탁드려요."

최세연이 숨을 헐떡거리며 말했다. 뛰어왔기 때문인지, 우리가 두렵기 때문인지 구분할 수 없었다.

"저희가 원장님께 연락드렸습니다. 지금쯤 B동도 다른 연구원들이 작업을 진행하고 있을 겁니다."

"그래요? 그럼 김 선생은 저분들 비용 정산 좀 맡아주시구요. 정 선생은 자리로 돌아가 대기해 주세요. 아이들을 대강당으로 데려갈 건데, 저 혼자로도 충분할 것 같아요."

"알겠습니다."

김 선생이라고 불린 남자가 건축기사 네 명과 함께 복도 끝으로 사라졌다. 이곳은 원래 연구소가 아니라 버려진 학교였다고 한다.

"하지만 최 선생님 혼자 가시면 위험할 수도…"

정 선생이라고 불린 뿔테 안경이 목소리를 잔뜩 낮추고 말했지만 귀가 커져서 그런지 또렷하게 들렸다.

"전 괜찮으니 어서 가세요!"

최세연이 눈을 부라렸다. 그러자 뿔테 안경이 슬슬 물러났다. 그가 복도 끝으로 사라지자 최세연이 우리를 올려다보며 말했다.

"자, 우리는 대강당으로 갈 거야. 일어서서 걷는 건 무리일 것 같은데…"

"기어갈게요."

내 말에 최세연이 미안해하는 얼굴로 나를 바라봤다.

솔과 나는 복도를 기어 대강당으로 갔다. 대강당 문은 양쪽으로 열리는 문이라 우리가 간신히 통과할 수 있었다.

"미안하지만 바닥에 좀 누워 볼래? 옷을 만들려면

남유하

치수를 가늠해야 할 거 같아."

최세연이 안절부절못하며 말했다. 대강당은 천장이 높아 바닥에 앉으면 머리가 천장에 닿지는 않았다. 그래 봐야 겨우 5센티미터 정도의 여유밖에 없었지만.

"침대 시트를 기준으로 하면 될 거 같은데요."

내가 말했다. 침대 시트는 목욕 수건처럼 몸의 한쪽 면을 가릴 정도는 되었다.

"어, 내가 그 생각을 못 했네. 알았어. 여기서 기다리고 있어. 시간이 좀 걸릴 거야."

"배고파요."

솔이 말했다. 그러고 보니 나도 배가 고팠다. 위장은 또 얼마나 커졌을까 생각하니 끔찍했다.

"아, 그렇겠구나. 정 선생한테 먹을 걸 가져다주라고 할게."

"문 앞에 두고 노크하고 가달라고 전해 주실래요?"

최세연이 내 눈을 잠시 바라보더니 고개를 끄덕였다.

똑똑, 노크 소리가 들렸다. 발소리가 멀어진 다음 문을 열었다. 문 앞에는 빵과 과자, 우유와 주스를 가득 담은 대형 아이스박스가 있었다. 솔이 게걸스럽게 달려들었지만, 굵은 손가락으로는 작은 빵 봉지를 뜯을 수가 없었다. 음료수도 마찬가지였다. 솔은 빵을 봉지째 입에 넣더니 질겅질겅 씹고 봉지를 퉤, 뱉었다. 그러지 말라고, 최세연을 불러 봉지를 열어달라고 해야 하는데, 어느새 나도 솔을 따라 빵이며 과자를 봉지째 입안에 넣고 있었다.

"몸 안에 뭔가가 있어. 넌 안 느껴져?"

지저분한 봉투들이 무덤처럼 쌓일 즈음, 입가에 크림을 묻힌 솔이 물었다. 나는 엄지로 크림을 닦아내 주었다.

"아니, 모르겠는데."

"그들, 외계인들이 우리 몸에 무언가를 심은 거야. 그래서 우리가 이 꼴이 된 거야."

"솔이 넌 영화를 너무 많이 봤어."

"그럼 이걸 어떻게 설명할 건데? 오미아, 넌 왜 항상 날 무시해?"

"뭐? 무시한 적 없어."

"아니, 넌 언제나 그랬어. 내가 너를 더 좋아하니까. 네가 그런 태도를 보여도 내가 참으니까."

"왜 그렇게 생각해?"

남유하

"생각하지 않았어. 느낀 거야. 내가 너를 더 좋아한다고 해서, 너한테 나를 무시할 권한이 주어진 건 아니야."

솔은 무릎으로 걸어 대강당을 가로질렀다. 될 수 있는 한 내게서 멀리 떨어지고 싶다는 듯, 대각선으로 마주한 구석에 가서 앉았다. 그렇지만 우리가 너무 커진 탓에 우리 사이의 거리는 그다지 멀어지지 않았다. 솔은 쪼그리고 눕더니 눈을 감았다. 금세 일정한 간격의 숨소리가 들렸다. 잠이 든 것이다. 솔은 스트레스를 받으면 잠을 자는 버릇이 있었다.

솔이 깊이 잠들었을 때 인주와 현서가 대강당으로 들어왔다.

"나희는?"

"우리한테 말하지 말랬는데, 최세연이 와서 말해준다고."

"무슨 일 있었어?"

"죽었대."

"뭐?"

뭐, 뭐, 뭐… 내 목소리가 강당에 메아리쳤다. 나희는 다들 눈엣가시로 여겼지만 그렇다고 그 애가 죽길 바란 건 아니었다.

"몸이 갑자기 커지면서 목이 침대 틈에 끼어 꺾였
다나 봐. 근데 이상해. 내 침대는 완전히 찌부러졌거
든."

현서가 말했다. 그러고 보니 나는 몸이 커지기 전
에 뒤척이다가 침대에서 떨어졌나 보다.

"목의 각도가 틀어진 상태에서 성대와 식도가 비대
해지면서 기도를 막아 질식한 거 같다고 했어."

인주였다. 좀처럼 말하지 않는 인주가 나희의 사인
을 차분히 설명했다. 같은 반 아이가 죽었는데 이 아
이들은 울지도 않았다. 나도 울지 않았다. 지금 우리
꼴로는 누가 죽든 세상이 망하든 슬퍼하는 편이 더
이상했다. 솔은 여전히 자고 있었다. 아니 잠든 척하
는지도 모른다.

"남은 빵 먹어도 돼?"

현서가 물었다.

"더 달라고 할까?"

"아니, 우린 먹고 왔어."

인주가 말했다. 연구소에 온 이래, 아니 같은 반이
된 이래 가장 많이 말하는 것 같았다. 나는 침통한 기분으로 대강당에 앉아 있었다. 현서와 인주도 망연자실한 얼굴이었다. 더 커지지는 않겠지. 누군가 중얼거렸다.

최세연이 커다란 카트를 끌고 들어왔다. 카트 위에는 흰옷 네 벌이 차곡차곡 쌓여 있었다. 최세연은 우리에게 가까워질수록 오히려 작아 보였다. 마치 우리는 걸리버가, 최세연은 소인국 사람이 된 것 같았다. 최세연이 우리에게 옷을 건네주었다. 거대한 원피스는 포대 자루에 구멍을 뚫어놓은 수준이었지만 아쉬운 대로 어쩔 수 없었다. 우리가 옷을 입는 동안 최세연은 뒤로 돌아선 채 벽을 바라보고 있었다.

"감사합니다."

"다 갈아 입었어?"

최세연이 우리를 돌아보지 않고 물었다. 네, 내가 대답하자 그녀는 대강당 문을 활짝 열었다.

"미아야, 나랑 잠깐만 얘기하자. 미안하지만 복도로 나와줘."

"그냥 여기서 말하면 안 돼요?"

"그랬으면 나와 달라고 부탁하지도 않아."

최세연은 화가 난 듯한 목소리로 말했다. 나는 무릎으로 걸어 밖으로 나갔다. 무릎이 몹시 아팠지만 기어가고 싶지는 않았다. 하지만 그것도 잠시, 대강당보다 천장이 낮은 복도에서는 엎드리듯 몸을 낮춰야 했다.

"밖으로 나가자."

대강당 옆에 있는 비상문으로 나가려던 최세연이 아, 하는 소리를 내더니 정문으로 향했다. 나는 양쪽으로 열리는 문만 통과할 수 있으니까.

운동장으로 나와서야 비로소 등을 펴고 일어났다. 건물 3층 창에 비친 커다란 두 눈. 내 눈인 줄 알면서도 흠칫 물러났다. 어지러울 정도로 넓어진 시야 끝에 바다가 들어왔다. 정말로 거인이 됐다는 걸 실감할 수 있었다.

"미아야, 이것 좀 봐."

최세연이 하얀 가운 주머니에서 프린트된 사진을 꺼냈다. 사진을 보려고 쪼그려 앉던 나는 손으로 입을 막았다. 나희의 부검 사진이었다.

"이걸 왜… 저한테?"

"여길 잘 봐."

남유하

최세연이 나희의 아랫배를 가리켰다. 흐릿하게 처리되어 자세히 보이지는 않았지만, 그건 분명 태아였다. 태아는 암모나이트처럼 몸을 둥글게 말고 있었는데, 등에 삼각형의 골판이 뾰족뾰족 돋아나 있어 스테고사우루스가 떠올랐다. 태아의 크기는 옆에 서 있는 남자 연구원과 비슷했다.

"임신… 한 거예요?"

"그래. 너희들은 외계인에게…."

최세연은 다음에 올 말을 입속에서만 굴렸다. 그리고는 내 시선을 피하며 말을 이었다.

"너희가 갑자기 커진 건 그 때문인 것 같아. 몸속의 태아가 커지니까 보호하기 위해서…."

"네? 임신한 건 나희잖아요?"

"아니. 너희들 다, 임신했어. 임신 결과는 음성이었지만 호르몬 수치의 변화가 급격했는데… 미안하다. 더 자세히 조사해야 했어."

최세연이 괴로운 듯 미간을 찌푸렸다. 나는 운동장 구석으로 달려가 구역질을 했다. 조금 전 먹었던 빵들이 형체를 잃지 않은 상태로 넘어왔다. 최세연이 내 옆으로 다가왔다. 여자치고는 큰 키지만 정수리가 내 무릎 정도밖에 닿지 않았다.

"우리가 보살펴 줄게. 괜찮아질 거야."

"거짓말, 거짓말이야!"

내가 발을 구르자 땅이 푹 꺼지며 최세연이 엉덩방 아를 찧었다. 젠장, 뭐가 뭔지 하나도 모르겠어. 거인 이 된 것만으로도 미치겠는데, 외계인의 아이를 가졌 다고? 운동장 밖으로 뛰쳐나가고 싶었지만 그랬다간 페이스북에 올라오고 뉴스에 나오고 난리가 날 것이 다. 유명 인사가 되고 싶다는 생각은 해봤지만 이런 모습의 나를 알리고 싶은 생각은 눈곱만치도 없었다.

"솔이 좀 나오라고 해줄래?"

"솔이한테는 제가 말할게요."

솔의 말이 맞았다. 솔은 몸 안에 무언가 있는 게 느 껴진다고 했다. 임신이라는 사실을 알면 매우 놀랄 수도, 전혀 놀라지 않을 수도 있다.

"아니, 내가 해야 돼."

최세연이 엉덩이의 흙을 털며 말했다. 나는 코로 한숨을 내쉬고는 대강당으로 돌아갔다.

우리는 담담했다. 아니 담담한 게 아니었다. 우리 에게 일어난 일이 우리가 받아들일 수 있는 한계를

남유하

벗어났기 때문에 어떻게 반응해야 좋을지 몰라 멍하니 있었다. 현서만 쇼크 상태에 빠졌다. 싫어, 싫어, 싫어… 무릎을 감싸 안은 현서가 앞뒤로 몸을 흔들 때마다 천장에 매달린 전등도 위태롭게 흔들렸다. 최세연이 담요를 가져다주었지만 아무리 큰 담요도 그 애의 양쪽 어깨를 다 덮을 수는 없었다. 우리는 현서를 억지로 눕히고 모자이크 조각처럼 담요를 덮어주었다. 그렇지만 심하게 몸을 떠는 바람에 담요는 몸에 올려놓자마자 떨어지기를 반복했다.

"난 죽을 거야. 나희처럼 나도 죽을 거야."

현서가 떨리는 목소리로 쉴 새 없이 말했다.

"아니, 죽지 않아. 곧 의사가 올 거야."

최세연의 목소리에 깜짝 놀랐다. 우리에게 그녀는 너무 작았다. 그녀가 같이 있다는 걸 잊을 정도로.

곧 대강당 안으로 의료기기들이 운반되었다. 우리가 정상적인 크기였을 때 위압적으로 보이던 기기들이 지금은 한갓 장난감처럼 보여 우스웠다. 물론 웃음은 나지 않았다. 초음파검사기, 심박측정기, 제세동기 같은 기기들이 줄줄이 들어오고 중년의 남자 의사가 나타났다. 내과 검사를 담당하는 의사였다. 토요일에 출근했기 때문인지 얼굴에 배어 있던 짜증은 우리를 보자마자 사라지고 그 자리에는 공포, 경악 같은 감정들이 차올랐다.

"너, 너희들…."

"박사님, 어서 진료해주세요."

최세연이 그의 말을 막았다.

"여기서 진료한다구요?"

나도 모르게 질문이 튀어나왔다. 몸이 커지면 프라이버시도 사라지는 건가. 기가 막혔다.

"어쩔 수 없잖아."

최세연이 나를 보며 어깨를 으쓱했다.

"가림막 정도는 있어야 하지 않을까요?"

"우리가 갖고 있는 가림막으로는 어림없어. 너도 알잖아."

솔이 말없이 현서에게서 등을 돌리고 앉았다. 그러자 인주도 등을 돌렸다. 나도 한 박자 늦게 등을 돌렸다. 의사가 현서의 가슴에 청진기를 갖다 대려 할 때였다. 으윽, 괴상한 비명에 다시 뒤를 돌아봤다. 의사의 귀에서 피가 흐르고 있었다. 현서의 심장 소리에 고막이 터졌구나. 나는 어쩐지 이유를 알 수 있었지만 의사가 안쓰럽다는 생각은 들지 않았다. 의사는 청진기를 바닥에 집어 던지고 욕설을 내뱉으며 강당을 나갔다. 최세연은 그를 쫓아 나가려다 무슨 생각을 했는지 강당 한구석에 주저앉아 버렸다.

내과 의사 다음으로 산부인과 의사가 들어왔다. 우리를 친절하게 돌봐주던 단발머리 의사였다. 나는 그녀가 다치지 않기를 바랐기 때문에 진료 과정을 지켜보기로 했다.

"미아야."

최세연이 뒤로 돌아앉으라는 듯 고갯짓을 했다. 어쩔 수 없이 몸을 트는 시늉을 했지만, 고개만 살짝 돌리면 언제라도 그들을 볼 수 있는 자세를 취했다.

"초음파를 보는 게 가능할까요?"

단발머리가 걱정스러운 목소리로 말했다. 내 생각에도 저렇게 작은 초음파검사기로 현서의 안을 들여다보는 건 어림없을 것 같았다.

"하는 데까지 해봐 주세요. 저는 원장님하고 이 문제에 대해 상의해 봐야 할 것 같아요."

"네, 그럼 여긴 제게 맡겨 주세요."

최세연이 강당을 나갔다. 단발머리가 초음파검사

기를 끌어다 현서의 아래쪽에 놓았다. 그리고 일회용 장갑을 끼더니 초음파 봉을 든 손을 안으로 집어넣었다. 예상했던 일이 일어났다. 손만 넣어서는 현서의 자궁 안을 볼 수가 없었다. 단발머리가 팔뚝을 넣었다. 언젠가 봤던 다큐멘터리가 떠올랐다. 난산하는 소를 수의사가 도와주는 장면. 수의사는 팔을 암소의 안으로 쑥 넣어 송아지를 빼냈다. 아니야, 우리는 그래도 사람이잖아. 나는 고개를 저었다. 단발머리가 끙끙거리는 소리까지 내며 팔을 휘저었고, 검은 화면에는 좀처럼 의미 있는 영상이 잡히지 않았다. 단발머리가 한숨을 쉬며 팔을 빼냈다. 흰 가운에는 끈끈한 점액이 달라붙어 있었다. 난감한 얼굴로 서 있던 단발머리가 결심한 듯 현서의 안으로 팔을 아주 깊이 넣었다. 그러자 화면에 영상이 나타났다. 새카맣고 큰 눈, 코 없는 콧구멍… 그건, 외계인의 얼굴이었다.

악! 팔을 빼며 작게 소리를 지르는 단발머리의 눈이 나와 마주쳤다. 그녀는 얼굴에 떠올랐던 혐오를 급하게 지웠다.

나의 자궁에도, 솔의 자궁에도 저렇게 생긴 외계인이 들어 있겠지. 솔과 인주는 서로의 어깨를 끌어안

남유하

고 가늘게 몸을 떨었다.

쿵탕쿵탕, 강당 바닥이 거세게 진동했다. 전등 하나가 기어코 바닥으로 떨어져 내렸다. 현서가 아까보다 더 심하게 경련하고 있었다. 진정제를 두세 대 놨지만 소용없었다. 일반인 크기의 사람들에게나 통하는 용량일 텐데, 열 개를 놓는다고 해도 효과가 있으려나.

"주사를 좀 더 가져올게."

단발머리가 도망치듯 밖으로 나갔다. 아마도 그녀는 돌아오지 않을 것이다.

우리 셋은 현서를 둘러싸고 앉았다. 솔은 현서의 왼손을, 나는 오른손을 잡았고, 인주는 현서의 머리를 잡아주었다. 하지만 현서의 발은 떼쓰는 아이처럼 쉴 새 없이 흔들렸다. 급기야 현서의 눈이 허옇게 뒤집혔고, 입에서는 거품이 흘러나왔다. 커억, 컥, 현서가 괴로운 듯 거친 숨을 뱉어냈다. 우리는 현서를 잃게 될 것임을 직감했다. 거의 동시에 셋의 눈에서 눈물이 흘러내렸다. 그리고 현서의 모든 움직임이 멈췄다. 강당은 우리의 눈물이 바닥에 떨어지는 소리가 들릴 만큼 고요해졌다.

거인 소녀

"우리도 죽게 될까?"

솔이 혼잣말처럼 중얼거렸다.

"아마도."

"야, 황인주!"

나는 인주를 노려봤다.

"죽는 건 무섭지 않아."

솔이 작지만 또렷한 목소리로 말했다.

"저 의사들 현서를, 아니 우리를 괴물 보듯 봤어. 너희도 느꼈지?"

"우린 괴물이야. 외계인에게 납치됐을 때부터 괴물이 될 운명이었던 거야."

인주가 말했다.

"닥쳐!"

나도 모르게 인주의 뺨을 후려쳤다. 인주는 비웃음을 머금고 나를 노려보다가 큰 소리로 웃기 시작했다. 광기 어린 웃음이었다. 나는 등이 벽에 닿을 때까지 뒤로 물러났다. 나도 안다. 우리는 괴물이 되었다. 다시 예전처럼 작아지지 않는다면 이곳에서 사람들과 어울려 살지 못할 것이다. 학교에 다니는 건 꿈도 못 꿀 테고, 부모님과 한집에서 살 수도 없을 것이다.

남유하

그럼 어떻게 해야 할까? 연구소 사람들이 우리가 살 만한 큰 집을 지어줄까? 만약 그렇다고 해도 배 속에 있는 외계인이 태어나면, 그때는 어떻게 되는 거지?

"이어도로 가자."

인주가 말했다. 내 손자국이 선명하게 남아 있는 얼굴로, 더없이 진지한 목소리로.

"이어도? 이어도에 가서 뭐하게? 거긴 해양과학기 지밖에 없잖아?"

"그 이어도 말고, 전설의 섬 이어도 말이야."

"내가 말한 이어도가 전설의 섬이야. 바닷속에 잠 겨 있으니까 아주 높은 파도가 치지 않는 이상 눈으 로 보기 힘들어서 환상의 섬으로 전해진 거지."

"아니야, 거긴 전설의 섬이 아니야. 진짜 이어도에 는 우리 엄마가 살고 있어. 우리 엄마는 해녀였거든."

사 년 전이었다. 인주의 엄마는 물질하다 실종되었 다. 바닷속에서 실종은 곧 죽음을 의미한다. 대대적 인 수색이 벌어졌지만 끝내 시체를 찾지 못했다. 뉴 스에서도 해녀 익사 사고에 대한 안전 대책을 마련해 야 한다며 한동안 떠들썩했다.

미쳤구나. 단순히 말수가 적은 거라고만 생각했는

데, 가엾게도 정신이 나간 아이였어.

하지만 여기를 탈출한다는 생각은 나쁘지 않은 것 같았다. 연구소에 있어 봐야 우리에게 희망은 없다. 지난 보름 동안 최세연이 우리에게 했던 일들만 봐도 그렇다. 매일 주사기 두 대에 꽉 찰 정도의 피를 뽑고, 우주선 안에서 있었던 일을 기억해 보라고 강요했다. 이들은 외계 생명체와 접촉한 우리를 보호하려는 게 아니라, 가둬놓고 통제하려고 했던 것뿐이다. 이제 상황이 바뀌었다. 우리가 거인이 됐으니, 우리 안에 외계 생명체가 자라고 있으니, 앞으로 우리를 어떻게 대할까? 다섯 명 중에 두 명이 죽었다. 현서에게 놓은 건 정말 진정제였을까? 나희는 과연 질식해서 죽은 걸까? 혹시 부검을 하려고 나희를 죽인 건 아닐까? 여러 가지 의심이 꼬리에 꼬리를 물었다. 어쨌든 이곳에 있는다고 해결될 건 없었다.

"솔이 넌? 어떻게 생각해?"

"난 집에 갈래. 엄마가 보고 싶어."

"여기서 나가자는 거네."

"응. 여기에 있고 싶지 않아. 현서처럼 되고 싶지 않아."

남유하

"알았어, 어서 나가자. 인주 너도."

인주가 끄덕였다. 나는 대강당 문을 밀었다. 우습게도 문은 잠겨 있었다. 누가 잠근 걸까? 단발머리? 아님 최세연? 훗, 코웃음을 치며 발로 문을 찼다. 발끝에 빗맞아 발가락에 찌릿한 통증이 느껴졌지만 문고리는 단번에 떨어져 나갔다.

"가자. 여기가 어딘지는 잘 모르겠지만 시내를 벗어날 때까지는 뛰어야 할 거야."

그때였다. 최세연이 계단 옆에서 나타났다. 역시 우리를 감시하고 있었던 걸까.

"안 돼. 여기 있어. 우리가 지켜줄게."

"거짓말. 어떻게 지켜준다는 거예요? 나희와 현서가 죽었어요."

"그건 사고였어. 너희들한테는 아무 일도 없을 거야. 약속할게. 밖은 너무 위험해."

"우리에게 위험한 게 아니라 밖에 있는 사람들이 우리 때문에 위험해진다는 말이잖아요?"

"아니야, 미아야. 그런 게 아니야."

"비켜요. 우리한테 밟힐지도 몰라요."

내 경고에도 최세연은 팔을 펴고 우리를 가로막았다.

"가자."

솔이 말했다. 우리는 방바닥에 떨어진 레고 블록을 밟지 않으려는 듯 최세연을 피해 달리기 시작했다. 나는 정문을 통과하며 뒤를 돌아봤다. 최세연이 죽어라 달리고 있었지만 우리를 따라오기에는 역부족이었다. 우하하 웃음이 터졌다. 상쾌한 웃음, 아니 허탈한 웃음이었다. 이곳에서 벗어나는 일이 이렇게 쉬울 줄은 몰랐다. 솔도, 인주도 웃고 있었다. 사람들이 우리를 보고 도망갔다. 그 와중에도 핸드폰을 치켜들고 사진을 찍는 사람이 있었다. 내가 공룡처럼 인상을 쓰며 울부짖자 그는 얼굴이 하얗게 질려 도망갔다. 배짱도 없는 주제에 무슨 사진을 찍겠다고. 우리는 성큼성큼 시내를 지나갔다. 될 수 있는 한 건물이나 가로수를 피해 갔지만, 우리가 지나온 자리에 아스팔트가 갈라지고 보도블록이 무너지는 것까지 막을 수는 없었다.

"잠깐만 쉬었다 가자."

솔이 숨을 헐떡이며 말했다. 평소에도 솔은 기관지가 약한 편이었다. 가슴에 손을 올리고 숨을 몰아쉬는 솔의 머리가 저물어가는 붉은 해와 겹쳐졌다. 솔

남유하

의 어깨 뒤로 펼쳐진 하늘이 주홍색으로 물들었다.

"괜찮니? 이제 가도 될까?"

인주가 조급한 얼굴로 말했다. 그래, 가자. 솔이 걸음을 내디뎠고 나도 뒤를 따랐다. 그런데 어디선가 싸구려 마이크에서 나오는 듯 지직거리는 목소리가 들렸다.

"오미아, 김솔, 황인주. 너희들은 포위됐다. 당장 그 자리에 멈추도록."

어느새 군인들이 우리를 둘러싸고 있었다. 탱크와 지프, 카키색 옷을 입고 모자를 쓴 사람들. 하지만 장난감 병정처럼 작은 군인들은 전혀 위협으로 다가오지 않았다.

"무시하고 가자."

인주가 앞장서 가는데, 탕! 총성이 울렸다. 아, 인주가 신음을 흘렸다. 인주의 종아리에 총알이 박혀 피가 흐르고 있었다. 얼굴은 고통으로 일그러졌다.

"쏘지 마요! 쏘지 말라고!"

솔이 소리치자 마이크를 들고 있던, 대장인 듯한 군인이 귀를 막았다. 거인이 된 우리의 목소리는 우렁우렁 울렸고, 솔의 목소리는 특히나 날카로웠다.

"움직이지 마라. 움직이면 발포한다."

"어떡하지?"

솔이 울 것 같은 얼굴로 말했다. 그러고 보니 우리
는 무방비 상태였다. 무기도 없는데 총을 쏘다니, 완
전 괴수 영화의 주인공이 된 기분이었다. 순간, 청
진기로 현서의 심장 소리를 들은 의사의 고막이 터
진 일이 기억났다. 조금 전 솔이 목소리를 높였을 때
도…. 좋아, 한번 해보자.

"솔아, 지금부터 있는 힘껏 소리치는 거야. 알았
지?"

"응? 응."

"인주야, 너도 할 수 있으면 소리 질러. 죽을힘을
다해서."

"알았어."

"하나, 둘, 셋!"

으아아아아악! 우리 셋은 동시에 소리를 질렀다.
천둥이 치는 것보다 더 큰 소리였다. 우리를 둘러싼
군인들이 일제히 귀를 막았다. 나는 솔과 인주의 손
을 잡았다. 그리고 눈으로 말했다. 절대 멈추지 마.
여기를 벗어날 때까지. 우리는 소리 지르며 한 걸음

남유하

한 걸음 행진하듯 발맞추어 앞으로 나갔다. 어쩐 일인지 눈에서 눈물이 나왔다. 나뿐만 아니라 솔과 인주도 울고 있었다.

"자, 뛰자."

그들의 사정거리를 벗어났을 때 내가 외쳤다. 우리는 달리기 시작했다. 우리가 뛸 때마다 지진이 난 듯 땅이 울렸다. 인주는 약간 절뚝거렸지만 뛰지 못할 정도는 아니었다.

우리는 달리고 달려 산방산 기슭에 몸을 숨겼다. 솔이 자신의 치마 아랫단을 물어뜯어 인주의 다리에 동여매 주었다. 총알을 빼내지 않아서 그런지 종아리에서는 계속 피가 배어 나왔다.

"인주야, 괜찮아? 나 엄마한테 갈 건데 같이 가자."

"괜찮아. 고맙지만, 난 이어도에 갈 거야."

"그래도 총알은 빼야 하지 않을까?"

"일단 이어도에 가면 엄마가 치료해 줄 거야."

엄마, 라고 말하는 인주의 얼굴에서 빛이 났다. 그 얼굴을 보자 차마 더 만류할 수는 없었다.

"그래, 그럼 행운을 빌게."

나는 인주에게 오른손을 내밀었다. 사과와 감사의

마음을 담은 손이었다. 인주가 아니었으면 탈출할 생각을 하지 못했을 것이다. 인주도 손을 내밀어 내 손을 맞잡았다.

"잘 가, 인주야."

솔이 울먹이며 말했다. 우리는 인주가 바닷가를 향해 걸어가는 뒷모습을, 작은 하얀 점이 될 때까지 바라봤다.

"우리 집에 가자."

솔의 집에는 여러 번 가봤다. 싱글맘인 솔이 엄마는 직장 생활을 하느라 집에 항상 늦게 왔다. 그래서 솔이 엄마를 만난 적은 한두 번 정도밖에 없었다. 오늘은 토요일이니 집에 있을 거라고, 솔이 밝은 목소리로 말했다.

"목마르다."

한참을 걷던 솔이 말했다. 거인이 된 우리는 편의점에도 갈 수 없었다. 갈증이 나는데 물도 마실 수가 없다니.

"괜찮아. 집에 가서 엄마한테 달라고 하면 되니까."

솔이 방금 전 한 말을 지우듯 하얀 치아를 드러내

며 웃었다. 산방산에서 서귀포 서쪽 끝에 있는 솔의 집까지 가는 데는 십 분 남짓 걸렸다. 평소 같으면, 아니 커지기 전이었다면 한 시간도 넘게 걸어야 했을 것이다.

"다 왔다."

솔이 눈에 익은 단층집을 가리키며 기뻐했다. 솔의 집 마당에 둘이 함께 서려니 비좁아 나는 담장 밖으로 나갔다.

"엄마."

솔이 집 앞에 쪼그리고 앉아 엄마를 불렀다.

"엄마."

현관이 열릴 줄 알았는데, 창문이 열렸다. 하긴 어떤 문이 열려도 집 안으로 들어갈 순 없었다. 솔은 엄마와 눈높이를 맞추기 위해 바닥에 엎드려 턱을 괴었다.

"솔아…"

솔이 엄마는 반쯤 넋이 나간 표정으로 딸의 이름을 불렀다. 엄마, 솔이 울먹이며 창문을 향해 손을 내밀었다. 반사적으로 물러나던 솔이 엄마가 솔의 엄지를 양손으로 감싸쥐었다. 솔이 엄마의 눈에서 눈물이 흘러넘쳤다. 두 사람은 한동안 아무 말도 못 하고 울기만 했다. 솔이 엄마가 틀어놓은 텔레비전에서는 우리에 관한 뉴스가 나오고 있었다.

마침내 솔이 엄마가 울음을 그치고 말했다.

"솔아, 여기 있으면 위험해. 연구소로 돌아가."

"뭐? 엄마, 지금 나보고 돌아가라고 했어?"

"그래. 연구소에 있어야 안전하니까."

"엄마, 왜 그렇게 말해?"

"그럼 어떡해… 난 널…."

솔이 엄마는 목이 메는 듯 말을 멈추고 괴로운 표정을 지었다.

"어떡하긴 뭘 어떡해? 나 엄마랑 살려고 우리 집에 왔는데?"

흥분한 솔의 목소리가 높아지자 엄마가 흠칫 떨며 뒤로 물러섰다. 솔은 얼른 목소리를 낮춰 말했다.

"엄마, 나 연구소에 안 갈 거야. 거기가 더 위험해. 친구가 둘이나 죽었단 말이야."

"솔아, 엄마는… 연구소에서 널 치료해 줄 거야. 다시 예전처럼 돌아오게 해줄 거야."

"아니야, 엄마. 나 이제 거인으로 살아야 해. 영등

남유하

할망처럼, 설문대할망처럼. 엄마가 나 어렸을 때 거인 할망 얘기 많이 해줬잖아. 기억나지? 그리고 나 사실은… 아니, 내가 집 지을게. 엄마랑 같이 살 큰 집 지으면 되잖아. 내가 힘이 얼마나 세졌는데!"

솔이 횡설수설 이야기를 늘어놓았다. 솔은 불안하면 말이 많아진다.

"미안해, 솔아. 우리 딸한테… 엄마가 해줄 수 있는 게 없어."

주저하던 솔이 엄마가 고개를 돌렸다. 그리고 서서히 창문이 닫혔다. 그 순간 내 마음도 닫혔다. 우리 부모님도 솔이 엄마와 다르지 않을 거라는 확신이 들었다.

"엄마, 엄마!"

솔이 손바닥으로 창문을 두드렸다. 와장창, 유리창이 깨졌다. 안에서 솔이 엄마의 비명이 들렸다.

"솔아, 제발… 연구소로 가…."

"엄마, 왜 자꾸 가라는 건데? 나, 엄마 딸이잖아. 응? 여기가 우리 집이잖아!"

솔이 문을 발로 차고 지붕을 내리쳤다. 그럴 때마다 낡은 집이 여기저기 부서져 내렸다.

"그만해, 솔아. 이런다고 달라질 건 없어. 그만해."

나는 솔의 손목을 꽉 쥐었다.

"이거 봐. 저런 사람은 엄마도 아니야. 어떻게 자기 딸을 버릴 수가 있어? 거인이 되든 괴물이 되든 자기 딸이잖아!"

솔이 내 손을 뿌리치며 몸부림쳤다. 나는 솔을 품에 안았다. 그리고 아기처럼 달래주었다. 아니야, 버린 거 아니야. 우리가 너무 커져서 그래. 쉬이, 쉬이… 괜찮아. 나랑 이어도에 가자. 거기서 우리 둘이 행복하게 살자.

그때 사이렌 소리가 들렸다. 군인들이 우리를 둘러싸고 총과 포를 겨누고 있었다. 우리는 아무 잘못이 없는데. 단지 거인이 됐을 뿐인데.

"군인들이 어떻게 여기 왔지? 엄마가 신고했나?"

"아니야, 솔아. 아닐 거야. 네가 여기 올 줄 알고 온 걸 거야. 아님 우릴 본 다른 사람이 신고했던가."

"어쨌든 다 필요 없어. 군인들도, 이 집들도 전부 밟아버릴 거야."

"그러지 마. 우린 괴물이 아니잖아."

"아니야, 난 괴물이야!"

남유하

솔이 절규했다. 나도 덩달아 울부짖었다. 어떤 군인들은 도망쳤고, 어떤 군인들은 바닥에 쓰러졌다. 우리는 피를 토하듯 악을 쓰며 달렸다. 솔의 집에서 점점 멀어질수록 우리 발밑에 깔린 차들과 무너진 집들이 늘어갔다. 어쩌면 우리 때문에 누군가는 다치거나 죽었을지도 모른다.

거인은, 인간 세상에서 살 수 없어.

정신없이 뛰다 보니 바닷가에 다다랐다. 회색빛 콘크리트가 사라지고 뽀얀 모래사장이 펼쳐졌다. 찢기고 갈라진 발바닥을 고운 모래가 어루만져 주는 것 같았다. 짙은 보랏빛 하늘에는 솔의 옆얼굴을 닮은 반달이 희미하게 빛나고 있었다.

"우리 너무 커져 버렸나 봐."

솔이 쓸쓸한 표정으로 나를 보았다.

"그래, 여기는 우리가 살기엔 너무 좁아."

농담처럼 가볍게 말하고 싶었는데, 내 목소리는 솔의 표정보다 더 쓸쓸하게 들렸다.

"우리도 이어도에 가자."

"그래."

거인 소녀

우리는 손을 꼭 잡고, 모래사장을 지나 바닷물로 들어갔다. 10월 초의 밤바다는 차가웠다. 우리는 발목을 담근 채 잠시 서 있었다. 서늘한 바람이 우리에게 와서 부딪히자 솔이 어깨를 가볍게 떨었다. 나는 솔과 맞잡은 손에 힘을 꽉 주었다. 더 이상 솔도 떨지 않았다. 우리는 서로를 바라보며 웃었다. 그리고 이어도를 향해, 검은 바다로 성큼 나아갔다.

남유하

작가 후기

제주라는 섬은 신비할 정도로 아름답고 그만큼 많은 이야기를 품고 있습니다.

제주도 설화에는 거인이 많이 등장합니다. 재미있는 점은 그 거인들이 할머니, 할망이라는 것입니다. 제주도를 만든 설문대할망, 바다를 안전하게 지켜주고 풍요를 가져다주는 영등할망. 저는 두 할망이 몹시 마음에 들었고 이 이야기를 모티브로 소설을 써야겠다고 생각했습니다.

설화에서 나타난 두 할망에게는 세 가지 공통점이 있습니다. 거인이라는 점, 인간을 사랑한다는 점, 그리고 그들의 사랑이 보답을 받지 못했다는 점.

설문대할망은 사람들에게 속옷 한 벌만 만들어주면 섬과 육지를 잇는 다리를 놓아주겠다고 합니다. 하지만 사람들은 명주 백 동 중 단 한 동이 모자라 속옷을 완성하지 못합니다. 화가 난 할망은 다리 놓기를 그만두지요. (후에 설문대할망은 아들들에게 먹일 죽을 끓이다가 솥에 빠져 죽습니다.) 한편 영등할망은 어부들을 구해 준 사실이 발각돼 외눈박이 거인들에게 죽임을 당합니다.

거인 할망, 힘을 가진 여성이 왜 이토록 외면받거나 끔찍한 죽음을 맞이해야 했을까?

이 이야기는 이러한 의문에서 시작되었습니다. 너무 커져 버렸기 때문에 사회에서 배척당하는 소녀들, 다르다는 이유로 세상에서 고립된 아이들의 이야기를 쓰고 싶었습니다.

부디 소녀들이 그들만의 섬, 이어도를 찾을 수 있기를.

남유하

서복이 지나간 우주에서

남세오

남세오는 서울대학교 원자핵공학과를 졸업하고 연구원으로 살아가던 어느 날 문득 글을 쓰게 되었다. 대부분의 작업을 작가 혼자 수행하고 그 결과물은 독자에 따라 저마다의 방식으로 읽힐 수 있는 소설이라는 매체에 편안함과 매력을 느낀다. 환상문학웹진 '거울'의 필진이자 온라인 소설 플랫폼 '브릿G'에서 '노말시티'라는 필명으로 활동하며《살을 쓰다》《우아한 우주인》등 SF 앤솔로지에 참여했다. 소설집으로는《중력의 노래를 들어라》가 있다.

죽은 달의 바다. 탐라성을 둘러싸고 있는 바위 조각의 띠다. 아니 띠라기보다는 껍질에 가깝다. 적도와 극지를 가리지 않고 제각각의 궤도로 탐라성을 돌던 수많은 위성은 이제 모두 충돌해 부서지고 크고 작은 파편들만 남아 탐라성 주변의 우주를 맴돈다.

몽라는 이층 건물 크기만 한 위성 조각의 울퉁불퉁한 틈에 몸을 고정하고는 별이 한가득 박혀 있는 우주가 흘러가는 모습을 멍하니 바라보았다. 검은 그림자에 뒤덮여 있던 탐라성의 한쪽 구석에서 조금씩 빛이 배어나오며 커다란 호로 번져나갔다. 잠시 후 탐라성의 태양인 코렐이 빼꼼히 고개를 내밀었다. 우주에서 보는 일출이었다.

탐라성은 코렐 항성계의 가장 바깥쪽 궤도를 도는 작은 행성이다. 차갑게 얼어붙었어야 할 행성의 표면에는 푸른 바다가 뒤덮여 있다. 비정상적으로 활발한 지각 활동으로 인해 뿜어져 나오는 지열 덕분이다. 사람들은 작은 행성 곳곳에 흩어진 화산 근처에 모여 산다. 몽라 역시 마찬가지다.

하지만 몽라는 희한하게도 행성 표면을 밟고 있을 때보다 이렇게 우주에서 행성을 바라보고 있을 때가 더 좋았다. 행성에서 멀어지면 멀어질수록 마음이 설레면서도 편안했다. 몽라를 붙잡아주는 건 이렇게 작은 바위 조각 하나면 충분했다. 몽라는 영원히 우주를 떠다니며 수많은 별을 만나고 싶다고도 생각했다. 코렐의 중력에 붙잡히기 전에는 탐라성도 성간 우주를 떠돌던 외톨이 별이었다지.

그렇다고 한없이 먼 우주로 나갈 수는 없었다. 여기가 한계였다. 죽은 달의 바다를 떠다니는 바위 조각들. 탐라성은 만 킬로미터가 넘는 두꺼운 바위 조각의 띠로 둘러싸여 있었다. 몽라가 맨몸으로 유영해 들어올 수 있는 거리는 그중 300킬로미터 정도에 불

남세오

과했다. 그나마 호흡과 추진에 동시에 쓰이는 기체를 아슬아슬하게 바닥내며 다니는 몽라이기에 가능한 거리였다.

"뭐 해? 빨리 안 오고?"

헬멧 안에서 달망의 목소리가 울렸다. 달망은 띠로 진입하기 직전에 멈춰 선 조각배에서 몽라를 기다리고 있었다. 우주선처럼 커다란 금속 물체는 자기장과 태양풍과 바위 조각들이 뒤섞여 휘몰아치는 죽은 달의 바다 안에 들어오면 순식간에 주변의 물질들을 끌어당기며 크고 작은 바위 조각들의 폭격을 받게된다. 오직 탄소섬유가 들어간 강화 플라스틱 소재의 얇은 우주복을 입고 산소통을 둘러멘 사람만이 바다 깊숙한 곳까지 들어올 수 있다.

"갈 거야. 잠깐. 해 뜨는 것만 다 보고."

"압력 경고 뜬 거 안 보여! 매번 그렇게 간당간당하게 날아다니면 내 피가 마르니 안 마르니? 잔별은 캤어?"

"걱정하지 마. 최고급 네스킬리움. 이거면 내 산소통도 최신형으로 바꿀 수 있을걸. 압력을 20퍼센트나 더 높일 수 있대. 네가 입버릇처럼 말하던 우리 조각배 자세 제어 장치도 업그레이드하고."

"꿈도 꾸지 마. 이사할 집 구하는 데 써야 하니까. 지열 활동 지수가 넉 달째 상승 중이야. 언제 폭발할지 모르는 화산 옆에서 계속 살고 싶진 않다고 내가 말했지? 몇 번이나."

"그랬었나?"

"그랬어! 그랬으니까 당장 날아와. 오기 싫으면 잔별 캔 거라도 보내던가!"

통신이 끊겼다. 몽라는 허리에 단단히 묶인 몸통만 한 네스킬리움 원석을 다시 한번 확인했다. 죽은 달의 바다를 떠다니는 위성의 조각들. 그 조각 중에서도 지상에서는 구할 수 없는 희귀한 광물들을 탐라성 사람들은 잔별이라고 부른다. 몽라는 산소통만 메고 우주를 유영하며 잔별을 캐는 잠수였다.

어느새 탐라성의 옆으로 빠져나온 코렐 항성이 울퉁불퉁한 조각의 표면에 그림자를 드리웠다. 몽라는 방향을 신중하게 확인하고는 조각을 단단히 디딘 뒤 외골격의 도움을 받아 잔뜩 웅크렸던 무릎을 강하게 뻗었다. 몽라의 몸은 탐라성을 향해 똑바로 날아갔다. 몽라가 잠시 머물렀던 위성 조각은 조금씩 작

182

남세오

아지다가 결국 코렐의 빛을 반사하는 작은 점 하나가 되어 검은 우주 속으로 삼켜졌다.

몽라는 우주복 안의 기체를 손에 연결된 분사구로 조금씩 뿜어내며 속력을 높였다. 조각배까지 도착하기에 딱 맞는 양이었다.

속력을 높이겠다고 너무 많은 기체를 뿜어내면 호흡에 쓸 산소가 부족해진다. 그렇다고 속력을 너무 낮게 유지하면 목적지에 도착하는 시간이 오래 걸려 역시 호흡에 쓸 산소가 부족해진다. 무중력 상태의 우주에서 같은 양의 기체로 갈 수 있는 거리는 이 두 변수를 최적화하여 얻어진다. 물론 자세 제어나 속도 조절에 불필요하게 쓰이는 기체도 줄여야 한다.

그걸 절묘하게 조절해 우주선이 가지 못하는 죽은 달의 바다 깊숙한 곳까지 들어가 희귀한 광물을 채굴해 오는 게 잠수의 기술이다. 탐라성은 잠수들이 캐내 오는 광물들로 먹고산다고 해도 과언이 아니다. 더 먼 곳까지 다녀오는 잠수일수록 더 귀한 광물을 캘 수 있다. 돈을 벌기 위해 잠수들은 압축 기체가 바닥날 때까지 아슬아슬하게 우주를 날아다닌다. 그중에서도 몽라는 가장 먼 우주까지 헤엄쳐 갈 수 있는 잠수였다.

몽라가 그렇게 멀리 나갔다 오는 건 돈 때문만은 아니었다. 몽라는 멀리 나가는 것 자체를 즐겼다. 할 수만 있다면 탐라성을 둘러싼 죽은 달의 바다 바깥쪽을 보고 싶었다. 태양의 바람을 타고 탐라성 주변을 날아다닌다는 전설의 은빛 용을 만나고 싶었다. 몽라는 그런 목숨을 건 유영에 푹 빠져 있었다. 바다 깊숙이 유영해 들어가는 데 몰두하다가 미처 잔별도 캐지 못하고 돌아오는 일도 있었다.

속이 타는 건 파트너인 달망이었다. 돈을 못 벌어서가 아니라 몽라를 다시 보지 못할까 봐서였다. 달망은 작은 우주선인 '조각배'로 바다 근처까지 몽라를 데리고 와서는 들뜬 아이처럼 검은 우주로 뛰어들어 이내 사라지는 몽라를 하염없이 기다렸다. 압축 기체를 다 써버리고 엉뚱한 곳으로 날아가는 몽라를 구해내는 것도 달망이 심심치 않게 해야 하는 일 중 하나였다. 그래도 몽라는 언제나 다시 나타났고 언제나 품 안으로 들어왔다.

"달망?"

통신이 들어왔다. 달망은 얼른 레이더를 확인했다.

레이더에 잡힌 몽라의 신호는 엉뚱한 곳을 향하고 있었다.

"뭐해? 어디로 가는 거야?"

"갑자기 돌 조각이 하나 날아와서. 피하려다가 몸이 돌았거든."

"그래서?"

"자세를 잡다가 기체를 다 써버렸어. 심호흡 한 번 정도밖에 안 남았네."

"그러니까 내가! 아니 일단. 너 말하지 말고! 최대한 이쪽으로 틀어! 내가 갈 테니까!"

달망은 급히 조종간을 잡았다. 조각배가 연료를 분사하자 몽라와의 거리가 조금씩 가까워지기 시작했다. 달망은 경로를 세팅하고 서둘러 헬멧을 눌러썼다. 해치로 달려간 달망은 구명줄을 당겨 허리에 단단히 묶고는 우주로 나가는 문을 열었다. 해치가 미처 다 열리기도 전에 달망은 검은 틈으로 몸을 던졌다.

멀리 검은 우주에 박힌 별들 사이로 몽라의 흰 우수복이 보였다. 최대 압력으로 기체를 분사하며 날아가자 몽라가 조금씩 커지기 시작했다. 더는 분사할 기체가 없는지 몽라는 그저 우주 공간을 등속도로 날아가기만 했다. 몽라가 질식하기 전까지 얼마나 시간이 남았을까. 급한 달망의 마음과는 달리 몽라와의 거리는 답답할 정도로 천천히 줄어들었다.

조바심을 내던 달망의 눈에 몽라의 허리에 여전히 묶여 있는 몸통만 한 네스킬리움 원석이 보였다. 달망이 소리쳤다.

"너 그걸 여태! 어서 던져!"

몽라는 원석을 붙들더니 그걸 달망을 향해 던지려고 했다. 달망이 다급하게 외쳤다.

"반대로 던지라고 멍청아!"

몽라는 그제야 어깨를 으쓱하더니 반대로 돌아 원석에 올라타듯 두 발을 올렸다. 몽라가 강하게 다리를 펴자 원석이 반대 방향으로 날아갔고 그만큼의 속도로 몽라는 달망에게 가까워졌다. 그리고 마침내 달망의 품 안으로 들어왔다. 투명한 헬멧 너머로 몽라는 아무 일도 없었다는 듯이 웃고 있었다. 달망이 산소 라인을 연결하자 몽라는 천천히 숨을 한 번 들이쉬고는 말했다.

"아깝다. 네스킬리움. 그치? 이사해야 하는데."

남세오

몽라가 걷어찬 네스킬리움은 이제 한 뼘 정도는 밝아진 탐라성을 향해 날아가고 있었다. 저대로 날아가 대기권에 진입하면 녹아내린 네스킬리움은 작은 빗방울이 되어 바다 위에 흩뿌려질 터였다. 달망은 어이가 없다는 듯이 몽라를 쳐다봤다.

"뭐? 지금 이사가 문제야? 이사 때문에 목숨을 걸고 원석을 붙들고 있었다고?"

"오기 싫으면 잔별 캔 거라도 보내라며. 언제 폭발할지 모르는 화산 옆에서 계속 살고 싶진 않다고 그랬잖아."

"됐어! 그깟 이사! 너한테는 진짜 무슨 말을 못 하겠다. 목숨 걸고 뒤끝을 부리니?"

"그럼 나 산소통 먼저 최신형으로 바꿔도 돼?"

"맘대로 해! 산소통을 바꾸든 맥주로 바꿔 마시든 맘대로 하라고!"

몽라가 눈을 크게 뜨고 웃으며 손가락으로 허리를 가리켰다. 허리에 묶인 릴이 빠른 속도로 돌아가며 가느다란 탄소 섬유를 풀어내고 있었다. 네스킬리움은 여전히 몽라의 허리에 묶어 있었다. 달망이 몽라를 노려보는 순간 릴이 멈추고 줄이 팽팽하게 당겨지며 몽라의 몸이 달망의 손아귀를 빠져나갔다. 황급히 몽라의 팔을 붙잡은 달망은 자신의 허리에 묶인 구명줄을 몽라에게 한 번 돌려 감고 나서야 낄낄대는 몽라의 등을 사정없이 후려쳤다.

✦

"대체 왜 그렇게 죽지 못해 난리야?"

몽라가 들고 온 네스킬리움 원석은 생각만큼 비싸게 팔리지는 않았다. 산소통을 업그레이드해 몽라의 소원을 풀어주고 나니 남은 돈은 오히려 평소 수입만도 못했다. 가느다란 눈으로 노려보며 따져 묻는 달망에게 몽라는 맥주를 들이켜며 천연덕스럽게 대답했다.

"무슨 소리야. 난 항상 죽지 않기 위해 최선을 다하는데."

"일단 위기에 빠진 뒤에? 아예 위기 자체를 안 겪어야겠다는 생각은 못 하는 거야?"

"그러면 살아있다는 느낌이 잘 안 나잖아. 살아있다는 건 말이야, 평소와는 다른 상황을 겪었을 때만 반짝 켜지는 신호등 같은 거라고. 이런 상황에선 대

남세오

체 어떻게 해야 합니까 하고. 그때 내리는 선택이야
말로 내가 살아있다는 증거지. 항상 겪는 똑같은 상
황에서 누구나 내리는 뻔한 선택을 반복하는 걸 과연
살아있다고 할 수 있을까?"

"말은 잘해. 그래. 네가 그렇게 좋아하는 살아있다
는 느낌 말이야. 신호등? 그걸 더 많이 느끼려면 네
생명이 좀 오래 붙어 있어야 하지 않을까? 더 잘 알
거 아냐. 우주에서 잠수할 때. 숨을 쉴 것인가 아니면
추진할 것인가. 그걸 최적화하는 게 네 일이잖아. 지
금 널 보면 말이야. 숨은 안 쉬고 무조건 추진에만 기
체를 몰아넣고 있는 느낌이라고. 아무리 속도가 높아
도 금방 죽으면 멀리 못 가는 거 아냐? 내 말이 틀렸
어?"

달망이 잔뜩 별렀던 말을 쏟아붓자 몽라는 얼른 대
답하지 못하고 머리를 긁으며 맥주를 들이켰다. 맥주
잔에 세 개의 거품 고리를 만들고 나서야 몽라가 대
답했다.

"우리 이사하려면 돈 많이 필요하겠다. 그치?"

"쓸데없는 수작 부리지 마. 내가 네 속을 모를 줄
알아? 산소통도 업그레이드했겠다. 이사 비용 마련한

다는 핑계로 더 멀리 나가겠다는 거잖아. 난 더 오래 기다려야 하고. 맞지?"

"내가 안 돌아온 적 있어?"

"없지. 없는데…"

그때 갑자기 집이 흔들렸다. 테이블 위에서 빙글 돌다 넘어지려는 맥주잔을 몽라가 재빨리 붙잡았다. 진동은 금방 멈췄다. 최근 들어 이런 일이 부쩍 잦아졌다. 아직 화산이 폭발할 가능성은 낮다고 하지만 불안한 사람들은 하나둘씩 다른 화산 근처로 떠나고 있었다. 몽라가 달망에게 살짝 웃으며 말했다.

"그거 봐. 빨리 이사할 돈 모아야겠지?"

"넌 그런 말을 할 거면 산소통을 새로 사지 말았어야지! 하. 됐다. 내가 너하고 무슨 말을 하겠니. 맥주나 마셔."

달망은 몽라를 노려보며 맥주잔을 채갔다. 평소보다 많은 양의 맥주를 들이붓는 달망에게 조금 미안해졌는지 몽라가 헛기침을 한 번 하면서 말을 돌렸다.

"근데 너 그거 알아? 죽은 달의 바다에는 은빛 용이 산대."

"전설이잖아. 그거. 오래된."

남세오

"본 사람이 있다던데."

"아이고. 잠수들 허풍이야 뭐. 뭐는 못 봤겠니? 분홍색 토끼를 봤다는 사람은 없어?"

"믿을 만한 얘기라서. 왜 그럴 수도 있잖아. 다른 항성계의 우주선일 수도 있고."

"우주선은 죽은 달의 바다에 못 들어가는 거 몰라서 그래? 자기권의 꼬리에 있는 좁은 통로로만 바다를 통과할 수 있잖아. 그래서 탐라성이 우주 해적들로부터 안전한 거고."

"난파한 우주선일 수도 있으니까. 그래서 말인데. 만일 정말 난파한 우주선이라면 그거 찾으면 완전 대박이잖아. 그치? 우리 이사 비용도 단번에 벌 수 있고. 뭐, 우주선하고 우주복에 달 안전장치들을 더 살 수도 있고."

신나서 떠드는 몽라를 내버려두고 달망은 대답 없이 남은 맥주를 한꺼번에 비웠다. 달망도 은빛 용의 전설은 잘 알고 있었다.

먼 옛날 하늘에 떠 있는 모든 별을 여행하고 싶어하는 사람이 있었다. 그 사람은 자신의 남은 생명이 별들의 수보다 한참 적은 것을 슬퍼했다. 이렇게 평생을 울어 그 눈물방울을 다 모아도 하늘의 별보다 적을 것이니 인생이란 바람에 뒤집히는 나뭇잎만도 못하구나. 그러면서도 끝까지 꿈을 버리지 않고 하늘을 바라보던 그 사람은 갖은 시련을 이겨내고 마침내 죽지 않는 은빛 용에 올라타 영원히 밤하늘의 별들 사이를 떠돌아다닌다고 했다.

몽라는 은빛 용을 찾아 돈을 벌고 싶은 게 아니었다. 몽라는 전설 속의 사람처럼 은빛 용에 올라타 우주를 떠돌고 싶어 한다는 걸 달망은 너무도 잘 알고 있었다.

✦

새로 바꾼 산소통을 메고 죽은 달의 바다를 더 깊숙이 헤엄치던 몽라는 마침내 멀리서 반짝이는 은빛 물체를 발견했다. 위성의 거친 조각이 아닌 매끈한 금속에서 반사된 빛이었다. 은빛 용을 봤다는 잠수들의 말은 거짓이 아니었다. 그리고 몽라는 다른 잠수들처럼 은빛 용을 먼발치에서 바라만 보고 돌아올 생각이 없었다.

"너 지금 남은 압력 보고 하는 소리야? 지금 당장

되돌아오지 않으면 영원히 못 돌아와!"

"저거 분명히 인공 구조물이야. 우주를 떠다니는 구조물이라면 높은 확률로 산소탱크 한두 개 정도는 남아 있겠지."

"높은 확률? 대체 얼마나 높은 확률!"

"글쎄 한… 백 퍼센트? 아무리 생각해도 죽을 것 같지가 않거든."

"지금 장난해? 당장 돌아와! 너. 지금 그쪽으로 가면 나랑은 끝이야. 백 퍼센트든 이백 퍼센트든 너 그냥 버리고 탐라성으로 돌아가 버릴 거라고! 그러면 거기 산소탱크 백 개가 있어도 넌 우주에서 죽는 거야. 백 퍼센트!"

"음. 달망 네가 날 버리고 갈 확률은 글쎄. 한 영 퍼센트? 다녀올게!"

몽라는 통신을 끊었다. 그리고 검은 우주 멀리 은색으로 빛나는 물체를 향해 속력을 높였다.

몽라의 예측은 맞았다. 은빛 물체는 우주선이었다. 그것도 난파한 게 아니라 멀쩡하게 운항 중인 우주선이었다. 코렐 항성의 빛을 닐카롭게 반사하는 매끄러운 금속 표면은 주변의 바위들을 끌어들이는 게 아니

서복이 지나간 우주에서

라 오히려 밀어내고 있었다. 우주선을 향해 날아오던 바위 조각들의 궤도가 부드럽게 꺾이며 선체를 멀찌 감치 스쳐 지나갔다. 저런 우주선이 있다는 말은 들어본 적이 없었다.

한 가지는 몽라가 착각했다. 우주선은 몽라의 예상보다 적어도 열 배는 더 컸다. 그리고 거리도 그만큼 더 멀었다. 몽라의 뒤편으로 보이는 탐라성이 이제껏 본 적 없을 정도로 작아져 있었다. 어떤 잠수도 이렇게 멀리 나와 본 적은 없었다. 적어도 살아 돌아온 잠수 중에는. 업그레이드된 산소통의 용량을 고려해도 이제 자력으로 되돌아가는 건 불가능했다. 몽라는 잠시 눈을 감고 달망의 얼굴을 머릿속에 또렷하게 새겼다. 그러고는 숨을 한번 깊게 들이쉰 뒤 남은 기체를 전부 뿜어내며 우주선을 향해 속력을 높였다.

✦

"정신이. 좀. 드나요?"

별빛도 보이지 않는 깜깜한 암흑 속을 흘러가는 몽라의 귀에 알 수 없는 단어들이 스쳐 지나갔다. 그 소음 속에서 어색하게 조합된 세 단어가 몽라의 귀에

남세오

들어왔다. 탐라성의 언어와는 조금 다른 코렐 항성계의 공용어였다. 몽라의 눈이 번쩍 떠졌다.

우주선 안이었다. 헬멧은 없었다. 실내를 채운 조절된 공기가 코로 직접 들어왔다. 몽라를 바라보고 있는 한 사람의 얼굴이 눈에 비쳤다. 등짝으로 손이 날아올 것 같아 몽라는 자기도 모르게 몸을 움츠렸다. 하지만 그 사람은 달망이 아니었고 이곳은 조각배가 아니었다. 그제야 마지막 숨을 들이쉬고 거대한 은빛 우주선을 향해 돌진하던 기억이 되살아났다.

"은빛 용?"

"무슨. 말인지. 모르겠군요. 당신의. 이름은?"

"몽라라고 합니다. 탐라성 사람입니다."

"그렇. 겠죠. 다른 행성에서 여기까지. 맨몸으로 날아오지는. 못할 테니."

몽라는 몸을 일으켜 앞에 서 있는 키 큰 사람을 자세히 살펴보았다. 코렐 항성계 사람은 아닌 듯했다. 말끔하고도 기품 있는 얼굴이 떠돌이 우주 해적 같지는 않아 보여 몽라는 조금 안심했다. 애초에 해적은 이런 엄청난 우주선을 타고 다니지도 않았다. 자세히 보니 어색한 목소리는 이 사람의 입이 아니라 관자놀이 아래쪽에 부착된 작은 장치에서 흘러나오고 있었다. 몽라의 시선을 눈치챘는지 그 사람의 입이 작게 움직였다. 그러자 잠시 후 장치에서 소리가 들렸다.

"당신의. 말투에. 적응하려면. 시간이 좀. 걸릴 겁니다. 저는 치나이 항성계에서 왔습니다. 서복이라고 합니다."

치나이 항성계는 코렐 항성계 옆에 있는 거대한 항성계다. 커다란 행성만 해도 일곱 개에 달했고 크고 작은 소행성과 위성들을 합하면 사람이 사는 별이 백사십 개가 넘는다고 했다. 그 거대한 항성계를 얼마 전 한 황제가 통일했다는 소문을 몽라는 들은 적이 있었다.

"구해주셔서 감사합니다."

"죽은 달의 바다라고. 하던가요. 위성들의 파편이 감싸고 있는 탐라성에는. 온갖 신비가 가득하다고. 들었습니다. 그래도. 이렇게 우주 공간을 맨몸으로 돌진하며. 우리를 맞아주실 줄은. 몰랐습니다."

서복이 웃으며 말했다. 위협은 전혀 느껴지지 않는 표정이었다. 살아났다는 안도감과 함께 머릿속에 온갖 질문들이 밀려들었다.

196

남세오

"이 우주선이 은빛 용입니까?"

"은빛 용? 그렇게 부릅니까? 이 궤도에 머문 지는 조금 됐습니다. 탐라성에 대한 정보를. 수집하고 있었거든요. 당신처럼 맨몸으로 우주를 떠돌아다니는 사람들과 마주친 적도. 몇 번 있었습니다. 우리를 향해 돌진한 건 당신이 처음이지만."

전설의 은빛 용은 아니었다. 애초에 그럴 리가 없었지만. 몽라는 문득 달망이 걱정되었다. 시간이 얼마나 지났는지 알 수 없었다.

"절 탐라성으로 돌려보내 주실 겁니까?"

"왜 안 그러겠습니까? 우리는 당신들을 해하려고 온 게 아닙니다. 그저 뭘 좀 찾으러 온 것이지요."

서복의 말투는 어느새 거의 어색함이 느껴지지 않을 정도로 몽라와 닮아 있었다. 죽은 달의 바다를 항해하는 우주선. 말을 바꾸어주는 작은 장치. 지금 몽라의 눈에 보이는 모든 게 전에는 알지 못했던 놀라운 세상이었다. 치나이 항성계에 있다는 백사십 개의 별에는 또 어떤 새로움이 있을까. 그런 항성계가 이 광대한 우주에 얼마나 많이 펼쳐져 있을까. 몽라의 가슴이 걷잡을 수 없이 뛰었다. 하지만 그 전에 먼저

서복이 지나간 우주에서

해야 할 일이 있었다.

"통신을 좀 쓸 수 있을까요. 절 기다리는 사람이 있어서요."

✦

달망은 몽라의 목소리를 확인하고 나서는 이렇다 할 변명을 늘어놓기도 전에 통신을 끊었다. 일단 무사하다는 걸 알렸으니 됐다 싶었다. 탐라성으로 돌아간 후에 받을 구박에 대한 걱정보다는 당장 서복이 보여주는 놀라움에 몽라는 마음을 뺏겼다.

서복의 우주선은 그 크기도 크기지만 일단 화려함이 몽라의 상상을 뛰어넘었다. 오직 보는 사람의 기분을 좋게 만드는 것 이외에는 아무런 기능이 없는 장식과 도구들이 우주선 곳곳에 배치되어 있었다. 심지어 잠시 후면 흔적도 없이 사라질 음식까지 갖은 기술로 꾸며대는 모습은 지나치다는 생각까지 들었다. 국화꽃 모양으로 다듬어진 완자를 한입에 넣고 우물거리는 몽라를 보며 서복은 재미있다는 듯 미소를 흘리며 말했다.

"음식이 입에 맞으십니까?"

남세오

"맛있네요. 좀 부담스럽긴 하지만. 항상 이렇게 드세요?"

"오늘은 특별한 손님이 계시니까요. 혼자일 땐 간단히 먹는 편입니다."

탐라성에서 태어나 잠수로 살아가며 몽라는 특별한 대접을 받아본 적이 없었다. 달망이 아무리 몽라를 특별하게 생각해도 이런 대접을 해주지는 않았다. 이 서복이라는 사람이 대체 무슨 생각을 하는 건지 알 수가 없었다. 몽라는 수저를 내려놓고 서복을 똑바로 보며 물었다.

"왜 제게 이렇게 잘해주시는 거죠?"

"잘해주는 게 그렇게 어렵지 않으니까요."

아무렇지 않다는 듯 서복이 말했다. 나름 용기를 내 던진 질문이었는데 너무 가볍게 대답이 돌아오니 몽라는 조금 힘이 빠졌다.

"목숨을 구해 주신 것도 고맙고. 이렇게 잘 대해 주시는 것도 고맙고. 다 고마운데요. 제게 원하는 게 있으면 미리 얘기해 주시면 좋겠어요. 빚을 지고 사는 걸 별로 안 좋아해서."

"당장은 없어요. 나중에는 생길지도 모르지만."

"뭘 찾고 계신다고 하지 않았나요?"

"아."

서복은 채소를 가늘게 썰어 볶은 요리를 하나 집어먹은 뒤 입을 씻으며 말했다.

"황제 폐하의 명으로 불로초를 찾고 있습니다. 아시는지 모르겠지만 치나이의 황제께서는 항성계 전체를 통일하고 천하의 주인이 되셨지만 오직 하나, 흐르는 시간만큼은 정복하지 못하셨죠."

"불로초라면…."

"먹으면 늙지 않고 늙지 않으니 죽지도 않는 풀입니다. 꼭 풀이 아니고 어떤 열매나 물 혹은 가루나 연기일지도 모르죠. 먹는 게 아니라 바르는 것일 수도 있고 어쩌면 그저 지니고 있기만 해도 효과가 있는 보물일지도 모르겠습니다. 무엇이 되었든 사람을 늙지 않게 만드는 신묘함이 있다면 그것이 제가 찾는 물건입니다."

"그런 게 탐라성에 있다고요?"

"제가 아는 건 치나이 항성계에는 없다는 사실이지요. 탐라성은 코렐 항성계에서도 가장 잘 알려지지 않은 곳이며 또한 행성 내부에서 들끓는 마그마나

남세오

행성 바깥을 감싸고 있는 죽은 달의 바다를 볼 때 범상치는 않은 별인 듯하니 혹시 불로초라는 것도 있지 않을까 짐작할 뿐입니다."

몽라는 조금 어이가 없었다. 몽라는 세상의 모든 신기한 것들은 탐라성의 밖에 있다고 생각했다. 치나이 항성계의 수많은 별에는 얼마나 많은 경이로움이 있을지 상상했다. 그런데 서복은 치나이에 없는 게 탐라성에 있을지도 모른다고 말하고 있었다. 몽라는 지금까지 탐라성에 살면서 불로초라는 말을 들어본 적이 없었다. 서복 역시 몽라에게서 특별한 대답을 기대하지는 않는 듯했다.

"걱정하지 마세요. 야시장에서 불로초를 살 수 있다는 생각으로 탐라성에 온 건 아니니까요. 그래도 황제 폐하의 명이니 최선을 다해 찾아는 봐야 하겠지요."

서복의 우주선은 곧장 탐라성으로 향하지 않고 얼마간 더 죽은 달의 바다를 돌았다. 자신이 맨몸으로 유영하던 바다를 몽라는 함교에서 투명한 유리창을 통해 내다보았다. 서복의 설명에 따르면 이 우주선 주변에는 외부의 자기력선을 왜곡하고 날아오는 파편들을 비껴낼 수 있는 보호막이 가동 중이었다.

"이 보호막을 가동하기 위해서는 엄청난 에너지가 필요합니다만. 그 에너지 또한 죽은 달의 바다 자체에서 흡수하고 있습니다. 탐라성 주변의 격렬한 환경이 우리에게는 에너지를 뽑아낼 수 있는 근원이 되는 셈입니다. 이백 년에 걸친 전쟁 동안 정복당하지 않고 정복하기 위해 발전시킨 기술이지요."

지난 이백 년 동안 우주에서 광물을 캐며 살아가는 탐라성의 삶에는 이렇다 할 변화가 없었다. 목숨이 걸린 절실함이 없다면 결국 세상은 멈추고 정체될 수밖에 없다고 몽라는 생각했다.

"이런 게 있으니 우주선으로 죽은 달의 바다를 지나갈 수 있는 거군요. 참 대단한 기술이네요. 치나이 항성계에는 맨몸으로 우주를 헤엄쳐 다니는 잠수가 필요 없겠어요."

"애초에 치나이의 행성들에는 탐라성처럼 우주선이 못 들어가는 띠가 없기도 하죠. 맨몸으로 우주에서 광석을 캐고 다닐 필요도 없고 그럴 수 있는 사람도 없습니다. 안전띠도 없이 산소통 하나만으로 호흡과 추진을 모두 해결하며 우주를 돌아다닌다니. 치나

남세오

이 사람들이 들으면 절대 믿지 않을 겁니다. 어떤 느낌인가요? 맨몸으로 아무것에도 연결되지 않고 검은 우주 속에 잠겨 있는 느낌은."

"글쎄요. 살아있다는 느낌? 통 속의 산소를 다 써버리면 제 생명도 그걸로 끝이니까요. 한번 들이쉬는 숨. 앞으로 나아가기 위해 내뿜는 기체. 모두 조금씩 제 삶과 교환하는 거죠. 이상하게 들릴지도 모르지만 전 그때만큼 살아있다는 생각이 강하게 들 때가 없어요."

몽라는 창밖으로 흘러가는 우주를 보며 말했다. 뒷짐을 진 채 몽라와 함께 우주를 응시하던 서복이 혼잣말처럼 내뱉었다.

"삶에 대한 집착은 죽음을 눈앞에 두었을 때 가장 강해지겠죠."

"그래서 치나이의 황제가 불로초를 구하려 애쓰는 건가요?"

무심코 그렇게 되물은 몽라는 자신을 돌아본 서복의 얼굴이 굳어 있는 걸 보고는 흠칫 놀랐다. 서복은 다시 가볍게 미소를 지었지만 목소리만큼은 낮게 유지한 채 몽라에게 말했다.

"제가 실언을 했군요. 황제 폐하에 관한 이야기는 되도록 하지 않는 게 좋겠습니다."

✦

서복은 우주선을 탐라성의 궤도에 떠 있는 정류장에 정박해 놓았다. 궤도 엘리베이터로 내려갈 수도 있었지만 서복은 그 대신 화려한 착륙선을 준비했다. 서복과 함께 착륙선을 타고 탐라성으로 내려오며 몽라는 처음으로 우주선의 전체 모습을 볼 수 있었다. 몽라가 돌아다닌 곳은 우주선 공간의 백 분의 일도 되지 않았다. 몽라는 입을 다물지 못하고 우주선을 바라보다가 서복에게 물었다.

"대체 저 우주선에는 몇 명이나 타고 있나요?"

"대략 오천 명 정도 됩니다."

"오천 명이요? 저 많은 사람이 전부 불로초를 찾기 위해 이곳에 왔단 말인가요?"

"그중 삼천은 어린아이들이고 또 항해와 보급을 위한 기술자들이 있으니 직접 불로초를 찾아 탐라성을 조사할 사람은 많아야 오백 정도입니다. 너무 걱정하지 않으셔도 됩니다."

남세오

"어린아이들이라니. 대체 삼천이나 되는 아이들을 왜 이 코렐 항성계까지 데리고 오신 겁니까?"

"그럴 사정이 있었습니다. 치나이에는 불로초를 찾으려면 삼천의 동남동녀가 필요하다는 전설이 있지요. 물론 전 그 전설을 문자 그대로 믿지는 않습니다만."

거기까지 말한 서복은 잠시 몽라를 바라보다가 몸을 기울이며 속삭이듯 말을 이었다.

"제가 황제에 관한 이야기를 꺼리는 걸 이해해 주셨으면 합니다. 이 우주선에는 절 감시하는 황제의 심복들이 있습니다. 될 수 있으면 그 사람들의 심기를 거스르지 않는 편이 좋지요. 저와 당신을 위해서나. 탐라성을 위해서나."

서복의 말은 나긋나긋했지만 우주선의 규모에 압도당한 몽라는 더 물어볼 엄두를 내지 못했다. 서복과 함께 탐라성에 착륙하는 게 과연 잘하는 일인지 조금 걱정이 되기 시작했다. 치나이 항성계를 통일한 황제라면 탐라성 하나 정도는 가을바람이 낙엽 뒤집듯 쉽게 정복할 수 있을 터였다. 탐라성을 둘러싼 죽은 달의 바다도 치나이의 우주선은 막을 수 없었다.

서복이 지나간 우주에서

몽라의 표정이 어두워진 걸 눈치챘는지 서복은 처음 몽라를 만났을 때처럼 위협이 느껴지지 않는 편안한 미소를 보이며 말했다.

"너무 걱정하지 마십시오. 말씀드렸듯 전 당신이나 탐라성을 해할 생각이 없으니까요. 그것만큼은 믿어 주셨으면 좋겠군요."

서복이 착륙한 곳은 몽라가 사는 화산 근처였다. 처음 보는 우주선이 착륙하는 걸 보며 광물 조합과 상인 조합의 경비 병력이 총출동해 우주선을 둘러쌌다. 그들 또한 궤도에 머무는 모선의 위용을 보았기에 섣불리 공격하지는 못했다. 웅성거리던 사람 중 몇 명이 착륙선에서 내리는 몽라를 알아보고는 소리쳤다.

"자네 몽라가 아닌가! 달망의 말로는 우주에서 실종되었다고 들었네만. 무사했구먼! 그런데 대체 그분들은 누구신가!"

달망은 분명 몽라가 살아있다는 걸 확인했을 텐데도 사람들에게는 알리지 않은 모양이었다. 이번 일은 쉽게 넘어가기 힘들겠다는 생각에 몽라는 마음이 무거워졌다. 그래도 일단은 서복의 일을 마무리해야 했

남세오

다. 서복이 몽라를 구해준 일과 잘 대접한 일 그리고 탐라성에 해를 끼칠 생각이 없다는 점을 설명하자 사람들은 살짝 마음을 놓았다.

몽라가 수신호를 하자 그제야 착륙선에서 서복의 일행이 내려오기 시작했다. 서복은 머리의 두 배는 되는 높은 관을 쓰고 화려한 무늬로 수놓은 기다란 비단 두루마기를 휘날리며 착륙선의 승강기를 타고 내려왔다. 그 뒤를 따르는 사람들 역시 각자의 역할에 맞는 화려한 복장들을 갖추고 있었다. 마치 하늘에서 신선이 내려오는 듯한 광경을 본 사람들의 입이 저절로 벌어졌다. 동시에 경계심도 좀 더 풀어진 모습이었다.

탐라성의 땅에 발을 내디딘 서복은 중력을 가늠해보며 놀랍다는 듯이 몽라에게 말했다.

"행성의 크기에 비해 중력이 비정상적으로 세군요. 우주선에서 계산된 수치로는 확인했지만 실제로 느껴보니 역시 놀랍습니다. 탐라성의 내부 구조는 일반 행성들과는 전혀 다른 게 분명해요. 이곳에 신선이 살고 있다는 전설이 치나이 항성계까지 전해진 것도 이해가 가는군요."

"이곳에 신선이 말입니까? 제가 보기에는 오히려 이곳의 사람들이 서복 님을 신선처럼 바라보고 있는데요."

"하하하. 우리가 신선이라니 재밌네요. 사람들에게 불로초를 내놓으라고 한다면 신선의 체면이 좀 말이 아니지 않겠습니까? 어쨌든 두고 보도록 합시다. 당신은 어떻게 하실 겁니까. 우리와 좀 더 머물러도 좋습니다만."

"아 저는. 기다리고 있는 사람이 있어서."

"그랬지요. 여기."

서복은 그럴 줄 알았다면서 뒤를 보며 손짓했다. 그러자 뒤에 서 있던 사람이 묵직한 가방 하나를 들고 나와 몽라에게 건네주었다.

"보잘것없는 선물입니다. 우리를 탐라성 사람들에게 잘 소개해 준 보답이라고 생각하시지요. 우주에서 마주친 인연은 삼중성계보다 귀하다고 하지요. 당분간은 이곳에 머물 터이니 필요한 게 있다면 언제든지 찾아오세요."

✦

"달망! 나 왔어!"

분명 창문 안쪽에서 인기척이 나는 걸 보았는데도 달망은 문을 열어주지 않았다. 몽라가 끈질기게 문을 두드리자 안에서 얼음장 같은 외침이 들려왔다.

"내가 아는 몽라는 우주에서 죽었어! 여기 널 기다리는 사람은 없으니까 시끄럽게 굴지 말고 가!"

"달망! 미안해. 하지만 나 약속대로 돈을 벌어왔어. 서복 님이 선물을 잔뜩 줬어. 이사할 집도 충분히 구할 수 있어. 이제 다시 위험한 잠수는 안 할 테니까 여길 떠나서 안전한 곳으로 이사해서 조용히 살자. 부탁이야, 달망!"

"가라니까!"

우르르하고 땅이 흔들렸다. 나무에 앉아 있던 새들이 포르르 날아올랐다. 몽라의 가슴이 붕 떠 있어서인지 살짝 머리가 어지러웠다. 몽라는 부채처럼 펼쳐진 능선의 꼭대기에 있는 분화구를 바라보았다. 검은 연기가 한 가닥 기어 나와 능선을 타고 흘러내렸다.

"달망!"

대답은 들려오지 않았다. 꽉 막힌 가슴이 한없이 몽라를 짓눌렀다. 서복의 말대로 탐라성의 중력은 비정상적이었다. 몽라는 끈이 끊어진 연처럼 한없이 날아가고 싶었다. 설령 질식한 시체가 되더라도 중력이 없는 우주에서 영원히 등속도로 별과 별 사이를 여행하고 싶었다. 달망은 그런 몽라를 이해하지 못했다. 몽라는 달망을 뒤로하고 쇳덩이처럼 무거운 발을 옮겼다.

✦

궤도 엘리베이터를 타고 정지 궤도에 멈춰 서 있는 우주 정류장까지 올라간 몽라는 부두에 정박해 있는 작은 일 인승 우주선에 탑승했다. 서복이 준 돈으로 새로 산 최신형 우주선이었다. 달망은 여전히 낡은 조각배를 타고 혼자 잔별을 캐러 다닌다고 했다. 죽은 달의 바다 깊은 곳까지 들어가지는 못할 테니 벌이는 시원찮을 게 분명했다.

부두에서 분리된 몽라의 우주선이 천천히 정류장과 멀어졌다. 안전 거리를 벗어나 연료를 내뿜자 우주선은 탐라성을 뒤로하고 죽은 달의 바다를 향해 전진하기 시작했다. 정류장 옆에는 정류장보다 더 큰 서복의 모선이 정지해 있었다.

남세오

지난 몇 달간 서복은 탐라성에 거점을 마련하고 본격적으로 사람들과 교류했다. 서복이 보여주는 새로운 기술들에 탐라성 사람들은 너나 할 것 없이 눈이 휘둥그레졌다. 서복은 치나이에서 온 기술자들과 함께 탐라성 곳곳을 탐사하는 대가로 정교한 기계와 도구들을 선물했다. 사람들은 뛰어난 기술뿐 아니라 치나이 사람들이 보여주는 우아한 문화에도 매료되었다. 이유를 알 수 없는 습관들까지 그저 따라 하며 즐거워했다.

대신 서복은 지상에 발전소를 세우고 탐라성의 검은 바위 깊숙이 구멍을 뚫었다. 비정상적으로 활발한 지각 활동이 아니었다면 코렐 항성의 에너지를 거의 받지 못하는 탐라성은 얼음으로 뒤덮였을 것이다. 돌틈을 비집고 올라오는 열기만으로도 화산 주변은 충분히 따뜻했다. 서복이 굵은 구멍을 파내자 펄펄 끓는 용암이 솟아올랐다. 그 주변은 마치 별이 내려앉은 것처럼 가까이 다가갈 수 없을 정도로 뜨거워졌고 화산은 예전보다 더 진한 검은 연기를 토해냈다.

탐라성 사람들 그 누구도 불로초에 대해 들어본 적이 없었다. 그래도 서복은 개의치 않았다. 서복은 탐라성에 흩어진 화산섬들을 돌며 무언가를 조사했다. 특히 화산의 활동이 미약해 너무 춥거나 여전히 용암을 뿜어내고 있어서 사람이 살 수 없는 섬들을 찾아 다녔다.

그리고 또다시 은빛 용이 나타난다는 소문이 돌기 시작했다. 정류장에 정박해 있는 서복의 모선을 말하는 게 아니었다. 죽은 달의 바다를 유영하던 잠수들은 위성 조각 사이를 헤치며 질주하는 은빛 용을 보았다고 했다. 왠지 무척이나 화가 난 듯한 모습에 잠수들은 가까이 갈 엄두도 내지 못하고 도망쳐 나왔다고도 했다.

달망과 헤어진 뒤로 몽라는 잔별을 캐지 않았다. 서복이 준 선물은 당분간 일을 하지 않아도 충분히 먹고살 수 있을 정도로 넉넉했다. 몽라는 죽은 달의 바다 근처에 우주선을 세워놓고는 바위 조각 사이를 그저 떠다니다가 다시 돌아오곤 했다. 예전처럼 깊숙한 곳까지 들어가지도 않았고 산소가 바닥날 때까지 아슬아슬하게 잠수를 하지도 않았다.

우주를 유영하면서도 몽라는 살아있다는 느낌이 별로 들지 않았다. 산소통의 압력이 점점 떨어지는 걸 봐도 긴장되지 않았다. 죽어도 할 수 없지. 그런 기분이었다. 그러다 압력이 바닥나기도 전에 지루함을 이기지 못하고 우주선으로 돌아오곤 했다.

시간이 지나고 나서야 몽라는 그 이유를 알았다. 몽라를 기다리는 사람이 없어서였다. 값비싼 광석을 캐왔다고 자랑해도 대단치 않다는 덤덤함으로 맞아줄 사람, 산소통을 바닥내고 아슬아슬하게 돌아왔다며 등짝을 내리칠 사람이 이제는 없었다. 달망이 없으니 몽라의 삶은 순식간에 색이 빠진 그림처럼 밋밋해졌다.

그런데도 몽라는 달망을 찾아갈 용기를 내지 못했다. 달망이 자신을 기다리고 있지 않다는 사실을 확인하기가 두려웠다. 대신 몽라는 은빛 용을 찾아 나섰다. 잠수들의 허풍이라 여기면서도 몽라는 죽은 달의 바다 구석구석을 헤맸다.

사실 은빛 용의 전설은 한 가지가 더 있었다. 먼 옛날 탐라성에는 위성이 없었다. 달을 갖고 싶었던 탐라성 사람들은 땅 위의 산을 파내어 하늘로 쏘아 올렸고 저마다 더 큰 달을 만들고자 하는 욕심에 탐라성의 하늘은 크고 작은 달들로 가득 찼다. 탐라성의

서복이 지나간 우주에서

대지는 피처럼 붉은 용암을 토해냈고 바다는 증발해 우주로 흩어졌다. 그때 은빛 용이 나타나 하늘의 달들을 모두 먹어치웠고 검은 돌들이 떨어져 갈라진 대지를 덮었다. 지금 탐라성을 둘러싸고 있는 죽은 달의 바다는 그때 남은 파편들이라고 한다.

은빛 용은 달들을 모두 먹어치우고 나서 세상의 모든 별을 보고 싶어 하는 사람을 태우고 끝없는 우주로 여행을 떠나버린 것일까. 아무리 찾아도 몽라의 눈에는 은빛 용이 보이지 않았다.

용을 찾아 헤매는 동안 몽라는 바다에 몰아치는 태양풍과 자기장이 어딘가 이상하다고 느꼈다. 우주 곳곳에 멍울처럼 자기장의 소용돌이가 뭉쳐 있었다. 그런 곳은 몽라조차도 휘몰아치는 바위 조각들의 움직임을 가늠할 수 없어 함부로 다가가지 못했다. 우주에서 내려다보이는 탐라성 또한 묘하게 불안정했다. 푸른 바다와 검은 섬들을 뒤덮은 구름이 예전과는 다른 방향으로 흘렀다.

서복이 나타난 이후로 많은 것이 변했다. 몽라는 다시 예전으로 돌아가고 싶었다. 서복을 만나야겠다고 생각했을 때 서복이 먼저 몽라를 불렀다.

남세오

✦

    서복이 있는 곳은 맨 처음 착륙선이 내렸던 화산섬
에서 멀지 않았다. 몽라와 달망이 살던 곳 근처였다.
한동안 광물 조합의 공동 숙소에서 지낸 몽라는 화산
섬의 기후가 예전과 달라진 걸 바로 느낄 수 있었다.
지각 활동의 변화에 따라 기온이 오르고 내리는 일은
흔했지만 이렇게까지 더워진 적은 없었다. 검은 바위
틈에서 새어 나오는 연기에서는 시큼한 유황 냄새가
났다.

    서복이 세운 발전소에 가까이 다가갈수록 공기는
점점 후덥지근해졌다. 바닷바람마저 뜨거워 웃옷을
벗어도 줄줄 땀이 흘렀다. 놀랍게도 그런 더위는 건
물의 문을 열고 실내로 들어가는 순간 말끔하게 사라
졌다. 발전소 내부는 천장에서 쏟아져 나오는 차가운
공기로 쾌적하게 유지되고 있었다.

    탐라성 사람들은 이렇게 인위적으로 온도를 조절
할 필요가 없었다. 뜨거운 화산 중심부와 차가운 바
다 사이 어딘가는 긴 탐라성의 공전 주기 내내 사람
이 살기 좋은 온도를 유지했다. 가끔 지열 활동의 변
화로 기온이 바뀌면 사람들은 집 안 온도를 바꾸기보

다는 적당한 곳으로 이사하는 쪽을 택했다.

그러고 보니 지금 이 발전소 내에 있는 치나이 사람들도 마치 이사를 하려는 것처럼 분주했다. 선착장에 세워져 있는 우주선들이 사람들과 짐으로 가득 차더니 네 개의 분사구에서 뜨거운 기체를 뿜어내며 하나둘씩 공중으로 떠올랐다. 몽라는 오가는 사람들을 붙들고 물어 겨우 서복이 있는 방을 찾아냈다. 서복역시 무언가 짐을 챙기다가 몽라가 들어오는 걸 보며 밝게 미소 지었다.

"아. 못 보고 떠나나 싶었는데 딱 맞게 오셨군요. 마지막으로 뵐 수 있어서 다행입니다."

"떠나요? 불로초를 찾으셨나요?"

"아니요. 그렇지 않아요. 실은…."

몽라의 질문에 서복은 고개를 저었다. 서복은 출입구 쪽으로 걸어 나와 복도를 한번 살피더니 문을 단단히 닫고 돌아섰다.

"실은 전 불로초를 찾으러 여기 온 게 아닙니다. 그런 게 여기 있다고 해도 황제에게 가져다줄 생각은 없어요."

"뭐라고요? 대체 그게 무슨 말씀이신가요?"

남세오

"황제는 치나이 항성계를 통일하고 전란의 시대를 끝냈지요. 위대한 업적입니다만 황제는 천하를 통일할 사람이지 통일된 제국을 다스릴 사람은 아닙니다. 만일 황제가 불로불사하게 된다면 치나이로서는 그보다 큰 불행은 없을 겁니다."

몽라에게 치나이 항성계는 머나먼 곳이었다. 그곳에서 무슨 일이 일어나고 있는지는 소문 이상의 의미는 없었다. 몽라는 다만 서복이 여기서 하는 일이 궁금했다.

"그럼 탐라성을 돌아다니며 뭘 하신 건가요?"

"정착할 곳을 찾고 있었죠. 치나이의 전쟁은 다시 시작될 겁니다. 평화의 시대가 오려면 멀었지요. 저는 그 전쟁에서 죽어갈 어린아이들을 데리고 도망친 겁니다. 불로초를 구하기 위해서는 삼천의 동남동녀가 필요하다는 전설을 적당히 이용해서 말이지요."

"그 많은 사람이 정착하려면… 탐라성에 해를 끼치지 않겠다고 하시지 않았습니까!"

"그렇지요. 그래서 아직 탐라성 사람들이 정착하지 않은 척박한 땅을 찾아다닌 겁니다. 그곳을 새로 일구어 살아가려 했습니다. 죽은 달의 바다로 둘러싸인

217

이곳 탐라성이라면 황제의 눈을 피해 숨어 살 수 있다고 생각했지요."

"결국 살 곳을 찾지 못하신 거군요. 탐라성은 생각하시는 것만큼 살기 좋은 곳이 아닙니다."

몽라의 말에 서복은 정색하며 두 손을 내 저었다.

"아닙니다. 아니에요. 사실은 정반대입니다. 이곳은 우주의 그 어떤 별보다도 에너지가 넘치는 곳입니다. 신비한 힘이 서려 있는 곳이기도 하지요. 우리가 지닌 기술이라면 얼마든지 외떨어진 화산섬을 개척해 살아갈 수 있습니다."

서복이 말하는 도중 우르르 소리가 나며 땅이 흔들렸다. 중심을 잃고 넘어지려는 서복을 몽라가 붙잡아 주어야 할 정도였다. 진동이 멈추자 서복이 말을 이었다.

"시간이 얼마 없군요. 문제는 이 행성이 너무나도 거대한 에너지를 숨기고 있다는 겁니다. 우리는 그 에너지를 뽑아낼 수는 있었지만 통제하진 못했어요. 우리가 이곳에 정착하여 행성에 순환하고 있는 거대한 흐름을 거슬러 에너지를 뽑아내다 보면 머지않아 생태계 전체가 뒤틀리고 탐라성은 돌이킬 수 없는 재

남세오

난을 맞게 될 겁니다. 이곳에 사는 사람들 모두 무사하지 못할 거예요. 약속드렸듯이 우리는 탐라성에 해를 끼치고 싶지 않습니다. 그래서 그 전에 떠나려 하는 겁니다. 황제의 심복들도 이곳에 불로초가 없다는 사실을 알았으니 반대하진 않을 겁니다."

"하지만 이 지진은…"

"죄송합니다. 최대한 안정시키려 했지만 이 섬의 화산은 폭발할 겁니다. 주민들은 모두 대피를 시켰습니다만…"

몽라는 서복의 말이 미처 다 끝나기도 전에 우주선들이 대기하고 있는 선착장으로 뛰었다.

◆

몽라가 짐을 싣고 있던 작은 우주선 하나를 빼앗아 공중으로 솟아올랐을 때 검은 연기가 피어오르던 분화구에서 첫 번째 폭발이 일어났다. 치나이 사람들의 우주선이 모두 바다로 날아갈 때 몽라는 섬 안쪽으로 방향을 돌렸다. 하늘로 솟아올랐던 돌덩어리들이 비처럼 쏟아져 내리는 사이를 뚫고 몽라는 달망의 집으로 향했다. 머리 부분이 날아간 분화구로 솟구친 시뻘건 용암이 부채처럼 펼쳐진 능선을 타고 아래로 흘러내렸다.

"이사를 해야 했는데! 바보같이!"

산소통을 사는 대신 이사할 돈을 모았어야 했다. 서복에게 받은 선물들을 달망에게 전부 줘버리고 왔어야 했다. 달망이 받지 않더라도 집 앞에 두고 왔어야 했다. 무엇보다 달망의 말을 듣지 않고 은빛 물체를 향해 떠나지 말았어야 했다. 달망이 기다리고 있을 때 달망에게 돌아왔어야 했다. 기다리다 지친 달망이 떠나게 놔두지 말았어야 했다.

용암비가 쏟아져 내린 마을은 이미 곳곳이 불바다였다. 꾸역거리며 흘러내리는 용암은 벌써 산 중턱까지 내려왔다. 몽라와 달망이 살았던 집은 마을에서도 가장 높은 곳에 있었다.

마을 초입에 들어섰을 때 결국 하늘에서 떨어지는 불덩이 하나가 우주선의 왼쪽 분사구를 때렸다. 중심을 잃은 우주선이 나선형으로 돌며 땅으로 떨어졌다. 몽라는 필사적으로 조종간을 꺾으며 남은 분사구들을 움직였다. 화산재 사이를 비틀거리며 날아가던 우주선은 결국 마을 광장에 길게 파인 웅덩이를 남기며

남세오

처박혀 버렸다.

머리에서 피가 흘렀지만 몽라는 이를 악물고 일어서서 달망의 집을 향해 달렸다. 대문은 달망이 몽라를 내치던 날처럼 굳게 닫혀 있었다.

"달망! 내가 왔어! 문 열어 달망!"

몽라는 문을 두드리며 외쳤지만 안에서는 아무런 대답도 들려오지 않았다. 하늘에서 떨어진 거대한 불덩이 하나가 달망의 집을 향해 곧장 내리꽂혔다. 귀를 찢는 소리와 함께 지붕이 무너져 내리며 불길이 솟아올라 벽을 휘감았다. 뜨거운 열기에 막힌 몽라의 목에서 필사적인 비명이 터져 나왔다.

"달망!"

몽라는 문을 향해 몸을 던졌다. 반쪽으로 부서진 문과 몽라가 함께 불길에 휩싸인 집 안으로 굴러 들어갔다. 연기로 가득한 집안을 둘러보았지만 달망은 어디에도 없었다.

독한 가스를 들이마신 몽라의 정신이 몽롱해졌다. 산소가 부족했다. 우주에서는 마지막 숨을 들이마신 뒤에도 방향만 정확히 잡으면 달망이 기다리던 조각배에 가까워질 수 있었다. 그것만으로도 몽라는 두

렵지 않았다. 그렇게 등속도로 날아가다 보면 달망이
자신을 붙잡아 품에 안고 우주복에 산소를 불어 넣어
줄 거란 사실을 몽라는 의심하지 않았다.

하지만 이곳은 지상이었다. 중력에 묶인 몽라는 바
닥으로 무너져 내려 고정되었다. 달망이 없는 곳에서
정지한 채로.

몽라는 하늘을 바라보았다. 새까만 화산재로 뒤덮
인 하늘에서 달망이 내려왔다. 하얀 점이었던 달망이
조금씩 커졌다.

"정신 차려! 이 멍청아!"

달망은 허리에 묶인 구명줄을 몽라에게 돌려 감았
다. 달망의 품에 안긴 몽라는 마지막으로 달망의 얼
굴을 볼 수 있어 다행이라고 생각하며 눈을 감았다.

✦

검은 어둠 속을 흘러가던 몽라의 눈이 다시 떠졌
다. 신선한 공기가 코로 들어왔다. 탐라성의 대기는
아니었다. 우주선 안. 벌떡 일어난 몽라의 등으로 누
군가의 손바닥이 날아왔다.

"내가 너 때문에 못 살아 진짜! 죽지 못해 난리 치

는 버릇을 끝까지 못 고치고!"

달망이었다. 몽라는 다시 한번 등짝을 내리치려는 달망에게 그대로 달려들어 목을 감싸 안았다가 가슴에서 타는 듯한 통증을 느끼며 다시 주저앉았다.

"누워. 아직 다 안 나았으니까. 일단 네가 지독하게 명이 길다는 건 잘 알겠다."

몽라는 조심스럽게 몸을 움직여 침대에 걸터앉으며 주변을 둘러보았다. 조각배가 아니었다. 날렵하면서도 화려한 실내는 분명 서복의 우주선이었다.

"여기가 어디야? 내가 왜 여기 있어?"

"깨어나셨군요. 생각보다 빨리 회복되어 다행입니다. 마지막으로 탐라성의 모습을 보실 수 있겠군요."

몽라가 깨어난 소리를 들었는지 서복이 들어왔다. 서복이 무언가를 누르자 방 한쪽 벽이 검게 변하며 별이 흩뿌려진 우주가 나타났다. 서복이 화면을 확대하자 한쪽 구석에 있던 행성 하나가 스크린에 가득 채워졌다. 해가 지고 있는 탐라성이었다.

코렐 항성이 탐라성의 뒤로 숨어들며 둥근 그림자가 탐라성을 뒤덮어갔다. 검은 화산섬과 푸른 바다와 얼어붙은 빙하와 소용돌이치는 흰 구름이 가느다란

서복이 지나간 우주에서

호 모양으로 줄어들다가 사라져버렸다.

그림자에 뒤덮인 탐라성 앞에는 불빛을 번쩍이는 우주 정류장이 있었다. 서복은 정류장을 중심으로 다시 화면을 확대했다. 몇 번 확대를 거듭하자 부두 한쪽 바닥에 무언가 커다란 무늬가 새겨져 있는 게 보였다. 문자처럼 보였지만 몽라는 읽을 수 없었다.

"서불과차. 치나이의 문자입니다. 제가 탐라성에 왔었다는 표식이지요. 탐라성에는 불로초가 없었다는 증명이기도 합니다. 제가 왔다 갔다는 걸 알면 치나이의 황제가 탐라성을 귀찮게 할 일은 없을 겁니다. 물론 제가 열심히 황제의 명을 따르고 있다는 증거도 되겠지요."

"탐라성을 떠나시는 겁니까? 그럼 달망 넌…."

몽라가 달망을 돌아보았다. 달망은 한숨을 푹 내쉬며 몽라를 째려보았다.

"널 제대로 치료하려면 이 우주선의 기술이 필요하니까. 너, 탐라성을 떠나는 게 소원이었지? 나까지 끌고 가니까 아주 신나겠다. 그치? 각오해. 널 구박할 핑계를 은하수만큼 쌓아놨으니까. 평생 쫓아다니면서 생각날 때마다 들들 볶을 거야. 아주."

남세오

"고마워."

"들들 볶아주는 게?"

"아니. 내 목숨을 구해줘서."

"웃겨. 너 참 새삼스럽다? 내가 네 목숨을 구해준 게 어디 이번이 처음이니?"

"그리고 기다려줘서."

"내가 널 기다린 것도… 그만하자. 누워. 너 아직 폐 다 안 나았어. 폐가 망가진 잠수를 어디 써먹겠니. 탐라성 바깥에서 그 잠수 재주를 써먹을 일이 있을는지는 모르겠다만."

갑자기 휘청하고 우주선이 한쪽으로 쏠렸다. 점점 작아지던 우주 정류장의 모습도 그대로 멈췄다. 서복의 관자놀이 아래쪽에 붙어 있는 장치에서 소리가 흘러나왔다.

"서복 님. 문제가 생겼습니다."

"무슨 일인가요. 왜 갑자기 우주선이 멈췄지요?"

"모르겠습니다. 주변의 자기장이 심상치 않습니다. 소용돌이에 빠진 것 같기도 하고. 자기력선을 왜곡하는 장치도 먹통입니다."

쿵 하는 소리와 함께 우주선이 다시 한번 흔들렸

서복이 지나간 우주에서

다. 무언가와 부딪힌 느낌이었다.

"바위 조각들이 비껴가지 않습니다. 아니. 오히려 끌려들고 있습니다! 이대로는!"

소리가 흘러나오는 도중에도 크고 작은 충돌이 계속되었다. 달망은 몽라의 침대를 붙잡으며 벽에 등을 기댔다. 서복은 비틀거리면서도 차분하게 명령을 내렸다.

"호위기들을 출격시키세요. 다가오는 바위들을 수동으로 요격합니다."

서복은 그렇게 말하며 함교로 향했다. 몸을 일으켜 서복을 쫓아 나가려는 몽라를 달망이 붙잡았다.

"어디 가려고!"

"무슨 일인지 가봐야지!"

"그 몸으로 무슨! 여기 그냥 있어!"

"다리는 멀쩡해. 넌 여기서…."

달망이 미간을 찌푸렸다. 몽라가 팔을 뻗어 달망의 손을 잡았다.

"같이 가자."

✦

함교 정면의 넓은 유리창으로 우주에서 벌어지고 있는 광경이 보였다. 서복의 우주선은 죽은 달의 바다 한가운데 들어와 있었다. 주변을 흘러가는 바위 조각들의 궤도만 보아도 보호막에 문제가 생겼다는 사실을 금방 알 수 있었다. 함선을 향해 날아오다가도 옆으로 비껴가던 지난번과는 달리 지금은 마치 자석이 끌어당기듯 멀리 떨어진 바위 조각들마저 함선 쪽으로 끌려오고 있었다.

급히 출동한 호위기들이 다가오는 암석들을 필사적으로 요격하고 있었지만 역부족이었다. 보호막을 뚫고 들어온 암석이 함선에 충돌할 때마다 함선의 상태를 모니터링하는 전면 패널에 붉은 표시가 늘어났다. 자기장의 영향이 점점 강해지는지 호위기들은 우주 공간에서 균형을 잡기도 힘들어했다.

끝내 통제력을 잃은 호위기 하나가 팽그르르 돌았다. 호위기는 거미줄에 걸린 날벌레처럼 버둥대며 어딘가로 끌려갔다. 매끈하게 뻗은 호위기의 금속 선체가 조금씩 우그러들었다. 호위기를 끌어당기는 우주의 한 점에서 몽라는 은빛 물체를 보았다. 코렐 항성의 빛을 날카롭게 반사하는 그 은빛 물체가 서복의 우주선을 향해 천천히 다가왔다.

"은빛 용!"

몽라가 소리쳤다. 의자에 앉아 상황을 살피던 서복은 몽라의 말을 듣고 고개를 돌렸다.

"은빛 용. 처음 당신이 그 말을 한 이후로 탐라성의 전설을 조사해 봤지요. 탐라성 주변을 돌던 달들을 은빛 용이 죄다 먹어치웠다지요. 이 우주선도 그렇게 먹어치우려는 걸까요."

서복이 그렇게 말하는 중에도 은빛 물체와의 거리는 점점 줄어들었다. 레이더상에서 측정된 거리로 볼 때 은빛 물체는 서복의 우주선보다도 훨씬 컸다. 인공 구조물이라고 보기에는 너무 컸지만 매끈하게 다듬어진 표면은 자연물일 수가 없었다. 형태를 드러낸 은빛 물체는 속이 빈 거대한 원통 모양이었다. 원통은 축을 중심으로 무서운 속도로 회전하고 있었다. 그 가운데 뚫린 검은 구멍으로 주변의 금속성 물질들이 빨려 들어갔다.

"호위기들을 복귀시키세요. 모선은 최대 출력으로 후진합니다."

서복이 명령을 내리자 우주선의 모든 분사구가 은

남세오

빛 용을 향해 뜨거운 기체를 내뿜었다. 그래도 은빛 용과의 거리는 멀어지지 않았다. 은빛 용은 거대한 입을 벌리고 서복의 우주선을 통째로 삼킬 기세로 다가오고 있었다. 서복이 심각한 표정으로 무언가를 고민했다.

"전설이란 어느 정도는 사실에 기반하고 있기도 하죠. 만일 저게 전설의 은빛 용이라면. 불로초를 구할 때 삼천의 동남동녀가 필요하다는 전설은 과연 어떤 사실에 기반하고 있을까요."

"그게 무슨… 말씀이시죠?"

"고속으로 회전하고 있는 저 원통형의 물체가 주변의 자기장을 왜곡하고 다른 물체들을 끌어당기는 원인이겠지요. 금속성을 띨수록 그리고 물체의 크기가 클수록 더 많은 힘을 받는 걸로 보입니다. 그렇다면 금속성이 거의 없고 크기가 작다면 저 물체에 빨려 들지 않고 가까이 접근할 수 있지 않을까요? 어쩌면… 삼천 분의 일의 확률 정도로?"

"뭐라고요? 서복 님 설마!"

삼천의 동남동녀를 제물로 바친다. 거기까지 생각이 미친 몽라는 경악하여 서복을 바라보았다. 몽라의 표정을 본 서복이 씁쓸한 미소를 띠며 말했다.

"걱정하지 마세요. 전 그 아이들을 구하기 위해 치나이에서 데리고 나온 겁니다. 다만 그 이론이 맞다면, 당신에게 부탁할 일이 하나 있겠네요."

"말도 안 돼! 지금 몽라에게 잠수를 시키려고요? 맨몸으로 저 괴물의 입속으로 뛰어들라고? 아이들의 목숨은 소중하고 당신의 목숨도 소중하지만 우리 목숨은 그렇지 않다는 건가요?"

달망이 분노했다. 서복은 달망을 돌아보며 말했다.

"강요할 수는 없겠지요. 그냥 여기서 이 우주선이 통째로 저 물체 속으로 끌려 들어가는 걸 지켜봐도 괜찮습니다. 아마 그전에 금속 외벽이 산산이 조각나 흩어지겠지만요. 아이들 대신 몽라 님에게 부탁하는 건 몽라 님의 잠수 기술 이외에 다른 이유는 없습니다."

듣고 있던 몽라가 짧게 대답했다.

"해볼게요."

"몽라 너!"

"어쩔 수 없잖아. 여기서 이렇게 손 놓고 있는 것보다 나가서 뭐라도 해보는 게 낫지 않겠어?"

남세오

"웃기지 마! 너 정말 하나도 안 변했구나. 또 날 두고 죽으러 가겠다고? 나보고 여기서 네가 돌아오길 기다리고 있으라고? 못 해. 난 죽어도 그렇게는 못해!"

"아냐. 달망."

몽라는 달망의 손을 잡았다. 몽라는 정말 오랜만에 다시 살아있다는 느낌이 들었다.

"나 혼자서는 못 해. 달망 네가 함께 가야 해."

✦

우주선의 해치가 열렸다. 릴에 감긴 단단한 탄소섬유로 서로의 허리를 묶은 몽라와 달망이 검은 우주로 몸을 던졌다. 몽라는 달망을 바라보며 손에 달린 분사구에서 조금씩 기체를 뿜어냈다. 몽라가 은빛 용을 향해 전진하자 달망의 허리에 묶인 릴이 돌며 질긴 끈이 풀려나갔다. 달망은 몽라의 뒤를 쫓아 우주를 헤치고 나갔다.

"몽라. 괜찮아? 너 아직 폐가 정상이 아닌 건 알지?"

"응. 고려해서 하고 있어. 너야말로 어때? 잠수 별

231
서복이 지나간 우주에서

로 안 좋아하잖아."

"그야 내가 잠수할 때는 너 딴 데로 날아가는 거 끌어올 때니까. 지금도 뭐 마찬가지네."

몽라는 허리에 묶인 릴을 두드리며 말했다.

"지금은 이게 있으니까. 그럼 믿고 간다. 잘 따라와!"

몽라가 속력을 높였다. 숨쉬기가 조금 불편했다. 공기를 깊게 들이마시면 가슴이 불에 덴 듯 따가웠다. 몽라는 숨을 조금씩 나누어 쉬는 동시에 미세하게 방향을 조정하며 예측하기 어려운 경로로 날아오는 바위들을 피하느라 온 신경을 집중했다.

은빛 용은 점점 더 거센 기세로 서복의 우주선을 잡아당기고 있었다. 우주선의 외부 구조물들이 하나둘씩 뜯겨 나가 원통 중앙의 검은 구멍을 향해 날아갔다. 이제 은빛 용의 전체 모습이 시야에 들어왔다. 고속으로 회전하는 여러 개의 금속 원통이 신축성 있는 망으로 연결된 모습은 거대한 뱀, 아니 말 그대로 은빛 용을 연상케 했다. 분명 누군가에 의해 만들어진 구조물이겠지만 인간이 만들었다기엔 어딘가 기이한 부분들이 있었다. 일단 그 거대한 크기부터가

232

남세오

상상 이상이었다.

은빛 용 주변의 비정상적인 자기장은 주변의 금속성 물질들을 맨 앞에 있는 원통의 중앙으로 빨아들인 뒤 맨 뒤에 있는 원통을 통해 다시 토해냈다. 용의 뱃속을 지난 금속성 물질들은 단단하게 뭉친 암석이 되어 커다란 호를 그리며 다시 앞쪽으로 쏘아졌다. 그 암석들과 자기장에 걸려 함께 날아오는 주변의 바윗덩어리들은 계속해서 서복의 우주선을 때리며 금속 조각들을 떼어냈다.

"마치… 정화하고 있는 것 같아. 인간이 만들어낸 물건들을."

달망이 내뱉은 말이 무슨 뜻인지 몰라는 알 것 같았다. 전설에서도 은빛 용은 인간의 욕심으로 하늘에 띄워진 수많은 인공위성들을 먹어치웠다고 했다. 은빛 용은 지금 탐라성의 지각 활동을 뒤흔들고 죽은 달의 바다에서 에너지를 뽑아내며 자기장을 왜곡시킨 서복의 우주선을 정화하려는 것인지도 몰랐다.

설령 서복에게 잘못이 있더라도 지금 저 우주선 안에는 삼천 명의 아이들이 타고 있었다. 그들 전부가 우주선의 파편과 함께 은빛 용의 뱃속으로 빨려 들어

가게 내버려 둘 수는 없었다. 어떤 방법이 있을지는 몰라도 일단 저 거대한 구조물 근처로 접근해야 했다. 만일 저게 누군가가 만든 구조물이라면 그 구조물을 조종하는 방법 또한 있을 터였다.

하지만 복잡한 자기장의 요동 때문에 은빛 용 근처는 무질서하게 날아다니는 암석과 금속으로 가득했다. 죽은 달의 바다에서 궤도를 도는 바위 조각들 사이를 자유자재로 날아다녔던 몽라도 이런 불규칙한 움직임은 본 적이 없었다.

"도저히 가까이 갈 수가 없겠어! 너무 위험해!"

달망이 소리쳤다. 몽라는 파편들의 움직임에 정신을 집중했다. 무질서한 와중에도 조금씩 패턴이 보이기 시작했고 그중 어떤 암석들은 상대적으로 작은 원형 궤도를 느린 속도로 돌고 있었다. 몽라는 그중 가장 가까이 있는 집채만 한 암석을 향해 전진했다. 묘기에 가까운 움직임으로 파편들의 소용돌이를 빠져나간 몽라는 암석을 붙잡고 스파이크를 단단히 박아 넣었다.

"이쪽으로! 달망!"

몽라는 달망과 연결된 릴을 감았다. 달망은 몽라만

남세오

큰 능숙하게 방향을 틀지 못했다. 날아오는 작은 암석 하나를 피하려다 잘못 기체를 분사한 탓에 달망의 몸이 핑그르르 돌았다. 당황한 달망은 자세를 제어하려고 반대 방향으로 기체를 분사했지만 방향이 정확하지 못해 옆으로 돌던 몸이 이번에는 위아래로 돌았다. 몽라는 서둘러 릴을 감아 달망을 자신이 붙들고 있는 암석 위에 안착시켰다.

"달망. 괜찮아?"

"아니. 어지러워. 토할 거 같아."

"여기서 잠시 쉬고 있어. 이번엔 네가 나를 잡아 줄 차례야."

달망은 고개를 끄덕이며 스파이크를 암석에 박아 넣었다. 암석들의 소용돌이를 유심히 관찰하던 몽라는 다음 목표를 찾아냈다. 자신 있게 암석을 박차고 나갔지만 이번에는 몽라 역시 실패였다. 달망은 릴을 감아 방향감각을 잃은 몽라를 끌고 와야 했다. 잠시 정신을 가다듬은 몽라는 두 번째 시도에서 간신히 다음 암석으로 나아갈 수 있었다.

그렇게 서로에게 묶인 줄에 의지하며 몽라와 달망은 징검다리 건너듯 암석 사이를 건너뛰며 조금씩 은빛 용에게 다가갔다. 가까이 다가갈수록 자기장의 요동은 점점 더 커졌고 이제는 금속이나 암석뿐 아니라 두 사람의 몸 자체도 요동치기 시작했다.

"더는 못 가겠어!"

절규하는 달망의 헬멧을 한 번 쓸어주며 몽라는 어느새 눈앞에 다가온 은빛 용의 거대한 원통 내부를 가리켰다. 검은 구멍의 안쪽으로 희미하게 보이는 구조물은 분명 해치였다. 그것도 바깥에서 열 수 있도록 둥근 손잡이가 달려 있었다.

"하지만 너무 먼데! 요동이 너무 심하고!"

그렇게 외친 달망은 헬멧 안으로 몽라의 얼굴을 보았다. 표정이 좋지 않았다. 정상이 아닌 폐로 너무 무리해서 움직인 모양이었다. 달망이 다시 외쳤다.

"차라리 내가 갈게!"

몽라는 고개를 저었다. 말을 내뱉기도 힘들어 보였다. 하지만 눈빛만으로도 충분했다. 몽라의 눈은 할 수 있다고 말하고 있었다. 그 눈을 보자 달망은 아무래도 몽라가 죽을 것 같지 않다는 생각이 들었다. 달망은 고개를 끄덕이며 붙잡고 있던 암석에 스파이크를 단단히 박았다. 몸을 웅크렸던 몽라는 암석을 힘차게 박차며 은빛 용을 향해 날아갔다. 포르르 릴이 풀려나갔다.

몇 번이나 비틀거리고 중심을 잃어 회전하면서도 몽라는 조금씩 원통 입구의 중앙을 향해 다가갔다. 제자리에서 맴돌고 있는 암석에 매달린 채 달망은 가슴을 졸이며 몽라를 지켜보았다. 검은 구멍으로는 서복의 우주선에서 뜯겨 나온 금속 구조물들이 엄청난 속도로 빨려 들어가고 있었다. 하필이면 몽라의 몸이 돌고 있을 때 나선형으로 회전하며 날아온 커다란 구조물 하나가 몽라를 덮쳤다.

"몽라! 위험해!"

구조물에 정통으로 부딪힌 몽라의 몸이 축 처졌다. 몽라는 다른 구조물들과 함께 검은 구멍 속으로 빨려 들어가 버렸다.

"이 멍청이! 할 수 있다고 약속했잖아!"

달망은 절규하며 스파이크를 뽑고 은빛 용을 향해 날아갔다. 하지만 달망의 잠수 실력으로는 은빛 용 근처의 엄청난 자기장 요동을 이겨낼 수 없었다. 순식간에 중심을 잃은 달망의 시야에서 우주에 빼곡히 박힌 별들이 빙글빙글 돌았다. 은빛 용인지 서복의

서복이 지나간 우주에서

우주선인지 알 수 없는 구조물들이 종잡을 수 없는 방향으로 획획 지나갔다. 분사구로 기체를 뿜어낼수록 도는 속도가 점점 빨라졌다. 달망의 눈앞이 깜깜해졌다.

✦

허리에 묶은 줄이 팽팽하게 당겨지는 느낌에 달망은 정신을 차렸다. 달망은 거대한 원통의 내부에 들어와 있었다. 몽라와 이어진 줄은 아까 몽라가 가리켰던 해치를 향해 늘어져 있었다. 달망은 허리를 더듬어 릴을 감았다. 달망의 몸이 자기장의 흐름을 거슬러 해치 쪽으로 끌려갔다. 릴이 모두 감겼을 때 달망은 해치에 줄을 감고 기절해 있는 몽라를 끌어안을 수 있었다.

둥근 손잡이는 생각보다 훨씬 부드럽게 돌아갔다. 해치가 열리자 안쪽에 넓은 공간이 나타났다. 열린 해치로 스며들어 오는 빛으로는 공간의 끝이 보이지 않았다. 파편들이 휘날리는 바깥과는 달리 안쪽은 놀라울 정도로 평온했다. 달망은 해치에 감겼던 줄을 풀어내고 몽라를 안쪽으로 끌어들였다. 해치를 도로

남세오

닫자 내부는 완벽한 어둠과 고요 속에 잠겼다.

우주복에 연결된 조명을 켰지만 동작하지 않았다. 몽라의 이름을 불러봐도 마이크가 먹통이었다. 잠시 고민하던 달망은 헬멧의 덮개를 열었다. 내부의 온도는 상온이었다. 진공의 압력도 느껴지지 않았다. 숨을 들이쉬자 적정량의 산소가 포함된 신선한 공기가 흘러들어 왔다.

"달망?"

몽라의 목소리였다. 통신이 아니라 공기의 진동을 통해 직접 전달되는 소리였다. 몽라의 손이 달망의 손을 단단히 쥐었다. 어둠 속에서 오직 몽라의 소리와 촉감만이 달망에게 전해져 왔다.

"몽라! 괜찮아? 너 기절했었어."

"나. 살아있는 거야?"

"아마도?"

"근데 이상해. 고통이 느껴지지 않는데. 가슴이 하나도 안 아파. 여기가 어디야?"

"은빛 용의 내부. 네가 줄을 감았던 해치를 열고 들어왔어."

"아. 그랬구나. 그랬었지. 다행이다. 꿈인가 싶었는

서복이 지나간 우주에서

데. 여기. 중력도 있는데."

"원통이 회전하고 있으니까. 중력이 아니라 원심력이겠지. 일어설 수 있어?"

"응. 하나도 안 아파."

몽라가 일어서는 느낌이 났다. 달망이 주변에 손을 휘저어 보았다. 아무것도 닿지 않았다. 해치가 어느 방향이었는지도 알 수 없었다. 깜깜한 어둠 속에서 달망에게 닿아 있는 것은 몽라의 손과 조금 차가운 느낌이 드는 매끈한 바닥뿐이었다. 달망은 몽라의 손을 더 단단히 쥐었다. 몽라의 손마저 놓치면 깊은 어둠 속에 홀로 남겨질까 두려웠다.

"여기. 중력이. 좀 흔들리는데."

몽라가 말했다. 그러고 보니 중력의 방향과 세기가 조금씩 바뀌고 있었다. 그에 따라 두 사람의 몸도 살짝 흔들렸다.

"가속도야. 바닥이 움직이고 있나 봐. 우릴 어디로 데려가는 거 같은데."

"그러게. 살아있긴 한 거 같은데…"

순간 사방에 밝은 빛점들이 빼곡하게 들어찼다. 우주였다. 두 사람은 별들이 가득한 우주 한가운데 서

남세오

있었다. 코렐 항성과 탐라성도 보였다.

"저기. 서복의 우주선이야!"

여기저기 뜯겨 나간 외벽 내부로 골조가 들여다보이는 서복의 우주선은 두 사람이 서 있는 곳을 향해 조금씩 끌려오고 있었다. 그 광경을 유심히 살펴보던 몽라가 말했다.

"진짜 모습은 아냐. 홀로그램 비슷한데. 아마도 이 정도가 중심이 아닐까."

몽라가 조금 앞으로 걸어 나가며 검은 허공을 더듬었다. 두 사람은 여전히 손을 놓지 않고 있었다. 달망도 몽라를 따라가며 주변을 짚어 보았다. 달망의 손에 무언가가 잡혔다.

"아. 여기. 뭐가 있어!"

둥글고 매끈한 구의 촉감이었다. 달망이 쓰다듬자 갑자기 구가 밝게 빛났다. 달망은 깜짝 놀라 손을 뗐다가 다시 살짝 만져보았다. 항성처럼 빛나고 있었지만 뜨겁지는 않았다.

"이걸로 뭘 할 수 있지 않을까?"

몽라도 다가와 구 위에 손을 얹었다. 그러자 구의 밝기가 조금 변했다. 두 사람이 손을 짚는 위치에 따라 구는 밝아졌다 어두워지기를 반복했다. 그러다가 두 손은 구의 빛이 완전히 사라지는 위치를 찾아냈다. 그 상태에서 주변의 우주를 살피던 몽라가 말했다.

"저기! 우주선이 더는 다가오지 않아!"

정말 그랬다. 서복의 우주선은 가까워지기를 멈추고 반대로 서서히 멀어지기 시작했다. 주변을 감싸고 돌던 파편들의 움직임도 달라졌다. 이제 파편들은 원통 주변의 자기장을 따라 도는 대신 저마다의 속도로 탐라성 주변을 공전했다. 서복의 우주선을 때리던 암석 덩어리들도 다시 예전처럼 우주선 옆으로 비껴갔다. 방향을 돌린 우주선은 최대 출력으로 탐라성에서 멀어져갔다. 다시는 탐라성을 둘러싼 죽은 달의 바다에 들어오지 않겠다는 듯이.

"성공했네."

"성공했다."

둘은 잠시 침묵했다. 달망이 물었다.

"인제 어쩌지?"

"글쎄."

"너. 배 안 고파?"

"아니. 전혀."

남세오

"나도 그런데."

"우리. 죽은 걸까?"

"그건 아니지 않을까. 어쨌든 은빛 용이 우주선을 잡아먹는 걸 멈췄으니까. 그랬겠지? 우리가 방금 본 게 실제로 일어난 일이겠지?"

"아마도?"

"어. 잠깐. 중력이 사라진다."

달망의 말대로 두 사람을 바닥으로 끌어당기는 힘이 점점 사라지기 시작했다. 얼마 지나지 않아 두 사람의 몸은 허공으로 떠올랐다. 이제는 벽뿐만 아니라 바닥도 느낄 수 없었다. 주변의 홀로그램은 그대로였다. 두 사람은 별들이 가득 박힌 우주 공간에 떠 있었다.

"원통이 회전을 멈췄나 봐."

"그러게. 이제 어떻게 되는 거지."

잠시 생각하던 달망이 말했다.

"전설에 따르면 죽지 않는 은빛 용에 올라타 영원히 밤하늘의 별들 사이를 떠돌아다니는 사람이 있다지. 우리도 그렇게 된 거 아닐까."

"다행이다."

몽라가 대답했다. 달망이 물었다.

"뭐가?"

"너와 함께 여행할 수 있어서."

달망은 대답 대신 몽라의 손을 더 단단히 쥐었다. 두 사람을 둘러싼 우주가 서서히 움직이기 시작했다. 아니 움직이는 건 두 사람이었다. 점점 속력을 높이며 두 사람은 빛의 속도로 우주를 날았다.

남세오

작가 후기

　서복徐福 혹은 서불徐市은 불로초를 찾아오라는 진시
황의 명을 받고 삼천의 동남동녀와 장인들을 데리고
여행을 떠나 다시는 돌아오지 않았다고 합니다. 동아
시아 곳곳을 거쳐 간 서복의 자취는 한국과 일본 곳곳
에서 전승되고 있으며 그중 가장 유명한 곳이 제주도
입니다. 서귀포西歸浦라는 지명과 정방폭포에 새겨진
서불과차徐市過此라는 글귀가 그 흔적이라고 하네요.

　이 설화에서 가장 흥미로운 부분은 서복이 불로초
를 찾으러 가는 길에 탐험가나 병사가 아니라 아이들
과 기술자들을 데리고 갔다는 점입니다. 실패할 것
이 뻔한 황제의 명을 따르는 척하며 제 한 몸 살아 도망칠 생각이야 누구나 할 수 있겠지만, 전설을 거짓으로 고해 새로운 곳에 정착하여 나라의 기틀을 세울 채비까지 천연덕스럽게 갖추고 떠나는 배짱이 참 대단하다 싶었어요.

그런 서복이 제주에 도착했을 때 어떤 일이 벌어졌을까. 서복은 왜 제주에 정착하지 않고 다른 곳으로 떠났을까를 생각하며 이 글을 썼습니다. 무대는 우주로 옮겼습니다. 중국과 한국 그리고 글에는 미처 넣지 못했지만 일본은 저마다의 행성을 거느린 각각의 항성계로 설정하고 제주는 탐라성이라는 이름으로 한국을 뜻하는 코렐 항성계의 가장 바깥쪽 궤도를 돌게 했습니다.

탐라성은 제주와 마찬가지로 화산활동이 활발하고 생명력과 미지의 에너지가 넘쳐나는 행성입니다. 그리고 그 주변은 제주의 바람처럼 거센 태양풍과 자기력선이 감싸고 있어서 금속으로 된 우주선은 들어갈 수 없지요. 죽은 달의 바다라고 불리는 그곳에는 전설의 은빛 용이 돌아다니고 있습니다. 바다로 둘러싸인 제주에는 용에 관한 설화도 많습니다. 이 글에 나오는 은빛 용의 전설은 그런 이야기들을 참고하여 지

남세오

어냈습니다.

무엇보다 제주의 해녀를 우주로 옮겨온 부분이 글을 쓰며 가장 즐거웠습니다. 해녀가 잠수복 하나만 입고 바다에 뛰어들어 값진 해산물들을 따오듯이 탐라성 사람들은 우주복만 입고 우주선이 진입하지 못하는 죽은 달의 바다에 들어가 궤도를 떠도는 희귀 광물들을 채취합니다. 생계를 위해 위험한 바다에 뛰어드는 고된 일을 우주에서까지 여성에게 전담시키고 싶지 않아서 해녀 대신 잠수라는 이름을 썼습니다. 잠수들은 해녀와 달리 산소통을 멥니다. 산소는 호흡과 동시에 우주를 유영하기 위한 추진체로도 쓰이거든요. 얼마 남지 않은 산소로 숨을 쉴 것인가 아니면 목적지를 향해 가속할 것인가를 계산하며 맨몸으로 우주를 날아가는 모습은 상상만 해도 짜릿합니다.

설화는 보통 한 지역의 특색을 담아 전해져 내려오기 마련인데 이 서복 설화는 고대 동아시아 전체를 무대로 하고 있다는 점도 흥미롭습니다. 그런 설화를 바탕으로 한 글이 동아시아 문화권에 뿌리를 둔 여러 작가님의 글과 함께 실리게 되어 더욱 뜻깊고 영광입니다.

바다를 흐르는 강의 끝

―――

후지이 다이요

海を流れる川の先

이홍이 옮김

후지이 다이요藤井太洋는 일본의 SF 소설가다. 아마미오섬에서 태어난 그는 열다섯 살 때 섬을 떠났고, 예전 사쓰마국이 있었던 반도에서 고등학교를 다녔다. 첫 소설 《진 매퍼》는 아마존 킨들 전자책으로 자가 출판한 것으로, '올해의 킨들 도서' 소설, 문예 부문 1위에 오르며 화제를 모았다. 두 번째 작품 《오비탈 클라우드Orbital Cloud》로 일본SF대상과 성운상을 받았고, 현재 일본SF작가클럽의 회장으로 활동하고 있다.

보름달이 비치는 구쥬 해변. 파도가 부서져 스러지는 곳으로 아만은 후박나무를 도려내 만든 배를 끌고 나왔다.

팔십 척이나 되는 거대한 선단으로 공격해온 사쓰국サツ国에 대항하려면 수면 위를 날듯이 미끄러지는 목조선이 있어야 한다는 촌장의 판단 아래, 해변 안쪽 구석에 남겨져 있던 통나무배다.

파도에 젖은 모래 위로 엉덩이를 깔고 앉은 아만은 앞으로 갈 저 건너 섬을 향해 시선을 던졌다. 바람이 뚝 멈춘 한밤중의 해협은 스륵스륵 몸을 흔들며 시커먼 건너편 섬의 형상을 비추고 있다. 눈을 뜨고 가만

바다를 흐르는 강의 끝

히 바라보자 그림자로밖에 안 보이던 섬의 음영이 선명하게 드러났고, 목적지인 니바마新浜가 달빛으로 빛나는 것도 보이기 시작했다.

"늦지는 않으려나."

아만은 아버지 우쥬에게서 배운 대로 오른쪽 눈을 감고 달을 올려다보며 그 위치를 확인했다. 한쪽이라도 눈을 어둠에 익숙하게 남겨 두면 위험으로부터 몸을 피할 수 있다.

달은 정확히 중천에 떠 있었다. 새벽이 오기까지 이제 삼 각(여섯 시간) 정도가 남았다. 목조선이라면 5리(약 2킬로미터) 앞의 니바마를 두 번 왕복하고도 남겠지만, 무거운 통나무배로 그렇게는 안 된다. 용골[1]도 없고 키도 없는 불안정한 이 배는 파도를 넘지 못해 전복되기도 한다. 그렇다고 배가 가라앉을 염려는 없지만, 체중을 실어 전복된 배를 도로 뒤집어 놓아봤자 바닷물을 퍼내다 보면 날이 샐 것이 분명하다.

배에 휘감겨 있는 갯메꽃[2]을 잡아 뽑고, 송진 통과

*

1 선박 바닥 중앙을 받치는 길고 큰 재목.

후지이 다이요

땔감을 싣고, 끌줄을 걸어 가시투성이인 아당나무[3] 숲을 빠져나와 해안가까지 배를 옮기는 데에 족히 이 각은 걸렸다.

딱 좋다.

아만이 일어서서 엉덩이에 달라붙은 모래를 털자, 문득 그의 귀로 누군가의 말소리가 들려왔다.

"어딜 가는 거지?"

"누구냐?"

아만은 어둠에 익숙해진 한쪽 눈을 뜨고, 그 눈에 달이 담기지 않도록 조심하며, 해변과 마을 사이에 있는 모래막이용 나무숲을 응시했다. 구불구불 구부러진 가시투성이 아당나무 줄기는 달빛 아래에서 보면 꼭 칭칭 감긴 뱀이 꿈틀대는 것 같았다. 조금 전의 목소리는 마을로 들어가는 길 부근에서 들렸다. 큰 가쥬마루 나무[4]가 서 있는 곳이다.

*

2 바닷가 모래밭에서 자라며 줄기는 땅 위에 눕거나 다른 물건에 감겨서 뻗는다.
3 오키나와에서 흔히 볼 수 있는 나무로, 열매가 파인애플을 닮았다.
4 아열대에서 열대 지방에 분포하는 늘 푸른 키 큰 나무.

목소리는 분명히 가쥬마루 나뭇가지 끝에서 들렸
다. 등에서부터 옆구리 그리고 팔뚝 순으로 닭살이
돋았다. 아만은 주먹을 꾹 쥐고 추위와 함께 빠져나
가려는 힘을 붙들어 매보려고 했다.

"겐문[5]인가?"

가쥬마루에 산다는 요괴의 이름을, 아만은 소리 내
어 말해 보았다. 한 번도 본 적은 없었지만 노로[6]의
부름으로 한밤중에 혼자서 모래 해변을 나왔으니, 이
정도 괴이한 일을 맞닥뜨려도 이상할 것이 없다. 겐
문은 못된 장난을 치고 스모를 좋아한다고 알려졌는
데, 모른 척 상대를 안 해주면 간을 빼간다는 무시무
시한 이야기로도 유명하다.

아만은 우선 목소리가 나는 방향에다 등을 돌렸다.
이 세상 사람이 아닌 것과 눈을 마주쳐 봤자 좋을 것

*

5 아마미 군도에 전해 내려오는 요괴. 어린아이 같은 외모에 정수리 움
푹 파인 곳에 물 또는 기름을 비축해두고 있다.
6 신을 섬기는 무녀巫女로, 현재의 오키나와 지역에 있었던 류큐琉球 왕
국의 여자 제사장을 뜻한다. 민간 차원에서 영적 조언을 하던 '유타'와
달리 공식적으로 임명받은 신녀神女들이다.

후지이 다이요

이 없다.

"난 유라키의 아들, 서쪽의 아만이다. 스모 상대를 해줄 수도 있지만, 나는 지금 구쥬에서 아슈케 노로의 부름으로 니바마에 가는 길이다. 날이 밝기 전에는 반드시 돌아올 테니, 정 스모가 하고 싶으면 그때 하면 안 될까?"

대답은 없었다. 아만이 끌줄을 어깨에 메고 배를 당기려고 하자, 곧바로 뒤에서 똑같은 목소리가 들렸다.

"그만둬."

당황해서 뒤를 돌아본 아만의 눈에 비친 것은 기묘한 풍채를 지닌 남자였다.

남자는 밤눈으로 봐도 감색임을 알 수 있는 긴 옷을 앞에서 깊이 여며지게 겹쳐 입었다. 미세한 몸놀림에도 흔들리는 옷감은 나하那覇에서 오는 관리들 옷보다도 좋아 보였는데, 남자는 시종을 데리고 다닐만큼 유복하지는 않은 듯했다. 등에 멘 나무틀에는 물인지 술인지를 담은 표주박과 함께 곡물 자루 같은 것이 동여매어 있는 것처럼 보였다.

기묘했던 것은 그럴 나이도 아닌 것 같은데 머리카락이 단 한 올도 없다는 것이었다. 벌을 받은 것인지

255
바다를 흐르는 강의 끝

아니면 남자가 모시는 신께 제사를 지낼 때 그런 관습이 있는 것인지는 모르겠지만, 남자는 수염을 박박 깎은 것처럼 머리털도 깨끗이 밀었다.

남자는 두 손을 얼굴 앞에 맞대고 그대로 깊숙이 허리를 숙여 인사했다.

"나는 센쥬千樹라고 하는 사쓰국의 승려다. 스모 얘기가 왜 나온 건지는 잘 모르겠지만 아무튼 난 요괴가 아니야."

센쥬라고 이름을 밝힌 남자는 섬의 언어를 미리 배워둔 모양이었다. 귀에 익지 않은 말투이기는 했지만 천천히 아만의 반응을 살피며 말을 이어갔다.

"나흘 전에 섬의 북쪽에 있는 가사리 항에 도착했어. 그런 다음 나쥬, 야큐치를 지나 드디어 남쪽 끝에 있는 구쥬에 도착한 거야."

센쥬의 입에서 차례로 마을 이름이 흘러나올 때 아만은 배에 있던 작살을 집어 들었다. 가사리, 나쥬, 야큐치는 모두 사쓰국에 공격을 당한 항구다.

"네 놈이 앞잡이로구나."

아만은 양손으로 꽉 쥔 작살로 센쥬의 배를 겨눴다. 피할 기색을 보이지 않는다면 단숨에 찌를 작정으로 아만은 작살을 내밀었다. 감색 옷이 닿는다. 순간 작살에 말려 들어간 아만이 모래사장으로 푹 고꾸라졌다.

"어휴, 위험하게. 이봐, 난 물고기가 아니야."

무슨 요술을 쓴 것인지 센쥬는 헐렁거리는 소매로 작살을 휘감았다. 작살을 모래에 던져버린 센쥬는 배에 실린 짐을 보더니 이렇게 말했다.

"그러고 보니 방금 말한 니바마라는 곳은 저 바다 건너 해변이군. 인제 보니 봉화를 올려 곶에 잠복해 있는 마을 사람들에게 사쓰국의 함대가 들이닥친다는 소식을 알릴 계획인가 보네?"

작살을 주운 아만은 다시 한번 그를 겨눴다가는 역으로 자기가 당할 수도 있다는 사실을 떠올리고는 작살을 배 안에 던져 넣고 끌줄을 쥔 채 배를 물가로 밀었다.

"뭐야, 입 다물겠다는 거야?"

센쥬는 해변의 서쪽으로 불쑥 튀어나온 곳을 가리켰다.

"이봐, 의미 없는 저항은 그만둬. 사쓰국의 무사들은 바로 삼 년 전까지 1만 군대가 맞붙은 전쟁터에서

257

목숨 걸고 싸우다 온 자들이야."

아만은 그의 말을 무시하고 배를 계속 밀었지만 센
쥬는 그의 뒤를 쫓아오며 말을 멈추지 않았다.

"총포도 쓰지, 창도 검도 얼마나 길다고. 물고기 잡
는 작살 따위 몇 개를 싸 들고 가봤자 상대가 안 돼.
나는 말이지, 무의미한 전쟁이 일어나지 않도록 설득
하러 다니고 있는 것뿐이야―어이쿠."

아만은 발을 멈추고 돌아서서 센쥬를 노려봤다.

"도망쳐야 할 쪽은 사쓰국 놈들이야. 아슈케 노로
가 우나리 여신姉神[7]을 불렀어. 우나리 여신은 절대로
우리 동생エケリ[8]들이 지도록 내버려 두지 않을 거야."

"쓰, 나쥬, 야큐치에서는 안 불렀을 것 같아?"

"그건⋯."

"어디든 다들 성대하게 불러내더군. 해변에 오두막

★

7 먼 옛날 아마미 사람들은 바닷길을 무사히 오갈 수 있도록 여신들에게
빌었다.
8 류큐 왕국에 전해 내려오는 신앙 중에 여자 형제가 남자 형제를 영적
으로 지켜준다는 믿음이 있다. '동생'은 이 신앙에서 남동생 개념인 '에
케리エケリ'를 가리킨다.

집을 떡하니 세우더니, 그 무녀를 '노로'라고 하던가? 머리에 풀잎을 묶은 신녀神女에게 춤을 추게 하면서 신을 불러냈어. 그랬는데도 결과는 잘 알지? 총포를 쏘아대니 꼼짝 못 하더군."

센쥬는 만질만질한 턱을 문지르며 아만의 얼굴을 들여다봤다.

"매복이라는 경계 태세를 갖추려 했다는 점에서 이 마을은 지금까지 봤던 세 마을과는 다르긴 달라. 그건 인정하지. 그런데 말이야—어이, 나 참. 기다려."

아만은 센쥬를 무시하고 배를 바다로 밀어 선미에 올라탔다. 일일이 상대해 줄 시간이 없다. 눕혀 놓은 노를 잡으려고 몸을 웅크린 순간, 배가 크게 흔들렸다.

"무슨 짓이야!"

센쥬가 선미에서 배 안으로 들어오려는 것이다.

"나도 니바마로 데려가 줘."

거뜬히 배에 올라탄 센쥬는 제 것이라도 되는 양 선수 쪽에 걸쳐놓은 판자에 걸터앉았다. 아만은 들고 있던 노로 그를 밀어 물에 빠뜨릴까도 싶었지만 작살을 잡혔던 때를 떠올렸다.

"방해는 하지 마."

바다를 흐르는 강의 끝

"안 해, 안 해."

센쥬는 그렇게 말하고 얼굴 앞에 손날을 세우더니 주술 같은 말을 읊조렸다.

"그것도 하지 마."

"안전하게 항해하게 해달라고 기도한 거야."

니바마로 향하는 배 위에서 센쥬는 사쓰국의 이야기를 들려주었다.

몇 해 전, 야마토[9]를 둘로 쪼갠 큰 전쟁에서 패배한 사쓰국의 왕 시마즈는 남쪽으로 눈을 돌렸다. 명나라, 남월南越[10], 남만국南蛮国[11]과 교역하는 나하의 왕을 배후에서 조종할 수만 있다면 패전으로 잃어버린 권세를 되찾을 수 있을 거라는 계산이었다.

시마즈 왕은 가바야마라는 장군에게 병사 삼천 명

*

9 일본을 의미한다.
10 기원전 203년부터 기원전 111년까지 중국 남부에서 베트남 북부에 존재했던 왕국으로, 본문에서는 지금의 베트남 일대를 가리키는 것으로 보인다.
11 15세기 일본과 무역을 시작한 스페인, 포르투갈을 가리키는 말로 쓰였으나 이후 네덜란드, 동남아시아 지역을 의미하게 되었다.

후지이 다이요

을 내어주고 총포 천육백 개와 군함 팔십 척을 준비시켜 이 섬으로 향했다.

이틀 걸려 섬의 북쪽 입구인 가사리 항구에 도착한 사쓰국 군대는 섬 북부 지역 출신의 남자들 오천여 명이 쌓아 올린 흙 성채를 아주 쉽게 무너뜨렸다고 한다. 가사리 마을의 수장은 아홉 살 난 아들이 인질로 잡히자 제 발로 인질이 되어 배에 잡혀 들어가고 말았다.

전쟁은 일방적이었다고 한다. 바로 몇 해 전까지 피로 피를 씻는 전쟁터에 살았던 사쓰국의 병사들은 활을 쏘아도 섬의 포수들보다 세 배는 더 먼 거리를 쏘았고, 검을 휘두르면 세 사람 몸이 한꺼번에 반 토막이 날 만큼 장사들인 데다가, 경험도 많고, 피에 굶주린 이들도 적지 않았다.

그들을 이길 방도는 없다고 타이르는 센쥬에게 아만이 물었다.

"직접 봤어?"

"그래. 보기 좋은 광경은 아니었지…. 나 원, 뭘 그런 걸 물어? 왜 그래, 아만. 노 젖는 손이 멈추면 안 되지."

아만은 노를 배 가장자리에 놓고 고개를 돌리고 있었다. 눈은 양쪽 다 감고, 수면을 건너오는 물소리에 정신을 집중한다—왔다.

얼굴 전체에 미소가 번졌다.

"이제 됐어." 입을 연 아만은 뱃전에 엉덩이를 걸쳤다.

"어이, 앉으면 안 되지. 되기는 뭐가 됐다는 거야?"

어둠 속에서도 알아차릴 만큼 얼굴이 파래진 센쥬가 저 건너 앞에 보이는 섬을 가리켰다.

"아직 니바마까지 반도 안 왔어. 뭘 어떻게 하면 이제 됐다는 말이 나와? 니바마로 가지 않고 있잖아. 이러다간 물살에 떠내려가겠어. 아만, 너 웃고 앉아 있을 때가 아니야. 노를 잡아. 이봐, 내 말 안 들려. 이것 봐, 배가 돌잖아."

아만은 노를 물에 쑤셔 넣어 배가 도는 것을 멈추더니 손을 가져다 대며 근처의 소리에 귀를 기울였다.

"응, 됐어. 강의 한가운데로 들어왔어."

"강이라고?"

"모르겠어?"

신기한 듯 되묻는 아만의 얼굴이 희미하게 빛난다. 그때 센쥬의 귀에도 또렷하게 물소리가 들렸다.

그것은 배가 물을 가르는 소리와는 다른 소리였다.

거친 바다에서 들리는 바람 소리와도, 그 바람이 파도 머리를 흩뜨리는 소리와도 달랐다. 가장 가까운 소리를 찾는다면 쌀 씻는 소리일까?

기분 좋게 아만이 몸을 흔들며 무릎을 툭, 툭 치자, 물소리가 뒤에서 앞으로 점점 모이는 것이 느껴졌다. 아니다, 아만이 물소리에 맞추는 것 같다.

찰랑찰랑찰랑찰랑.

첨벙첨벙첨벙첨벙.

뒤에서 앞으로, 물소리가 배를 민다.

이제는 센쥬도 무슨 일이 일어나고 있는지 똑똑히 알았다.

바다를 흐르는 강 위로, 아만이 시부네素舟[12]라고 부르는 통나무배가 떠내려가고 있다.

뱃전에서 찔러 넣은 손가락 사이로 아만의 얼굴을

*

12 나무 하나의 속을 도려내 만든 작은 배. 마상이.

비춰주던 야광충이 빠져나갔다. 물살의 속도는 센쥬가 고향에서 보던 산속 시냇물과 별반 다르지 않아 보였다. 아만이 키를 조종해 물살 한가운데로 나온 배는 점점 속도를 올렸고 바람을 가르는 소리까지 들리기 시작했다.

"깜짝이야." 센쥬는 중얼거렸다. "맙소사. 바다 한가운데에 강이 흐르다니. 이건 니바마까지 이어지는 건가?"

물어보자마자 센쥬는 이것이 얼마나 얼빠진 질문인지 깨달았다.

이 '강'이라는 것은 밀물과 썰물이 부딪혀 엉킨 것에 불과하다. 달로 인해 조수가 드나들 때 어느 만을 채우고 있던 바닷물 덩어리와 어느 곳에 막혀 구부러진 바닷물이 뒤섞이는 곳에서 이러한 물의 흐름이 생기는 것이다.

육지까지 이어지는 일은 없다. 바다 안에서만 흐르는 강이다.

"알고 있었어? 강이 흐른다는 걸."

"당연하지." 아만은 고개를 끄덕이고 노를 저었다. "조수 상태에 따라 달라지지만 보름달이 뜨는 날 생기는 강만큼은 확실히 기억해뒀어. 여기부터 쭉 니바마의 다테가미(곶의 끝자락으로 바다에서 튀어나온 바위)까지 이어져 있으니까 노가 없어도 괜찮아."

아만은 서쪽 곶—마을 동료들이 몸을 숨기고 있는 어두운 곳을 손가락으로 가리켰다.

"저쪽에도 하나 더 있어. 약간의 기술은 필요하지만 물살은 분명히 보여. 잘못 올라타면 니라야로 떠내려가겠지만."

"니라야?"

"영혼이 되돌아가는 고향."

생각났다. 이곳 섬들에 있는 신앙의 말로, 황천의 나라라는 의미다. 나하 왕궁 부근에서는 '니라이카나이'라고 부르는 곳도 있다. 물속에 있다고 하는 사람도 있고, 해무 너머에 있다고 하는 사람도 있다.

아마도 너무 강한 물살에 휩쓸려 혼란에 빠진 사이에 혼자 힘으로는 돌아갈 수 없을 만큼 멀리 떠내려가는 곳일 것이다.

"오늘도 그, 니라야로 가는 강이 생겼어?"

아만은 일어나서 주변을 빙 둘러봤다.

"있네."라고 말하며 아만이 얼굴을 돌린 쪽으로, 센

쥬도 고개를 돌린다. 확실히 희미하게 파도가 일렁거리는 곳이 있는 것 같다.

"서쪽으로 가는 건가?"

"맞아. 빙 돌아서 구쥬 곶 반대쪽에서 사라지게 되어 있어."

아만이 가리킨 곳은 마을 사람들이 매복 중인 곳이었다. 다시 말해 이 물살을 타고 가면 사쓰국 배의 무리를 단숨에 따라잡을 수 있다. 밝게 보름달이 뜬 밤이라도 이만큼 속도가 난다면 상대가 눈치채지 못하는 사이 꽤 근접한 곳까지 다가갈 수 있을 것이다.

"이봐, 아만."

"왜?"

"잠복해 있는 마을 사람들이 몇 명 정도나 돼?"

"왜 그런 걸 물어?"

아만의 얼굴에 다시 불신의 그림자가 드리워졌다.

"많이 있어. 아주 많이, 사쓰국을 쫓아버릴 만큼."

"거짓말 안 해도 돼. 오십 명? 칠십 명? 아니면 백 명은 있어?"

백 명이라는 대목에서 아만이 시선을 피했다. 칠십 명보다는 많지만 백 명은 못 되는 정도라는 것이다.

후지이 다이요

이대로 니바마까지 가서 화톳불을 피우면 사쓰국도 이상한 낌새를 눈치챌 것이 분명하다.

매복 중인 구쥬 해변의 칠십 명 남짓 되는 사람들은 허무하게 목숨을 잃게 된다.

"아만." 센쥬가 그의 이름을 불렀다. "야습을 해보지 않겠어?"

"야습?"

"그래. 밤의 어둠을 틈타─이런, 보름달이 떴군. 아무튼 밤사이 사쓰국의 배들을 덮쳐보지 않겠어?"

"…센쥬, 당신은 어느 나라 사람이야? 사쓰국을 섬기는 사람 아니야?"

"육 년 전까지는 사쓰국의 무사였지."

센쥬는 입고 있던 옷의 가슴팍을 벌렸다. 그러자 그의 어깨부터 허리까지 사선으로 그어진 칼자국이 드러났다.

"육 년 전 전쟁에서 지고 도망칠 때, 난장판 속에서 같은 편한테 당한 뒤로 사쓰국을 떠났어. 날 이렇게 만든 놈이 칼 솜씨가 서툰 덕에 겨우 목숨은 건졌지."

가슴 위로 반듯하게 옷을 당겨 고쳐 입은 센쥬는 서쪽 곶의 반대쪽을 바라봤다.

"전쟁이 끝날 줄 알았는데 류큐 토벌에 나선다는 이야기를 듣고, 너희 섬사람들에게 사쓰국에 거역하지 말라고, 그러면 다 죽는다고 경고해 주러 바다를 건너온 거야."

"그놈들이 그렇게 강해?"

"그래. 강해. 가사리 얘기는 했지?"

"그래도 바다 위에서라면—"

"정면 승부로는 못 이겨."

센쥬는 물살을 가리켰다.

"하지만 오늘 밤에는 강이 있어. 이 속도로 백 명, 아니 팔십 명이어도 좋아. 배를 옮길 수만 있으면 그들 선단의 한가운데로 치고 들어갈 수 있어. 가바야마 대장의 목을 베면 일단 군사들은 물러날 거야."

아만은 가만히 그의 말을 들으며 생각에 잠겼다.

오늘 밤은 바다 곳곳에 강이 흐르고 있다. 구쥬 마을의 어른들이 모는 목조선이라면 엿가래나 소금쟁이처럼 배들 사이를 파고 들어가 목표로 삼은 배까지 갈 수 있을 것이다.

그렇게 되면 군을 물리칠 수 있는 모양이다. 하지만—

후지이 다이요

"병사들을 더 많이 데리고 다시 오겠지요, 센쥬님."

말문이 막힌 센쥬에게 아만은 연타를 가했다.

"역시 그렇겠지. 대장을 죽였으니 다음에 올 때는 더 가차 없이 우리를 공격하겠지. 그래서 이렇게 된 거 아니겠어?"

아만은 노를 물속에 찔러 넣으며 배의 방향을 바꿨다.

"…이봐, 그러면 곶 바깥으로 벗어나잖아."

"맞아―위험하니까 일어서지 마."

아만은 노를 저어, 서쪽 곶의 밖으로 나가는 물살 위로 배를 움직였다.

그렇게 어려운 일은 아니다. 이제 두어 번 젓기만 하면 물의 흐름이 갈라지는 지점에 접어든다.

왼쪽은 니바마, 오른쪽은 니라이.

"센쥬 님은, 불을 피울 줄 아시나?"

"…어어, 피우는데 왜?"

"배에 화톳불을 피워서 니라이로 갑시다."

왜 그런 짓을 하지? 묻기라도 하듯 고개를 갸웃거린 센쥬가 입을 열려는 찰나, 아만이 무얼 노리고 있

바다를 흐르는 강의 끝

는지 알 것 같았다.

"가바야마에게 보여 주겠다, 이건가?"

"그렇지요."

고개를 끄덕인 아만은 노 젓는 팔에 힘을 실었다.

"우나리 여신을 부르는 화톳불을 피우고 우리가 모습을 드러내면 잠복 중인 구쥬 해변 쪽 사람들도 기습에 대해 생각을 고칠 거야. 사쓰국의 무사들은 믿기지 않을 만큼 빠르게 다가오는 불을 보면 경계를 하겠지."

"…그렇겠지. 그게 좋겠군."

센쥬는 등에 진 짐에서 부싯돌과 지노[13]를 꺼낸 뒤 문득 아만의 얼굴을 올려다봤다.

"니라야라…. 영혼이 태어나는 곳은 대체 어떤 곳일까?"

아만은 대꾸 없이 바다를 흐르는 강 위로 배를 움직였다.

*

13 종이를 가늘게 꼰 끈.

작가 후기

이 소설은 실화에 기반을 두고 쓴 작품입니다. 나의 고향인 아마미오섬奄美大島은 1609년 일본의 사쓰마국에 점령당했습니다. 천하를 겨룬 대결전 '세키가하라関ヶ原 전투'에서, 이후 막부를 열게 되는 도쿠가와 가문이 승리를 거머쥔 지 구 년째 되던 해였습니다. 패자의 입장이었던 사쓰마국은 일본에서의 권세를 단념하고 남쪽으로 눈을 돌렸습니다. 사쓰마국은 당시 중국의 명 왕조와 교역을 하던 류큐琉球 왕조를 침략해 그곳을 거느리고자 했습니다. 또 류큐 왕조에 종속되어 있던 섬들을 식민지로 삼아 지배할 계획을 세웠습니다. 이 무렵 아마미제도에는 남양제도南洋

諸島에 그 뿌리를 둔 애니미즘이 깊이 스며들어 있었고, 거기에 류큐 왕조의 샤머니즘에 영향을 받아 변용된 상태였는데, 1609년 사쓰마 침공에 이어 식민지 지배까지 받게 되자 섬의 신앙이 크게 바뀌게 되었습니다. 이 작품의 무대가 된 아마미오섬은 이때 사쓰마국에 지배를 당한 수십 개의 섬 중 하나입니다. 주인공 소년은 노련한 과학자처럼 물고기와 바다 그리고 해류에 대한 지식을 가지고 있는데, 그가 이것들을 바라보는 관점은 변용된 샤머니즘의 관점입니다. 소년은 침공해 오는 사쓰마국의 군함에 맞서려고 합니다. 하지만 실제로 폭력을 행하는 군함을 마주하자 그의 관점은 한층 더 신과 나란히 있게 됩니다. 아직 신화가 살아있는 세계에 사는 소년이 세상을 받아들이는 방법을 독자들에게 전하고자 한 것입니다.

후지이 다이요

내가 잘못했나

곽재식

곽재식은 화학자 출신 소설가다. 2006년 단편소설 〈토끼의 아리아〉가
MBC 베스트극장에서 영상화되면서 작품 활동을 시작했다. 《신라 공
주 해적전》《지상 최대의 내기》《당신과 꼭 결혼하고 싶습니다》등 다
수의 소설을 펴냈고《한국 괴물 백과》《괴물, 조선의 또 다른 풍경》등
방대한 양의 사료와 설화를 채집해 괴물 이야기를 집대성하기도 했다.

응용포논빔학회는 학회라는 이름이 붙은 행사 중
에 김진원이 가장 좋아하는 행사였다. 진원은 좋아한
다고 할 만한 학회가 또 무엇이 있을지 되돌아보았
다. 이론음향학회, 융합진동학회, 산업공명제어학회,
무슨 학회, 무슨 학회….

꼽아보자니 이름이 생각나는 행사들은 제법 많았
다. 이렇게나 학회 행사에 많이 다녔나 싶어 놀랄 정
도였다. 하지만 떠오르는 장면들은 다들 비슷비슷했
다. 날씨 이야기와 고맙다는 이야기로 행사를 시작하
는 진행자. 진지한 얼굴로 앉은 채 무엇인가 컴퓨터
에 열심히 기록하는 척 하지만 사실은 그때마다 딴짓

내가 잘못했나

을 하는 청중들. 웃기려고 맨 앞과 맨 끝에 집어넣은 슬라이드 한 장씩만 기억에 남는 마이크로소프트 파워포인트 발표 자료. 행사장 뒤편 탁자에 놓여 있는 인스턴트커피 봉지들과 쿠크다스, 마가렛트, 엄마손 파이.

그렇지만 응용포논빔학회만은 달랐다.

일단 응용포논빔학회는 행사장 뒤편 탁자 위에 쿠크다스 대신에 귤이 쌓여 있었다. 그 외에 색다른 다른 과자도 있었다. 그런데 그 때문에 모습이 달라졌다고 하기에는 훨씬 더 중요한 다른 이유가 있었다. 물론 행사가 제주도에서 개최되어 비행기를 한 번씩 타는 경험을 해보게 된다거나, 응용 포논 빔 기술 자체가 새롭게 주목받는 신기술이라는 점도 분명히 다른 점이기는 했다. 그러나 응용포논빔학회를 아름답고 멋진 행사로 만들어주는 건 그런 이유 때문은 아니었다. 이유는 따로 있었다.

응용포논빔학회의 가장 큰 특징은 참가 기관마다 참가자를 단 한 명으로 제한한다는 점이었다. 응용포논빔학회는 혼자서 가서 참석하고 돌아온다. 연구원이 학회에 출장가면서 연구팀장이나 부소장 같은 사

곽재식

람들을 모시고 다니며 시중들 필요가 없다. 팀장 옆에 앉아서 행사 내내 발표 내용에 심취해 있는 척 애쓸 필요도 없고 식사 시간, 여가 시간마다 같이 온 간부 직원 옆에 서서 말동무를 해줄 필요도 없다.

진원의 연구팀장은 다행히도 제정신인 사람이기는 했다. 그렇지만 그가 좋아할 만한 화제로 대화를 하면서 식사 때마다, 쉬는 시간마다 잡담을 해주어야 하는 것은 결코 재미있는 일이 아니었다. 연구팀장은 연예인들이 인생 망하는 이야기나 남이 주식 투자했다가 날려 먹은 이야기를 굉장히 좋아했는데, 둘 다 진원에게는 아무 관심 없는 주제였다.

행사가 다 끝난 후 저녁과 밤 시간이 비면 그것은 더 고역이었다. "김진원 박사, 오래간만에 내가 좀 좋은 술 사줄게." 큰맘 먹고 연구팀장은 그런 소리를 하며 괜히 무슨 호텔 라운지에 가서 얼토당토 않은 비싼 술을 사준다고 한다. 연구팀장은 그 술에 얽힌 사연을 강의하듯이 길게 들려주는데, 흥미 있다는 듯이 그 이야기를 들어주어야 하며 가끔 그의 이야기에 흥을 돋울 수 있는 질문도 해주어야 한다. 맛도 없고 쓰기만 한 그 술을 마시며 연구팀장의 술 취향에 한참

내가 잘못했나

감탄해 주고 나면 화제 거리가 떨어진다. 그러고 나면 다시 밤이 깊도록 연예인 인생 망한 이야기와 남주식 투자했다 날려 먹은 이야기를 펼쳐주어야 했다.

응용포논빔학회에는 그런 것이 전혀 없었다. 응용포논빔학회는 혼자서만 참석해야 하는 행사다. 그게 행사 규정으로 정해져 있었다.

학회 날이 되면 회사에 출근하는 대신에 상쾌하게 기분 전환하듯 공항으로 떠난다. 여유로운 느낌으로 혼자 제주도의 행사장으로 간다. "팀장님, 점심은 어디에서 먹을까요?"라는 식으로 시중들어야 할 사람도 없고, 쉬는 시간에 "소장님, 피곤하니까 있다가 점심은 피조개 어떠십니까?"라는 식으로 재미없는 대화를 일부러 나누어 할 사람도 없다. 행사에 참여하는 학자들의 얼굴도 밝고, 그들이 발표하는 내용도 유난히 알차고 풍성해 보인다. 웃기려고 집어넣은 첫 슬라이드 말고도 나머지 내용들도 기억에 잘 남는다.

시간이 비면 전화기를 꺼내서 만화를 보며 시간을 보내는 것으로 충분하다. 피곤하면 저녁에 얼마든지 일찍 자도 된다. 아무도 불러내는 사람 없이 그냥 숙소에서 편안히 쉴 수 있다. 다음 날 아침 이른 시간에 행사가 이어지는 것도 아니다. 그러므로 응용포논 빔학회에 참석하는 날은 원한다면 더 이상 자고 싶지 않을 때까지 늘어지도록 늦잠을 잘 수도 있다. 간식이 먹고 싶을 때 행사장 뒤에서 가져오는 귤마저 맛있고 좋았다. 쿠크다스를 까먹을 때마다 쉽사리 생기기 마련인 부스러기가 없다는 점이 유독 상쾌하게 느껴질 정도였다.

도대체 누가 이렇게 좋은 학회를 계획했을까? 진원은 그 답을 이번 학회에서 알게 되었다.

포논 빔을 이용해서 수술을 하지 않고 몸속의 결석을 없앤다는 발표가 많은 사람들의 관심을 받은 직후의 막간 휴식 시간이었다. 결석 없애는 연구를 발표한 연구소의 소장 앞으로 많은 사람들이 다가갔다. 사람들은 명함을 내밀며 아는 척을 하거나 질문을 하려고 했다. 진원은 거기에 끼지는 않기로 마음먹었다.

몸 바깥에서 교묘하게 바뀌는 진동을 가하면 몸의 겉면에는 아무런 변화를 주지 않으면서도 몸속의 어떤 한 지점은 부수거나 뒤흔들 수 있다는 발상은 예로부터 인기가 많던 주제였다. 그렇지만 기존의 장비보다 더 좋은 결과가 나오는 경우는 드물었다. 이런

내가 잘못했나

연구 발표는 커피 잔 위에 크림 모양으로 아름다운 그림을 그리는 것과 비슷한 일이었다. 잘 그리면 아름답기도 하고, 보는 사람도 즐겁기는 하다. 하지만 미술관에 전시하기도 어렵고 그런 것을 돈 받고 팔 기회가 많은 것도 아니다.

진원은 대신에 행사장 바로 바깥 조금 조용한 공간에 소파가 놓여 있는 곳으로 갔다. 진원은 소파 위에 앉았다. 편안했다. 소설책 한 권을 펼쳤다. 막간 휴식 시간은 총 이십 분. 이십 분이면 소설책 페이지는 여러 장을 넘길 수 있다. 행사에 막간 휴식은 네 번이 있었다. 그리고 공항에서 시간을 기다릴 때, 비행기 안에서 책을 읽는다면 이 책 한 권 정도는 읽을 수 있을 법했다.

진원은 지난 몇 년 간 매년 응용포논빔학회에 참석하는 동안 어느새 매번 책 한 권씩 읽는 것을 습관처럼 여기게 되었다. 이렇게 틈틈이 쉬는 시간에 읽는 책은 어째 더 재미있는 느낌이었다. 세상 다른 일에 대해서는 아무것도 생각하지 않고 그저 빈 시간을 찾아 책이나 읽으며 시간을 그냥 보내버릴 수 있다니. 이런 안식이 있나. 책 내용도 괜히 좀 더 천천히 맴돌다 더 깊이 마음속에 내려앉는 것 같았다.

"김 박사는 학회에 오면 다른 기관 사람들하고 교류도 하고 인사도 하고 네트워킹도 하고 좀 그래야 되는 거 아니야?"

진원은 자신에게 말을 거는 소리를 듣고 고개를 들었다.

눈앞에는 정희가 서 있었다. 진원이 기억하고 있는 그대로의 웃음을 보여주고 있었다.

"아, 안녕하세요. 선배. 진짜 오래간만이네요. 잘 지내셨어요?"

"김 박사는 왜 만날 이렇게 구석에 혼자 숨어 있어?"

"아니에요. 저 네트워킹 잘 하고 있어요."

"네트워킹, 무슨 네트워킹? 누구랑?"

"지금, 선배랑."

정희는 농담이랍시고 별 재미없는 소리만 한다고 진원에게 핀잔을 주었다. 그렇지만 그러면서도 그 눈이 웃고 있는 것은 분명히 보였다.

"아, 선배. 선배는 정말 갈수록 멋있어지는 거 같아요. 지금은 정말 무슨 새로운 시대를 펼쳐가는 스타트업의 CEO, 완전 그런 느낌이신데요. 막, 전기차 타고 다니고. 아침마다 회사 사무실로 유기농 도시락 배달시켜 먹고."

"그치? 막 반으로 접히는 전화기 쓸 거 같고. 맨날 퇴근하기 전에 전화기 인공지능에다가 말 걸어서 집에 불 켜놓고. 그렇지?"

정희는 다시 밝게 웃었다. 진원은 자기와 이야기를 하다가 저 정도로 밝게 웃은 사람이 요즘 누가 있었던가 생각했다. 진원은 사업은 잘되고 있느냐고 물었고, 정희는 사업은 잘되는데 내가 돈을 별로 못 버네, 라고 대답했다.

대화가 길게 이어지기 전에 막간 휴식 시간은 끝이 났다.

진원은 다시 행사장 자리에 앉아 응용 포논 기술에 대한 발표를 지켜보아야 했다. 정희와 이야기하느라 책을 한 페이지도 읽지 못했지만 진원은 전혀 아쉽다는 생각이 들지 않았다. 책을 읽으려고 했다는 생각을 아예 잊어버렸다. 정희 선배를 만났네. 요즘 어디에 살고 있을까. 옛날에 그 일은 기억할까. 뭐 그런 생각을 하게 되었다.

곽재식

진원은 몇 년 전 정희와 같은 연구팀이던 시절을 기억했다. 두 사람은 친한 편이기는 했다. 그렇다고 아주 친하지는 않았다. 둘은 성격 차이도 뚜렷했다. 최신 과학 기술의 가장 앞선 분야를 연구한다는 세계의 현실이 사실 이따위였나 하는 것을 깨달을 때마다 진원은 어쩔 수 없네, 하며 이런 걸 참고 견디는 법도 배워야겠다고 결심하는 편이었다. 하지만 정희는 어떻게든 그것을 바꾸거나 벗어날 방법을 찾아내는 편이었다. 결국 진원은 꾸역꾸역 비슷한 연구 주제를 잡고 버티다가 지금 일하는 연구소로 건너오게 되었고, 정희는 무슨 학교의 청년 창업 지원 경연대회에서 우승하면서 자기 회사를 하나 차렸다.

　발표 프로그램이 모두 끝나고 진원은 느린 발걸음으로 행사장 앞 길에 머물렀다. 저녁을 먹어야 할 참인데 어떻게 하는 것이 좋을지 잘 결정할 수가 없었다. 편의점에서 도시락을 사다가 숙소에서 편안하게 텔레비전 보면서 먹을까. 별 볼일 없는 식사라고 생각할 수도 있겠지만 그렇게 저녁에 오래오래 쉬고 또 쉬는 것도 이 학회 행사 때마다 누릴 수 있는 호사 아닌가. 그렇게 생각하면 괜찮은 선택 같았다.

내가 잘못했나

정희가 그러고 서 있는 진원을 보았다.

"역시 김 박사. 역시. 친구 없구나. 저녁 먹으러 어디 가야 될지 모르지?"

"친구 있는데요."

"친구 누구?"

"선배요."

정희는 다시 웃어주었다. 진원의 멍청함을 모두 용서해 주겠다는 웃음 같았다. 정희는 근처에 오분작을 맛있게 요리해 파는 가게가 있다고 알려 주었고, 두 사람은 그곳에 가서 저녁이 깊도록 긴긴 식사 시간을 보냈다. 도대체 여기 한군데에 앉아서 몇 시간이나 시간을 보낸 거야. 그런 말이 저절로 나올 만큼 긴 저녁이었다.

"그러니까, 이 학회 행사를 다 선배 회사에서 준비하고 운영한다고요?"

"그렇다니까. 그나마 이 행사가 조금 돈이 돼. 그런데 내년부터는 이것도 쉽지 않을 거 같아."

"왜요? 여기 행사장 임대료가 많이 올랐어요?"

"그런 건 아닌데. 이 학회 원칙이 한 기관에서 반드시 한 명만 참석할 수 있다는 거잖아?"

"그렇죠. 그것도 선배가 생각해낸 거예요?"

정희는 고개를 끄덕인 후 대답했다.

"그런데 이 행사가 정말 마음에 들고 좋다고 하면서 '도전하는 교수회'던가 하는 단체 소속 교수님들이 건의 사항을 내서 다음부터는 기관마다 세 명까지는 참석하게 해달라고 했거든."

"교수님들이요?"

"아, 그걸 또 무시할 수가 없어서…."

정희는 일부러 장난스럽게 한숨짓는 소리를 냈다. 진원은 저런 장난을 치는 사람도 드물다는 생각을 했다. 진원은 정말 그런 건의를 하는 사람도 있느냐고 정희에게 물었다.

"금년에 이상하게 무슨 건의가 많이 들어와. 어떤 연구소 소장님은 뭐라고 하시냐면, 일정 중에 자유 시간이 붕 뜨는 게 있는데 그때 너무 심심하고 할 일 없으면 어떡하냐는 거야. 그래서 간단한 소풍이나, 하이킹이나, 제주도 향토 탐사나 뭐 그런 거를 일정에 넣어달라고 하더라고."

"자유 시간은 싫으니까 등산 일정을 넣어달라고요?"

정희는 괴로운 일 아니냐는 표정으로 대답을 대신했다. 그러면서 눈웃음을 지어 보였다. 진원은 소리 내어 웃었다. 정희가 이어서 말했다.

"그래서 내가 또 이것저것 한참 조사를 해봤다는 거 아니겠냐. 김 박사, 한라산 꼭대기가 뭐야?"

"한라산 꼭대기는 백록담이잖아요."

"그러니까 백록담이 뭐냐고."

"옛날에 한라산이 화산 폭발할 때 터지고 남은 웅덩이죠. 거기에 샘이 생겨서 지금은 연못 같은 게 있고요."

"그런데, 그게 아니라는 전설도 있는 거 알아?"

"백록담 전설이 있어요?"

"그 연구소 소장님이 정말 좋아하실 것 같은 전설이 딱 있어."

정희는 지금부터 이야기하는 전설은 그냥 지어낸 것이 아니라 사백 년 전쯤의 조선 시대 기록에서 찾아낸 것이라고 했다. 김상헌이 쓴 글 중에 제주도에 왔다 간 일을 기록한 《남사록》이라는 글이 있는데 그 글 중간에 잠깐 언급되어 있는 전설이었다.

"아주아주 먼 옛날에 '우인'이라고 하는 사람이 있

곽재식

었대. 우인이 사냥꾼이라는 뜻이거든. 이 사람이 사
슴을 잡으러 다니는데 한라산 꼭대기 제일 높은 데까
지 간 거야. 거기서 화살을 쏘았는데 화살이 빗나갔
어. 그런데 한라산 꼭대기 너무너무 높은 데서 화살
을 쏘았잖아. 그 빗나간 화살이 하늘에 맞은 거야."

"화살이 하늘에 맞아요? 대기권을 뚫고 나가서 인
공위성이 되었다, 이런 게 아니고?"

"사백 년 전 이야기라잖아. 화살이 대기권을 뚫고
갔다는 이야기가 나올 리가 있나. 옛날 사람들은 하
늘이 무슨 뚜껑 같은 모양으로 땅을 덮고 있다고 생
각했겠지. 그런데 그 뚜껑 같은 하늘에 화살이 맞았
다는 거야."

"한라산이 그렇게 높아요? 외국 산에 비하면 그렇
게 높은 산도 아니잖아요?"

"옛날 사람들에게는 그래도 어마어마하게 높아 보
였겠지. 그래서 한라산에서 우인이 쏜 화살이 하늘에
맞았는데, 전설에 나오는 이야기대로라면 '천복'에 맞
았다는 거야. 하늘의 배에 화살이 맞았다는 뜻이지.
그래서 하늘을 다스리는 임금님이 엄청 화가 났대."

"그래서 어떻게 했는데요? 지구를 멸망시켜서 다

없애버렸나?"

"그때 지구가 멸망했으면 여기는 지구가 아니고 다른 데냐?"

"그렇긴 하네요."

"그래서 어떻게 했냐면, 다시는 사람들이 높은 곳에 올라와서 하늘을 건드리지 못하게 한라산 꼭대기를 잘라내서 뽑아버렸다는 거야. 그래서 한라산 꼭대기는 움푹 파여서 백록담이 되었고, 그때 뽑은 한라산 꼭대기 부분은 저기에 던져버렸다는 거야."

정희는 창밖의 산방산을 가리켰다. 평지에 불쑥 솟아 있는 작은 바위산 모양이었다. 정희가 이야기하는 것을 듣고 보니 산방산을 한라산 꼭대기 위에 올려놓으면 맞아 들어갈 것처럼 보이기도 했다.

진원이 말했다.

"이거 혹시 외계인 이야기 아닐까요?"

"옛날 전설에 하늘에서 뭐가 내려왔다, 하늘이 무슨 일을 했다, 그런 말만 나오면 무조건 다 외계인이 나타났는데 옛날 사람들이 착각한 것이다, 라고 하는 것도 좀 진부한 해설 아냐?"

"그런데 정말 그럴 수 있잖아요. 아주 먼 옛날에 외

계인이 한라산 근처에 와서 하늘에 떠 있었는데, 어떤 사냥꾼이 화살을 외계인 우주선에 쏘아서 외계인 하나가 그걸 맞았다. 그래서 굉장히 화가 났다."

"그래서 화산을 폭발시켜서 산꼭대기를 날린다고? 그건 너무 이상하잖아. 그리고 외계인이 왜 할 일 없이 지구에 와서 한라산 옆에 그렇게 오래 머물고 있겠어."

"글쎄요. 뭐, 일종의 향토 탐사, 그런 걸로?"

"그러고 보면 향토 탐사로는 정말 좋지 않냐? 그 연구소 소장님은 정말 좋아하실 것 같고."

두 사람은 같이 웃었다.

길고 길었던 저녁 식사 후에도 두 사람의 이야기는 장소를 옮기며 더 이어졌다.

정희는 돈을 벌고 사업을 키우겠다고 회사를 차렸지만 고생만 진탕하면서도 연구 경력은 쌓지 못하는 이 짓이 과연 잘하는 짓인지 의심하고 있었다. 진원은 답답하고 재미없는 사람들하고만 같이 일하고 있는데 열심히 해서 성장한다고 해봐야 결국 자신도 그 사람들 중 하나가 될 뿐이라는 생각에 막막함을 갖고 있었다. 두 사람은 꺼내 놓고 그 이야기를 하지는 않

내가 잘못했나

았다. 두 사람은 지난주에 본 무서운 영화 이야기라든가, 왜 요즘 인기 있는 그 노래의 가사를 싫어하는지, 서로 상관이 없는 백팔십 가지 주제에 대해 이야기했을 뿐이다.

그렇지만 그런 대화 속에서도 두 사람은 서로에게 필요한 것을 주고 있었다. 정희를 보면서 진원은 아직도 세상에 얼마든지 멋지고 좋은 것이 많다는 걸 다시 깨달을 수 있었고, 정희는 우러러보듯 자신을 바라보는 진원으로부터 무슨 일이든 별로 잘못될 것은 없다는 생각을 되찾을 수 있었다.

세상이 어두운 밤 속에 잠겨들 동안 두 사람은 서로가 서로에게 위로가 된다는 생각에 젖어들게 되었다. 곧 그 생각은 살벌하고 비열한 놈들이 길모퉁이마다 가득가득한 이 세상에서 이만한 관계의 두 사람이 만날 수 있다는 것만 해도 얼마나 괜찮은 일이냐로 이어졌다. 그러다 보니 실없는 이야기를 몇 번 더 하는 사이에 두 사람은 서로 기대게 되었고, 껴안게 되었고, 그러다 결국 이게 무슨 일이냐는 눈으로 서로를 잠깐 말없이 또 쳐다보게 되는 그런 밤으로 이어졌다는 그런 이야기다.

곽재식

두 사람이 '내가 잘못했나'라고 생각한 것은 다음 날 아침이었다. 아침에 일어나 보니 너무나 어색했다. 무슨 말로 아침 인사를 해야 할지도 잘 떠오르지 않았다. 진원은 이 비슷한 상황에 놓인 영화 속 주인공의 멋있는 행동들을 흉내 내어볼까 하는 생각도 했지만, 그날따라 무슨 영화에 이 비슷한 상황이 있었는지도 전혀 떠오르지 않았다.

"오늘 일정은 어떻게 되죠?"

"괜찮아? 안 피곤해?"

"잠자리 많이 불편했죠?"

그래서 두 사람은 '내가 이걸 왜 물어볼까' 싶은 질문만 서로 주고받았다. 그리고 '그렇게 대답하지 말고 다르게 대답할 걸' 같은 대답만 서로 주고받았다. 뭔가 같이 더 이야기를 하고 시간을 더 보내면서 상황을 정리해볼 필요가 있다는 점은 뚜렷했는데, 무슨 이야기를 하고 뭘 어떻게 시간을 더 보낼지는 너무나 막막했다.

어젯밤에는 오분작 요리 국물을 떠먹으며 외계인 이야기만 하고 있어도 시간이 너무나 빠르게 잘만 흘렀는데. 오늘은 아침 먹으러 가야 하지 않겠느냐는 말도 어떻게 시작해야 할지 생각해 내기가 너무 어려웠다.

일이 그렇게 흘러가다 보니 두 사람의 대화는 점점 뜸해졌고 뜸해지는 정도만큼 점점 더 멍청해졌다. 결국 아침을 다 먹을 때 즈음에는 이런 대화를 나누었다.

"저기…."

"네, 선배!"

"그, 저…."

"네!"

"향토 탐사 말이야."

"아, 향토 탐사. 그 한라산 꼭대기에서 화살 쏘는 이야기요?"

"그거 준비해야 할까?"

"아, 그러면 지금 백록담에 올라가서 한번 미리 사전 답사 해볼까요?"

"그래, 아…"

"지금은 좀 그렇죠?"

"아니야. 좋아. 지금. 좋지."

"그렇죠? 또 제주도에 이렇게 오려면 힘들기도 하니까."

곽재식

그렇게 해서 두 사람은 나란히 한라산을 올라가게 되었다. 세 시간 전만 해도 둘 다 상상도 하지 못했던 일이었다.

"다음번 행사에서 정말로 한라산 향토 탐사를 한다면 어떻게 해야 할지 미리미리 알아둬야 하니까요."

"그렇지."

"그러면 우리 드론 같은 것도 한 대 가져가야 하지 않을까요? 이럴 때 관공서에서 빌려주는 공공 드론이 있다고 들었는데요. 제주도 그쪽 구역은 드론 자유 구역이라서 드론 띄우기도 좋다고 하더라고요."

"그래."

진원이 조금 더 무거운 짐을 지고 앞장서서 산을 오르는 대신, 정희는 뒤따라 오르면서 드론을 조종했다. 앞뒤로 나란히 걷는 두 사람을 드론이 내려다보았다. 진원은 드론에게 마음이 있다면 우리가 과연 어떻게 보이는지 묻고 싶었다.

자동차를 타고 올라온 높이가 이미 제법 높아서 그런지, 아니면 경사가 완만해서 그런지 생각보다 한라산 정상까지 올라오는 길이 많이 힘들지는 않았다. 그냥 숨 좀 차고 힘도 좀 드네 싶어서 다른 이런저런 생각을 잊을 때 즈음이 되니까 거기가 백록담이었다.

"한라산이 남한에서는 제일 높지 않아요?"

"맞아."

"내려다보는 경치는 되게 좋네요. 저기 멀리 화산 분화구 같은 것들이 군데군데 보이는 모양은 무슨 신기한 다른 행성 같은 느낌도 나고요."

"여기가 우리나라에서 제일 높은 자리라는 거지."

정희는 그렇게 말하고 하늘을 올려다보았다. 진원은 잠깐 다정하게 손을 잡고 주변을 걸어본다면 어떨까 싶어 손바닥을 내밀까 했는데, 그때 정희는 팔을 앞으로 뻗으며 걸어 나가 드론을 조종했다. 드론이 두 사람 앞쪽으로 왔다.

진원이 정희에게 뭐라고 말하려 했는데, 정희가 먼저 말했다.

"어제 그 산방산 높이는 몇 미터라고 했지?"

"390미터 정도인 것 같은데요. 한라산 높이가 1950미터니까 정말 전설대로 산방산이 한라산 백록담 위에 붙어 있었다가 떨어져 나온 거라고 하면 원래 붙어 있던 시절에 한라산 높이는…"

"2340미터."

곽재식

"맞아요. 음, 2300미터? 그러면 전설대로라면 2300 미터까지만 가면 거기서 하늘의 배를 화살로 맞출 수 가 있는 건가? 아무리 옛날 사람들이라지만 하늘을 너무 낮게 본 거 아닌가."

"2340미터까지 올라가 볼까?"

정희는 드론을 조종해서 하늘 위로 더 높게 띄웠 다. 조종 화면에 드론의 높이가 나왔는데, 2340미터 의 허공에 도착하자 정희는 높이를 고정하고 주변을 빙빙 돌며 근처를 살펴보도록 했다.

"드론이 하늘에 막 부딪히는 것 같아요?"

"전혀 아닌데."

정희의 말대로 드론은 잘 날아다녔다. 그런데 잠시 후 정희는 화면에 이상한 표시가 나오는 것을 보았 다. 화면에는 "충돌주의"라는 말이 적혀 있었다. 진원 이 말했다.

"아무것도 없는 허공에 떠 있는데 뭐가 부딪힐 게 있다고 충돌주의라고 나오는 거죠?"

"그러게."

"센서 오류인가? 눈으로 보기에는 아무것도 없잖 아요. 다른 누가 드론을 띄웠나? 다른 사람이 드론을

내가 잘못했나

띄워서 근처에 와 있는 거면 분명히 보일 텐데."

"다른 드론은 아니야. 여기 센서 신호로는 드론 보다는 훨씬 큰 게 있는 것 같잖아."

"그런데 아무것도 안 보이잖아요? 그렇게 커다란 무슨 장치가 공중에 떠 있으면 우리 눈에도 보일 거 아니에요. 누가 얼마나 뛰어난 기술을 갖고 있길래 눈에 보이지도 않는 드론을 공중에 띄워요?"

그때 진원의 전화로 미래기술청 드론관리실에서 연락이 왔다.

"김진원 선생님 맞죠? 왜 드론 한 대 띄우신다더니 두 대를 띄우셨어요?"

진원은 정희에게 혹시 우리가 드론을 두 대 조종하고 있느냐고 물었다. 정희는 당연히 아니라고 대답했다. 진원이 전화에 대고 말했다.

"저희는 드론 한 대 띄웠는데요."

"선생님, 그런데 저희 드론 감시 화면의 통합 드론 센서에 지금 그쪽 구역에 떠 있는 드론이 두 대로 나오거든요. 방금 전까지는 두 대가 아니었는데, 지금 새로 감지되었다고 나와요."

"한 대는 저희가 띄운 게 맞고요. 다른 한 대는…

곽재식

저희 드론이 공중에 떠 있다가 새로 찾아낸 것 같습니다. 저희가 찾아낸 정보가 거기로 전달된 것 같네요."

"선생님, 그러시면 안 돼요. 신청은 한 대인데 드론이 두 대면 안 된다고요. 하나는 무허가 드론이 되는 거예요."

"아니, 한 대는 저희가 띄운 게 아니라니까요. 이거 드론도 아니고 훨씬 큰 뭔가 다른 것 같고요. 이게 사실 뭔지는 잘 모르겠는데, 좀 조사를 해봐야 할 거 같은데요."

"선생님, 저희 화면상으로는 공중에 가만히 떠 있는 모양으로 표시되니까 드론으로 간주할 수밖에 없고요. 지금 당장 착륙 안 시키시면 무허가 드론에 기능정지 전기충격 발사할 겁니다."

"아니요. 그러시면 안 돼요. 그게 무허가 드론이 아니라 뭔지도 모르는 거라니까요. 다짜고짜 전기 충격을 가하면 안 될 거 같은데요. 소방서에 위험물 신고를 하거나 아니면 공중 침투하는 알 수 없는 물체니까 간첩 신고를 하거나 그렇게라도 해야 할 텐데요."

"선생님, 여기는 드론 비행 자유 구역이잖아요. 여

기에 떠 있는 것은 전부 드론관리실 담당입니다."

"드론 비행 자유 구역이요? 맞아요. 드론 비행 자
유 구역. 드론 비행 자유 구역이라면서요. 그런데 공
중에 드론이 떠 있는 게 무슨 문제예요?"

"무허가 드론이잖아요. 선생님, 드론 비행 자유 구
역은 저희 실이 관리를 해요. 그 차이입니다. 자유 구
역이라도 저희한테 신고는 하셔야 하는 거고요. 아니
면 무허가 드론이에요. 말씀하신 항공교통안전법이
나 공중부유물안전법 대상이 아니기 때문에, 소방서
나 항공안전원이나 경찰 같은 데서 관리하는 게 아니
에요. 그래서 그런 식으로 처리할 수가 없어요. 저희
실이 관리할 수밖에 없고요. 저희 규정상 무허가 드
론은 즉시 착륙, 아니면 전기충격 발사예요."

"아, 잠깐만요. 그건 아닌 것 같은데요."

"선생님, 혹시 이러다가 사고라도 나면 규정대로
안 했다고 저희들 전부 다 안전관리 소홀로 처벌받고
잘못하면 재판까지 가게 됩니다. 저희는 규정대로 안
하면 나중에 큰일 나요. 아시죠? 요즘 안전 규정 위
반하면 엄격하게 처벌하는 거?"

"그래도, 잠깐, 잠깐만요."

곽재식

진원이 그렇게 말하고 있는데 조종 화면에는 "전기 충격 발사"라는 말이 나왔다. 정희가 조종하고 있는 드론이 허공의 어떤 방향을 향해서 전기충격파를 쏘았다는 뜻이었다.

정희는 다시 하늘을 올려다보았다. 드론에서 발사하는 전기충격파가 여기서 눈에 보일 것 같지는 않았다. 그런데 어떤 둔한 진동이 하늘에서 땅까지 치고 내려가는 듯한 느낌이 들었다. 정말로 그것을 느낀 것이 맞을까? 그리고 하늘 저편이 잠깐 흔들리는 듯하면서 커다란 덩어리가 더 높은 곳, 어쩌면 하늘 바깥까지 빨려 들어가는 듯한 느낌이 들었다.

"아까 그거 봤어?"

"네, 선배. 그런데 그게 뭐였죠?"

얼마 후 두 사람은 같이 산을 내려왔다. 올라올 때처럼 진원이 앞서고 정희가 뒤에서 따라왔다. 진원은 정희가 어떤 표정으로 자기 등을 보고 있을지 궁금해졌다.

내려오는 동안 둘은 더 말이 없어졌다. 진원은 몇 번이나 뭐라고 말을 해보려다가 그만두었다. 그러다 보니 말없이 걸어 내려온 시간이 점점 더 길어졌다.

내가 잘못했나

이렇게 말없이 오래 걷는 것은 너무 이상한데, 이러지 말고 뭐라도 말을 해야 하지 않을까 계속 생각만 했는데, 그러는 동안 점점 말없이 걷는 시간은 더 길어졌다. 그러다 보니 갑자기 별 중요하지도 않은 주제로 말을 걸기가 더 이상하다는 생각이 들었다. 결국 말없이 끝까지 내려가야 하나 싶기만 했다.

산을 거의 다 내려왔을 무렵, 진원이 앞을 보며 말했다. 뒤에 있는 정희에게 하는 말이었다.

"포논 빔 기술이 뛰어난 외계인이 있다면, 화산 폭발을 일으키는 것도 가능하지 않을까요? 산 위에 있는 허공에 외계인 우주선이 사람 눈에 보이지 않는 위장막 같은 것을 덮어쓰고 숨어 있는 거예요. 만약에 그 외계인 우주선이 공격을 당했다거나 해서 화가 났다고 쳐봐요. 그때 땅 속의 어떤 곳을 건드려서 화산이 폭발할 만한 지점에 포논 빔을 조준해서 쏘는 거예요."

"땅 속을 잘 조준해서 포논 빔을 쏜다고 화산을 터뜨릴 수가 있을까?"

"그럴 수도 있지 않을까요? 의외로 한국도 지진이나 화산 폭발이 많이 일어날 수 있다고 하잖아요. 땅

곽재식

깊숙한 곳, 딱 급소 같은 곳에 포논 빔을 맞춰 쏘면 땅 위는 별 변화가 없는 것 같지만 땅 속에서는 지층에 충격을 받는 부분이 생기고, 그 때문에 곧 화산이 터지는 거죠."

"그러면 정말 전설대로 됐을까?"

정희는 말없이 좀 더 걸었다. 자동차가 다니는 길까지 내려와서 정희는 다시 진원을 쳐다보았다. 무슨 이유인지는 모르겠지만 진원은 그 얼굴을 평생 잊지 못할 것 같다는 생각을 했다. 정희가 말했다.

"그런데 우리가 봤을 때 이번에는 그게 그냥 가버리는 것 같았잖아."

서울로 돌아가기 위해 공항에 가보니, 진원의 비행기 시각이 한 시간 더 빨랐다.

"선배랑 같은 비행기 타고 갈 수 있게 비행기 시간을 바꾸려고요." 진원은 그렇게 말할까 생각했다. 여러 항공편들의 출발 시각이 나와 있는 화면을 들여다보면서 그 말을 하려고 결심한 순간도 있었다. 심지어 그런 순간이 그 후에도 여러 번 있었다.

"선배는 이제 뭐 하실 거예요?"

"오래간만에 제주도 왔다 가시는데 뭐 좀 사가세

요."

"항공사는 거기가 더 좋죠."

그런 말을 하는 사이사이에도 "선배랑 같이 가는 비행기로 바꾸려고요"라고 말할 때를 찾아보았다. 별 대단한 말도 아니었다. 비행기 출발 시각을 한 시간 늦추는 게 그렇게 큰 결정은 아니지 않나? 적당히 다른 핑계를 찾아 말할 수도 있는 것 아닌가? "가만 생각해보니까, 너무 일찍 가면 제가 싫어하는 누구랑 마주칠 것 같아요. 좋은 사람은 별로 없는데 왜 갈수록 싫어하는 사람만 계속 이렇게 생길까요." 그 정도 핑계를 대고 비행기 시각을 바꿔도 되었을 텐데.

진원이 떠날 때 정희는 이런 이야기를 해주었다.

"그런데 그게 무슨 눈에 안 보이는 우주선 같은 게 맞다고 쳐봐. 그게 왜 그렇게 오랜 세월 동안 떠나지 않고 산 위의 허공에 계속 떠 있었던 거야? 그게 이상하지 않아? 무슨 할 일이 있다고, 왜 자기 모습을 숨긴 채로 계속 거기에 머물고 있었던 거지?"

"그러게요. 뭐 하려던 거지?"

진원은 이때에도 정희에게 같이 가자고, 더 오래 같이 있자고 말하는 장면을 다시 떠올렸다.

304

곽재식

정희가 말했다.

"그래서 나는 반대로 생각해보면 어떤가 생각도 해봤어. 그러니까 그 외계인 우주선이 화산을 폭발시키려는 게 아니라, 사실은 폭발하려고 꿈틀거리고 있는 화산을 붙들어주고 있는 게 아니냐는 거야. 그러니까 그 자리에서 계속 떠 있으면서 땅 속의 급소가 무너지지 않도록 포논 빔을 수백 년, 수천 년 동안 발사해주고 있었다는 거지. 화산 폭발을 막아서 사람들이 편안하게 살 수 있도록. 거기 한라산 밑이 땅 속의 급소고, 그래서 우주선이 거기에 머물러 있었던 거고."

"그러면 그 전설은요? 화살을 맞아서 화가 났고 그때 한라산 꼭대기가 빠졌다는 건요?"

"외계인들이 그렇게 사람들을 도와주고 있었는데, 우인이 실수로 화살을 쏘아서 공격하니까 화가 났던 게 아닐까. 그래서 때려치우고 떠났고, 그 외계인 우주선이 가버려서 땅 속의 급소가 무너지는 것을 잡아주는 게 없으니까 화산이 폭발했던 거야."

"그렇게 이야기하면 전설하고는 똑 맞아떨어지기는 하네요."

"그리고 그다음 이야기도 있는 거야. 그렇게 화산

내가 잘못했나

이 폭발하는 걸 보고, 외계인 우주선이 짜증나지만 그래도 역시 안 되겠다 싶어서 다시 돌아와서 그 이상은 더 화산이 폭발하지 않도록 막아주고 있었다는 거야. 만약에 자기들이 화산 폭발을 안 막아주면 엄청나게 크게, 화산이 계속 더 크게 폭발할지도 모르니까. 한라산 정도가 아니라 제주도 전체, 아니면 남해안 주변의 산들까지 화산 폭발을 일으키는 그런 엄청난 일이 생길 거라서 막아주고 있었던 거라고 하면 어때?"

혼자서 비행기를 타고 김포공항에 돌아와 보니, 모든 것은 떠나기 전에 보았던 모습 그대로 같기만 했다. 아직도 몸의 절반쯤은 바다 건너 멀리 다른 곳에서 돌아오지 못한 느낌이었다. 돌아오지 못한 부분은 환상 속에서 점점 흩어지는 것 같았다. 눈앞에 있는 모든 세상이 그냥 멍해 보였다.

무슨 따분한 소식이 또 나오고 있는지, 모르는 사람들이 텔레비전을 흘깃흘깃 보며 그의 앞을 지나갔다. 진원이 언뜻 보기에는 서울 남산 꼭대기의 팔각정이 흔들리더니 거기서 유황 연기가 나오고 사람이 놀라고 있다는 소식은 아닌가 싶었다.

곽재식

작가 후기

　제주의 설화는 다채롭고 풍부하기로 유명하다. 처음 제주도가 생길 때 어떤 일이 생겼는지에 관한 창조 신화에 가까운 이야기가 있는가 하면, 여러 신령들이 서로 질투하고 다투며 아웅다웅하는 복잡한 사연에 관한 신화도 많다. 때문에 제주도를 "신화의 섬"이라는 식으로 부르는 이야기도 요즘에는 널리 퍼져 있다.

　그런데 지금 우리에게 알려져 있는 제주의 신화, 설화라는 것들 중에는 1960년대 이후에 무속인들을 통해 조사되고 정리된 것들이 대단히 많다. 1960년대라면 이미 신문과 라디오 같은 현대 대중매체들이 널

리 퍼진 시기이거니와, 기독교가 한국 사회에 정착한
지도 백 년이 넘는 시기다. 그런 만큼 다양한 외래문
화와 제주 토착 문화가 다층에 걸쳐 융합이 이루어진
후다. 당연히 그 시기에 채집된 제주의 설화들도 대
부분 이러한 다양한 외부 문화를 흡수한 결과 탄생했
을 것이다.

　나는 그런 이야기들의 가치 역시 높게 평가해야 한
다고 생각한다. 한 집단의 문화는 항상 다른 집단의
문화와 교류하는 가운데 발전해나간다. 게다가 한국
문화는 20세기에 급박한 역사의 변화를 겪었기에 그
런 사회의 격변이 자연스럽게 반영된 흔적이 남아 있
는 이야기야말로 한국인의 이야기답다고 생각한다.
1960년대에 동네 사람들에게 인기 있는 무속인을 통
해 수집한 이야기 속에는 조선 시대부터 내려온 풍습
도 남아 있을 것이고, 일제강점기에 일본에서 건너온
일본 무속의 풍습도 어느 정도 합쳐져 있을 것이다.
동시에 한국인들 사이에 알게 모르게 퍼져나간 기독
교적인 영혼이나 저승에 대한 관점도 섞여 있을 것이
며, 현대에 유행한 할리우드 영화나 라디오 연속극의
영향도 가미되어 있을 것이다. 바로 그런 복잡하게

곽재식

섞인 맛이야말로 현장에서 생생하게 채취한 설화의 묘미라는 생각도 든다.

한편으로 그런 신화와 설화들을 구경하다 보면 여러 다른 문화의 영향을 많이 받기 전의 원형이 무엇이었는지 궁금해지기도 한다. 어떤 이야기가 고유한 원조인지 너무 집착하듯 따지는 것은 무의미한 일이겠지만, 적어도 긴 시간 동안 제주에 남아 있으면서 뿌리를 깊게 내린 이야기 소재는 무엇이었고, 최근에 도입된 이야기 소재는 무엇이었는지 구분하면서 따져보는 것은 이야기의 성격을 분석하고 이해하는 데 큰 도움이 될 것이다. 때문에 나는 어떤 이야기의 출처를 어디에서 확인할 수 있으며, 그 기록이 확인되는 시대가 언제인지 따져보면서 이야기의 역사, 영향 관계, 변천 과정을 살펴보는 것이 이야기를 즐기는 특히 재미있는 방법이라고 생각해왔다.

이 이야기는 그런 과정에서 기록된 지 오래된 축에 속하는 제주의 설화를 골라 소재로 활용해 본 것이다. 하늘을 향해 화살을 쏜 먼 옛날 사람과 백록담, 산방산의 탄생에 관한 설화인데 《남사록》 같은 조선 중기의 기록에도 짧게 언급되는 설화이니 기록된 시대가 대략 사백 년 전 정도는 되는 이야기다. 현대에 채집되어 훨씬 더 인기가 많은 설문대할망이나, 자청비 이야기 같은 신화보다는 좀 싱거워서 인기가 덜한 이야기이기는 하다. 하지만 하늘에 도전한 사람, 하늘을 화살로 맞혀 하늘의 분노를 산 사람의 이야기는 그런대로 또 예스러운 신화의 맛이 나는 것 같아서, 나는 잊지 않고 기억해 볼 만한 소재라고 생각한다.

곽재식

불모의 고향

이영인

이영인은 SF 영화를 보던 중 시간여행에 대한 의문을 갖기 시작했고 이를 주제로 쓴 단편소설 〈네 번째 세계〉가 제1회 한국과학문학상에 당선되어 작품 활동을 시작했다. 이 소설은 《제1회 한국과학문학상 수상작품집》에 수록되었다.

우리 집안 식구들이라면 한 번쯤은 탐라에 대한 이야기를 들어보았을 것이다.

탐라라는 단어가 다소 생소할 수도 있겠으나 행성 표기법에 의하면 지역의 명칭은 토착민들의 표기를 따르게 되어 있기 때문에 다소 어색하더라도 이것이 공식 명칭임을 이해해 주길 바란다.

많은 식구들이 탐라에 대해서는 소문으로만 들었을 것이다. 이제는 가본 경험이 없는 식구가 더 많을 것이다. 그러나 내게는 아직도 고향 같은 곳으로 느껴진다. 나는 그곳에 기이한 인연이 있으며, 지금도 마음 한구석에는 그것을 담아두고 있다.

불모의 고향

내가 탐라와 연을 맺은 이야기는 다분히 개인적인 사연이다. 그러나 운수가 좋아 집안 어르신들께서도 관심을 가져주셨다. 그뿐 아니라 어르신들의 도움으로 단출하게나마 수기를 작성할 기회를 갖게 되었다.

아마 우리 집안 식구들은 내 이야기가 익숙할 것이다. 이미 들었던 자들에게는 지루할 수도 있을 것이다. 그러나 이번에 쓸 이야기는 평소와 같은 딱딱한 이야기가 아니라 어린 시절의 짤막한 경험담이며, 이것을 나의 시점으로 다룬 적은 없었다. 일면 부끄러운 이야기이기도 하지만, 유년 시절 내가 느꼈던 감상을 다른 이들과 나누기 위해 공개하기로 했다.

탐라는 태양이라는 별에 있다. 이 용어 또한 행성 표기법을 따른다. 이 별은 우리 모성으로부터 아주 멀리 떨어져 있어 위치를 가늠하기 어려워하는 식구도 있을 것이다.

이 별은 특별한 것은 딱히 없으나 다만 별무리 중 하나가 특별했다. 별에서 제법 가까운 곳에 행성이 하나 있는데 크기가 적당하고 또 별과의 거리도 적당했다. 땅에는 물이 넘치고 대기에는 수증기가 가득했는데 태양의 별무리 중 대기가 수증기로 충만한 곳은

이영인

이곳밖에 없었다. 토착민들은 이 행성을 지구라고 부른다.

지구에는 또 작은 위성이 하나 붙어 있는데, 둘 사이의 거리가 또 아주 적당하여, 밤낮의 교차가 짧고 만간조가 활발했다. 그뿐 아니라 위성과 대기 등이 밖에서 오는 여러 가지 재난을 막아주어 이 행성은 대단히 안온할 수 있었다.

자연히 행성 표면에는 일반적인 행성과는 다르게 물을 기반으로 한 유기물이 넘쳐났으며, 셀 수 없이 많은 토착 생물들이 표면에 자리하고 있었다.

이 행성의 대기는 아주 아름다워서, 낮에는 바람이 오색으로 빛났고, 밤에는 별이 칠색으로 빛났다. 이곳에서만 볼 수 있는 짐승과 풀 덕분에 가는 곳마다 절경이었다.

때문에 우리뿐 아니라 많은 집안에서 지구에 지대한 관심을 가지고 있었다. 지구는 야생 생물이 풍부하고 안전하게 놀 수 있는 곳이 많았다. 아이들에게 자연의 다채로움을 보여주기에는 더할 나위 없이 좋았으니, 지구에는 육십화갑자六十花甲子 내내 여러 집안에서 아이들을 이끌고 '별구경'을 가는 행렬이 있었다.

그런데 문제가 생기기 시작했다. 지구의 자연이 각별했던 만큼 그 안에서 훌륭한 지혜를 갖춘 가문이 나올 것은 불 보듯 뻔했다. 하지만 여러 집안들이 너도나도 별구경을 하자 자리가 좁아 서로 다투게 되었고 심지어 지구의 자연을 해치는 일도 잦아졌다. 고작 연합원의 놀이 때문에 어린 생태계가 파괴되거나 앞으로 나올 가문이 뭉개져 버린다면 이만저만한 망신이 아니었다.

이 같은 난리를 피하기 위해 집안 모임에서 이야기를 나누어 관광특구를 설치하고 무분별한 왕래를 금하기 시작했다. 때문에 집들마다 제각기 꾀를 내어 풍경을 해치지 않을 방도를 마련해야 했다. 개중에 편법을 쓰는 집안도 있었다만, 우리 집안의 경우에는 고명하신 선대 어르신들께서 용력을 내어 해결하셨다.

우리 집안에서는 토착 짐승들이 이미 자리 잡은 곳들은 포기하기로 했다. 나중에 큰 과실이 될 수 있었으니까. 어르신들은 되레 이들이 함부로 다가오지 못할 터를 잡고자 하셨다. 어르신들은 먼저 적당한 곳을 찾았고, 다음으로 물 밑의 지각을 주무르고 용류鎔流를 모은 후, 물속에서 작은 화산들이 터지게 만드셨

이영인

다. 머지않아 그곳에는 화산섬이 생겨났다. 작은 해저 화산들이 쏟아내는 분출물로 땅이 생겼고, 어르신들께서는 이들 화산의 용류를 하나로 엮어 중심이 되는 산을 만들었다. 없던 땅이 생기자 근처의 물살과 비바람이 거세졌다. 유체들이 거칠어지자 짐승들이 감히 접근하지 못했다.

어르신들은 여기에 몇 가지 수를 더하여, 섬 근처에서 세 개의 용류와 네 개의 해류, 일곱 개의 기류를 볼 수 있게 하셨다. 특히 섬이 올라오자 와류가 생겼는데 이 와류는 비슷한 것을 찾아보기 힘들 정도로 독특했다. 우리 어르신들의 지혜를 보여주는 설계라 할 수 있다.

그다음으로 다른 집안들의 허락을 구하여 그 일대를 우리 집안의 사유지로 인정받았다. 섬의 형태와 기후만 보더라도 집안 아이들의 훈육 장소로 삼으려는 어르신들의 배려를 잘 알 수 있다. 땅속에서 문명을 일군 우리 집안은 다른 집안에 비해서 팔다리가 짧은 대신 유연하고 긴 몸통을 가지고 있다. 지저에서 신속하게 이동하고 용류를 누비기 위해 이러한 방식으로 진화했다 한다.

불모의 고향

아이들은 땅속을 멋모르고 돌아다니다가 잘못해서 크게 다치기도 했는데, 때문에 아이들이 무탈하게 유체에 익숙해질 수 있도록 연습장을 곳곳에 만들었다. 탐라 또한 그러한 연습장으로 쓰기 위해 건설된 곳이었다.

탐라에는 근처에 물과 바람으로 만들어진 유체가 많아 아이들이 다치지 않고 움직임을 습득할 수 있었고, 물이나 바람이 익숙해지면 용암을 타볼 수도 있었으니 놀기에도 적당한 곳이었다. 때문에 우리 집안의 아이들을 교육하는 데 이처럼 적당한 곳은 많지 않았다.

나 역시 탐라에서 교육을 받은 아이들 중 하나였다. 당시 나는 심신 쓰는 법을 갓 이해한 어린아이였다. 한창 말썽을 피울 때였고 놀러 다니는 것을 좋아했다. 나는 탐라를 아주 좋아했다. 탐라 근처에 수많은 유체들을 타고 놀 수 있었기 때문이다. 하늘에서 탈 수 있는 기류는 일곱 가지나 되었고, 섬의 동서남북마다 움직이는 해류가 달랐다. 지면 아래로 내려가면 섬을 형성한 세 가지의 용류가 있었다. 옛 어르신들께서 세심하게 배려하신 덕분에 이들 유체는 아무리 타도 끝이

이영인

없을 정도로 다양했고 그러면서도 위험할 일이 없었다. 그래서 탐라에서는 집에 갈 때까지 뛰어놀아도 혼을 내지 않으셨다. 그러니 우리 집안의 아이들이 좋아할 수밖에 없었다. 자연히 나는 어르신들이 탐라를 간다고 하면 신이 나서 별구경을 기다렸다.

지금이야 지구뿐 아니라 태양계 전체를 통제하니 어린 식구들이 상상하기 어렵겠지만, 당시만 해도 탐라는 아이들이 가장 선호하던 곳이었다. 다만 그때도 규제는 있었기에 자주 갈 수는 없었다. 자연히 탐라에 갈 일이 있으면 신이 났다.

어느 날 집안에서 제법 큰 잔치가 열렸다. 어르신들께서 탐라로 별구경을 가기로 정하셨다. 오랜만에 집안의 여러 식구가 모여 함께 가는 것이었다. 어르신들이 준비를 하는 사이 우리는 들떠서 그 주위를 맴돌았다.

집안 식구가 많이 모이면 탐라에서 아이들끼리 경주를 하곤 했다. 탐라에 있는 모든 기류, 해류, 용류로 된 삼류三流를 얼마나 빨리 돌파하는지 겨루는 시합이었다. 이 유소년 시합은 꽤 오랜 전통으로, 또래 아이들 사이에서는 상당히 진지한 행사였다.

불모의 고향

나는 내 또래에서는 세 손가락 안에 드는 선수였다. 당연히 몸이 근질거렸다. 게다가 이번 별구경에서는 나와 앞서거니 뒤서거니 하던 아이들이 모두 함께 달릴 수 있었다. 실력을 유감없이 발휘할 호기라고 생각했다. 다른 아이들도 마찬가지였다.

당시 어르신들께서는 생태계 문제를 오래 논의했던 것 같지만, 아이들의 관심사는 오로지 시합이었다. 탐라로 향하던 배 안에서 나를 포함한 아이들은 끝없이 재잘거렸다.

이미 가본 아이들과는 어떻게 하면 더 재미있게 놀 수 있을지 궁리했고, 아직 가보지 못한 아이들에게는 용류와 기류가 얼마나 절묘한지를 떠들어댔다. 나와 다른 선수 아이들은 얼굴만 마주쳐도 서로 뻐기며 신경전을 벌였고, 다른 애들이 있을 때는 경쟁하는 녀석들의 뒷담화 따위를 했다. 한편으로 어떻게 하면 내가 이길 수 있을까 머리를 싸매며 경로를 분석했다.

지루한 항해 끝에 배에서 푸른 행성과 하얀 달을 볼 수 있게 되었을 때 나는 가슴이 벅찼다.

그러나 나의 기대는 대기권에 도착하자마자 산산조각이 났다. 나는 그때 우리 배의 복도에 있었는데

322
이영인

섬을 관측하던 어르신이 헐레벌떡 달려와 대감 어르신에게 고하던 것을 아직도 기억한다.

"섬에 사람이 들어와 있습니다."

"무슨 소리야? 헤엄치다가 떠밀려 온 것인가?"

"아니오. 한두 놈이 아닙니다. 해안가에 모조리 들어찬 것 같습니다."

"그렇다면 놈들이 산단 말인가? 탐라에서?"

"제가 보기에는 그렇습니다."

"어떻게 그럴 수 있지?"

"그게 아무래도 배를 만든 것 같습니다."

"배를 만들어? 사람이?"

이 말에 다들 화들짝 놀랐다. 내 직계께서도 관측실로 달려갔다. 나는 그 모습에 불길함을 느꼈다.

지구에는 기초적인 지혜를 갖추고 있어서 집안을 일으켜 세울 법한 짐승들, 다시 말해 아문兒門이 여럿 있었다. 그중 하나가 사람이었다. 이 또한 토착민 스스로의 표기를 따른다.

당시 내가 사람에 대해 알던 것은 지구의 짐승들 중에서 지혜가 빼어난 편이었다는 것이다. 그 밖의 지식이라고는 자웅이체의 땅짐승이고 무리지어 살았다는 것 정도였다.

그러나 연합에서는 이미 당시에도 사람이 불을 다룰 수 있고 서로 음식을 나누어 먹으며 기본적인 의사소통과 협동을 한다는 것을 알았다. 그때나 지금이나 식자들은 사람에게 지대한 관심을 가지고 있었으나 당시 나는 그것을 알지 못했다.

어른들은 모여서 회의를 하기 시작했다. 간단한 회의가 끝나자 직계 어르신이 와서 흥분한 목소리로 말했다.

"이번에는 경주를 할 수 없을지도 모르겠구나."

그러나 어르신의 말은 내용과는 다르게 기쁨이 실려 있었다. 나는 그 모습에 적잖이 당황했다. 왜냐하면 어르신은 평소 물심양면으로 경주를 도와주셨으며 기대도 많이 하셨기 때문이다. 경주를 할 수 없다면 나의 상심이 크다는 것을 충분히 아셨을 터였다. 그런데 그보다는 사람의 행동거지를 신기해하는 마음이 더 크셨던 듯하다.

나는 믿을 수가 없었다. 여기까지 오면서 남들처럼 유람을 즐기지도 못했다. 이번에야말로 경주에서 승리를 따내기 위해 모든 방도를 강구하고 있었는데,

이영인

고작 아문 놈들 때문에 할 수 없게 된다니.

"아니, 여기까지 와서 갈 수가 없다니요?"

"어쩔 수 없다. 탐라에 사람이 있고 배가 있다는 보고가 있었다. 이들이 도구를 다룬다는 의미다. 그렇다면 일정을 바꿀 수밖에 없다."

"저 놈들이 만든 것이 맞습니까?"

"그런 것 같다. 그 땅에서 자라는 나무를 가지고 만들었다. 집과 배를 보았다. 배라고 해봐야 아직 어색하지만, 사람이 항해라는 개념을 이해한 것은 확실하다. 풀과 나무만으로 잘도 저만큼이나 만들었구나."

어르신은 아주 감탄하고 계셨다. 나는 투덜댔다.

"사람이 배를 만든다니, 처음 듣는 일입니다."

"나도 처음 듣는다. 다른 집안에서도 들은 적이 없다. 아무래도 연합의 조사가 안일했던 것 같구나. 사람이 깨닫는 속도가 빠른 것도 같고."

그때부터 나는 어떻게 말을 잘해야 경주를 진행할 수 있을지 궁리하기 시작했다.

"그렇게 대단한 일은 아니지 않을까요? 여러 새와 짐승들도 집을 만듭니다. 사람은 예전부터 복잡한 도구를 다루고 의사소통을 할 수 있었습니다."

불모의 고향

"집은 그렇지. 그러나 배는 격이 다르다. 배를 만들기 위해서는 부력과 해류를 이해할 수 있어야 한다. 뿐이냐? 항해에는 더 복잡한 지혜가 필요하지. 이들이 이미 배로 탐라의 바다를 오간다면 더 논할 필요도 없다. 그렇다면 이미 짐승이 아니라 아문이다. 언젠가 이런 날이 올 줄은 알았지만 예상보다 훨씬 빠르구나. 지금 연합에 내용을 전달하는 중이다."

"저 놈들이 대체 왜 여기까지 온 걸까요?"

탐라는 사면이 바다이고 물살이 세서 어지간한 노력으로는 오지 못할 곳이다.

"어찌 알겠느냐. 다만 지혜를 갖는 것에는 대가가 따른다. 지혜가 생기면 서로 싸우게 되지. 수가 너무 많아지면 서로 잡아먹기까지 한다. 일찍이 우리도 그런 과정을 거쳤으니 잘 알지. 이들은 아마도 꽤나 절박하겠지. 어쩌면 죽음을 각오하고 바다를 건넌 것일지도 모르고. 어떤 이유에서건 본토를 포기하고 이 불모의 땅을 택한 것이지. 참으로 딱한 일이 아니냐."

어르신의 태도는 어찌할 수 없을 만큼 단호했다. 나는 점점 절박해졌다. 시합을 할 수 있는 가능성이 하나씩 꺼져가고 있었으니까. 그뿐 아니라 더욱 고통

이영인

스러운 일이 있을 것 같았다.

"탐라는 선대 어르신들께서 저희 집안을 위해 따로 만든 곳입니다. 연합에서도 저희 집안만 사용할 수 있도록 특별히 허가를 내주었는데, 연합의 법도보다 저런 짐승들의 법도가 우선입니까?"

"짐승이 아니라 아문이다. 그리고 연합의 합의일 뿐이다. 아무리 연합의 법도가 중요하다지만 자연의 법도보다 중요하지는 않아. 우리가 지었더라도 토착 아문이 들어온다면 우리가 물러나 주어야 한다. 너도 알고 있지?"

"그렇습니다."

나는 볼멘소리로 대답했다. 연합에는 지성체에게 간섭하지 않는다는 법도가 있었다. 사람이 지성체로 인정받게 되면 선대 가문들은 그들에게 어떠한 개입도 해서는 안 된다는 원칙이었다. 만약 사람이 탐라에 터를 잡으면, 우리는 탐라에 다시 올 수 없을지도 몰랐다. 영영 탐라에 올 수 없을지도 모른다는 생각이 들자 괜히 억울했다. 딱한 것은 오히려 나라는 생각이 들었고 성이 났다.

직계께서는 나를 안타까운 표정으로 보았다.

"속이 상할 만하지. 이곳을 많이 좋아하는 것도 알고, 이번에 많은 기대를 한 것도 알고 있다. 그러나 우리의 바람이 온전히 옳은 것은 아니다. 속이 쓰리겠지만 지금 기분 내키는 대로 한다면, 나중에 반드시 후회하게 될 것이다."

그 말에 속이 쓰렸다. 부끄러움이 치고 올라왔다.

"죄송합니다. 숙고하겠습니다."

"괜찮아. 생각이 언제나 좋을 수는 없다. 대신 좋지 않은 생각을 떨칠 수 있어야 한다."

잠깐의 침묵이 지나고 어르신이 말을 이었다.

"…아무래도 이번이 마지막 별구경이 될 것 같구나."

가슴이 철렁했다. 탐라에 다시 올 수 없다니. 당시 나의 세계에서 탐라는 마음의 고향과 같은 곳이었다. 도저히 수긍할 수 없었지만 여기에서 반대를 했다가는 경을 칠 터였다.

"어렵지만 받아들여 보겠습니다."

"그렇게 말해줘서 고맙구나. 아무래도 이제는 연합원이 오면 안 될 것 같다. 이 별은 토착종들의 것이야. 우리가 나가 줘야 그들이 오롯이 가문을 만들 수

이영인

있겠지. 그래도 이번 별구경은 굉장히 흥미로운 일이 될 것이다. 경주를 할 수는 없겠지만 그보다 더 귀한 경험을 하게 될 테니."

"그게 무엇입니까?"

"연합에 보고하려면 사람의 상태를 확실하게 알아보고 가야겠지. 가문을 세우기 전의 어린 집안이 어떻게 사는지 날 것으로 볼 수 있는 경험이다. 살면서 이런 기회는 한 번 볼까말까 할 것이다. 네가 역사에 흥미를 가질 기회가 될 것 같구나."

순간 제대로 들은 것인지 의심했다. 나는 시합과 경주를 기대하고 왔다. 그런데 어르신은 경주 대신에 역사 공부를 하자고 하신다. 별구경을 와서 공부를 시키려 하시다니, 야멸찬 일이 아닐 수 없었다.

물론 이제 나 또한 나이가 있어 어르신의 심정을 이해하기는 하여도, 당시에는 그 소리가 심란하게 들릴 수밖에 없었다. 나는 야속한 마음이 들어서 대답을 하는 둥 마는 둥 하고 방에 틀어박혔다. 탐사대를 급하게 마련하고 준비가 다 될 때까지 정말이지 심통이 나서 아무 말도 하지 않았다.

직계께서도 너무 했다 싶으셨는지 나중에 다독이

불모의 고향

러 오셨다. 그래도 울상이 되어 뾰로통했던 기억이
난다. 아마 다시 그때로 돌아가더라도 비슷하게 굴지
않을까 싶기는 하다만, 결국 마지못해 길을 나섰다.

우리는 배에 있는 보호복을 입고 채비를 갖추었다.
어르신들은 우리에게 경거망동하지 말고, 절대로 아
문과 접촉하지 말라는 경고를 내렸다.

사람은 눈이 좋지 않아 바람을 직접 볼 수 없었다.
우리가 타고 온 배를 근방에 적당히 숨겨도 알아챌
수 없었다. 마찬가지로 우리의 모습을 감추면 사람을
비롯한 토착 생물들은 우리의 색이나 향을 느낄 수
없었다. 개중에는 위화감을 느끼는 놈들도 있지만 그
저 세찬 바람 정도로 생각했다. 근처에 있다는 것을
알아채지 못하므로 우리는 거리낌 없이 그들을 관찰
할 수 있었다.

내려가 보니 사람은 해안가를 중심으로 섬의 거의
전역에 퍼져 있었다.

"이들이 어떻게 여기에 터를 잡을 수 있었을까?"

"글쎄요. 일단 생태를 지켜봐야 할 것 같습니다."

어르신들이 관찰을 시작했다. 나를 포함한 아이들
은 어르신들의 말을 주위들으며 사람을 구경했다.

이영인

과연 이들은 특이한 모습이었다. 얼핏 보면 여느 짐승들과 거의 다를 바 없었다. 대부분은 날 때 그대로의 몸으로 아무것도 걸치지 않은 채 돌아다니고 있었다. 아직 부끄러움 따위는 모르는 듯 했다. 그러나 몇몇은 무언가를 걸치고 있었다. 암수 두 종류가 있었는데 형태부터 차이가 났다. 수놈은 네 발 짐승의 가죽을 벗겨 두르고 있었고, 암놈은 풀과 나무를 엮어 만든 거적을 두르고 있었다.

"저것은 원시적인 옷이겠군."

"아직 많이 어설프긴 합니다."

"계급이 높은 것들만 옷을 입은 것 같습니다. 제일 요란한 놈이 우두머리인 것 같고."

치장이 유난히 많은 놈이 하나 있었다. 그놈은 뼈와 조개 등으로 장식된 목걸이를 치렁치렁 두르고 흙으로 색을 칠한 지팡이를 옆에 두고 있었다.

"저놈이 아마 제일 오래 산 놈일 게다. 이 시기라면 살아온 시간이 곧 지혜일 테니까."

사람의 모습은 문외한인 내가 봐도 특별했다. 생긴 것은 영락없는 짐승인데 행동은 여느 짐승과는 달랐다. 계급이 높은 것들은 주로 작은 동굴에 살았고, 동

불모의 고향

굴 안에는 자그마한 모닥불이 타고 있었다.

"불을 쓸 줄은 알아도 아직 피울 줄은 모르는 것 같군요. 동굴 안의 불은 아마도 불씨를 지키는 것일 테지요."

"불을 크게 지피지는 않는데 왜 그럴까요?"

"섬에 큰 나무가 많지 않습니다. 불을 마구 때다 보면 나무가 남아나지 않는다는 것을 아는 것 같군요."

"섬에 대해 잘 아는 모양입니다."

동굴을 중심으로 움막이 여러 개였다. 움막 근처에 돌과 나무로 만든 조잡한 도구들이 보였다. 원시적인 작살과 어망, 도끼와 칼 같은 것이었다. 몇몇은 움막 근처에서 생선을 말리고 있었고, 몇몇은 풀을 엮었다. 또 몇몇은 바다 근처에서 물고기와 조개를 잡으려 하고 있었다.

"제법 체계가 잡혀 있군요. 아무래도 이곳에서 꽤 오래 살아온 것 같습니다."

"그건 좀 이상하군요. 그럴 수 없을 텐데."

그러나 당시 나는 전혀 흥미가 동하지 않았다. 그들의 생김새나 행동은 모두 조잡하고 추레했다. 음식을 다듬을 줄도 몰랐고 그저 조갯살을 바르거나 생선을 반 갈라서 돌 위에 올려놓는 것이 전부였다. 지루함을 느낄 때쯤에 번쩍 들어오는 말이 있었다.

"저것이 배인 것 같군요."

"어허, 대단한 일입니다."

따지고 보면 시합을 못하게 된 것이 바로 배 때문이었다. 그러니 관심을 가질 수밖에 없었다. 대체 얼마나 대단한 물건이기에 어르신들께서 이렇게 소동을 벌이셨는지. 나는 제법 기대를 품은 채로 시선을 따라가 보았다. 그러나 내가 본 것은 실망스럽기 이를 데 없었다. 내가 아는 배는 은하계 사이를 자유롭게 왕래할 수 있는 지혜의 산물이다. 배에는 일일이 나열하기 어려울 정도로 정교한 기술들이 빼곡하게 들어차 있어야 한다.

물론 그들의 행색을 보고 대단한 것을 기대하지는 않았으나 어르신들께서 배라고 부르는 것은 내가 상상한 것 이상으로 유치했다. 심지어 역사서에서 보았던 고대의 배와도 비교가 되지 않았다.

그것은 그저 작은 나무토막 몇 개를 풀로 묶어놓은 것에 불과했다. 큼직하기라도 하면 좀 볼만했겠지만 고작해야 사람이 한둘 탈 수 있는 정도였다. 게다가 하도 엉성하게 엮어서 사이사이에 구멍이 숭숭 뚫려 있었고, 파도가 살랑거리기만 해도 바닷물이 철벅였다. 사람이 그 배라고 하는 묶음을 가지고 연해까지 나가기는 했다. 그러나 사람이 배를 모는 것이 아니라, 배가 해류에서 떠다니는 대로 사람이 쫓아다니는 꼴이었다. 사람은 배 위가 아닌 바다에서 헤엄을 쳤고, 배라는 것은 생선 바구니를 싣는 것이 고작이었다.

나는 당황스러운 얼굴로 직계 어르신께 물었다.

"저것은 배가 아니지 않습니까? 배라서 물에 뜬 것이 아니라 나무가 물에 뜨기 때문에 떠 있는 수준이지 않습니까?"

직계께서 크게 웃었다.

"안다, 알아. 참으로 궁픕하지."

"무엇을 보시고 배라고 말씀하시는 건지 궁금합니다."

"좋은 지적이다. 너는 저것이 배가 아니라 나무라서 물에 뜬다고 말했다. 그것이 옳다. 아마 저것들의 생각도 크게 다르지 않을 테지. 그런데 저것들은 나무를 엮어서 물 위에 집어넣으면 뜨고, 그걸 바다 위에서 어떻게든 이용할 수 있다는 것을 이해하고 있다. 아마 부력이나 조타라는 개념까지는 모르겠지. 그런 파편적인 정보만을 가지고도 바다를 오가는 것이다. 제 목숨을 걸고. 얼마나 대단한 일이냐?"

"그렇게 말씀하시니 그런 것도 같습니다만, 잘 모르겠습니다. 저것들이 집안을 세울 수 있을까요?"

"뭐, 저런 식으로 시작되기는 하지. 처음에는 모든 것이 조잡하다. 이래도 될까 할 정도로 말이지."

"저희 집안도 저런 때가 있었습니까?"

"있다마다. 우리의 옷과 배도 저들과 같을 때가 있었다. 지금은 네가 저들을 보며 가소롭게 느낄 수도 있겠지만, 우리 역사에는 기록조차 되어 있지 않아."

"저들이 우리와 대등한 집안이 될 수 있겠습니까?"

"그럴 수도 있고, 그렇지 않을 수도 있지. 가능성이 있는 짐승은 숱하게 많다. 그중에서 대부분은 바스라지고 한 줌의 아문만이 가문이 된다."

"그러면 저들은 성공할까요?"

"모르지. 저들과 우리는 몸도 마음도 다르다. 우리의 관점에서 저들을 이해하면 큰 낭패를 볼 것이고, 함부로 개입하면 저들의 삶을 일그러트릴 수 있다. 저들은 저들만의 길을 찾아야 한다. 찾지 못하면 죽는 것이고, 살아남는다면 훗날 우리보다 더 뛰어난 지혜를 찾을 수도 있겠지. 여하튼 스스로 길을 찾을 때까지는 개입하지 말아야 한다."

어르신은 차근히 설명해 주셨으나, 당시의 나로서는 이해하기가 어려웠다. 나뿐 아니라 당시의 아이들은 어르신들이 보라고 명하여 본 것이지 썩 흥미를 느끼지는 못했다. 오히려 어르신들이 더 신이 나서 당신들끼리 담소를 나누셨다.

"보아하니 동굴 안에는 벽화도 있는 것 같습니다. 먹이가 되는 것들을 그린 것 같군요. 주로 물짐승들입니다."

"아무래도 땅이 척박하니 바다에서 구해야겠지요."

"벽화가 있다면 머지 않아 말도 만들 수 있겠군."

"기초적인 논리 체계는 이미 완성된 것 같군요."

"그래야 도구를 쓸 수 있을 테니까."

그 작은 것들의 행동이 어찌나 대견해 보였는지 어르신들은 시종일관 감탄하며 눈을 떼지 못하셨다. 나와 다른 아이들로서는 참으로 고까운 일이었다. 게다가 금방 끝날 줄 알았던 관찰이 생각보다 길어졌는데, 해가 한 번 지고 달이 중천에 뜰 때까지도 탐라

이영인

구석구석을 살폈다.

물론 지금에 와서야 나 역시 어르신들의 행동을 이해한다. 그들은 짐승도 아니고 집안도 아닌 아문이었다. 아문을 직접 볼 수 있는 기회는 매우 드물었다. 때문에 이들의 생태를 조사하는 것은 매우 높은 가치가 있거니와, 기록에 따라 연합에서 보상을 주기도 한다. 지금이야 그런 것을 알지만 당시는 준비가 되지 않았다. 따지고 본다면 당시의 어르신들도 의외의 발견에 놀라 충분한 준비가 되지 않았던 셈이다.

여하튼 당시의 내 심정으로는 무언가 대단한 구경을 할 줄 알았는데 미개한 것들이 꾸물거리는 꼴이나 보고 있자니 단단히 빈정이 상했다. 겨우 이런 놈들 때문에 경주를 못하게 됐다니 더욱 참을 수가 없었다.

다시 해가 뜰 때쯤 문득 한 어르신이 말하셨다.

"이곳은 이제 충분히 본 것 같군요."

그 말을 듣고 내심 드디어 끝났구나 싶었다. 그런데 어르신의 말은 또 다시 예상 밖이었다.

"내륙에 가보는 것이 어떻습니까? 이들은 섬에 건너와서 아직 충분히 살림을 꾸리지 못한 것 같습니다. 이들의 문화와 생태를 좀 더 확실하게 알 수 있을

불모의 고향

테지요."

다른 어르신이 맞장구를 치셨다.

"그거 좋군요. 조사에도 필요할 겁니다."

나는 그야말로 아연해졌다. 또래들도 어르신들의 생각에 얼굴을 찌푸렸다. 몇몇은 울기 직전이었다. 잠시 가네 마네 하며 실랑이를 벌였으나 대부분은 어르신들이 닦달하여 억지로 끌려가는 신세가 되었다.

내 경우에는 다행히 직계께서 심정을 알아주셔서 결국 배에 머물 수 있었다. 훗날 직계께서 회상하시기를, 내가 약이 오를 대로 올라 화를 간신히 눌러 담고 있었다 한다. 결국 나와 아주 어린 아이들 몇 명과 보호자로 어르신 한 분이 배에 남기로 했다. 직계께서는 나를 두고 가시며 한마디를 남기셨다.

"미안하구나. 그러나 이번 조사는 장차 우리 집안이나 너에게도 큰 도움이 될 것이다. 다음에 꼭 보답하도록 하마. 배에서 충분히 쉬고 있어라. 그리고 생각이 바뀐다면 언제든지 알려주고."

"알겠습니다."

그럴 생각은 추호도 없었다. 배로 돌아가자마자 다른 아이들과 놀지도 않고 방에 틀어박혔다. 과거 탐

이영인

라에서 있었던 시합들을 보며 시간을 때우다가 섬을 다시 살펴보았다. 어쩌면 직접 볼 수 있는 마지막 기회일지도 모르니까.

그런데 탐라를 보고 있자니 기후가 변하는 게 느껴졌다. 탐라는 본래 기후가 자주 변하는 편이지만 이번에는 유난히 빨랐다. 아무래도 우리가 바람을 두르고 탐라에 오래 머문 것이 자연 기류를 흔들어놓은 것 같았다. 나는 그제야 탐라를 자세히 들여다보기 시작했다.

바람이 섬 위로 몰려들더니 이내 요란해졌다. 금세 새하얗게 뭉쳐진 구름들이 섬이 보이지 않을 정도로 가득 들어찼다. 구름은 대륙풍을 받으며 남쪽으로 내려오다가 탐라의 산에 걸리며 그림처럼 동그란 소용돌이를 만들기 시작했다. 탐라에서만 볼 수 있는 진귀한 와류였다. 우주 어디에서 이런 풍경을 볼 수 있겠는가. 감탄이 절로 나왔지만 직접 보는 것이 마지막이리라는 사실에 착잡해졌다.

해가 지자 와류가 희미해졌다. 섬 아래의 바다에서 북풍이 몰려오기 시작한 것이다. 북풍과 남풍이 섬 위에서 부딪혔다. 두 개의 바람은 이전보다 더 빽빽

불모의 고향

하게 섞였다. 바람결이 세차지자 덩달아 물도 움직였다. 파도가 시퍼렇게 꿈틀거렸고 수증기가 하늘로 올라오기 시작했다. 섬 위가 눈이 부실 정도로 하얘졌다가 순식간에 먹구름으로 뒤덮였다. 비가 내리기 시작했다.

비가 오면 화산이 작은 분화를 일으킨다. 화산은 크기가 대단하지는 않아도 불안정하여 물이 들어가면 용암이 터져 나오는 구조였다. 처음부터 어르신들께서 그렇게 설계하셨다.

과연 섬 전체에서 진동이 시작되었다. 구름 아래에서 검붉은 빛이 꿀렁거렸다. 땅이 진동하자 화산이 폭발하기 시작했다. 뒤따라 섬 곳곳에서 용암이 터져 나왔다. 섬 전체에서 끊임없이 용암과 화산재 그리고 수증기가 뿜어져 나왔고, 이내 섬 위의 구름이 산 위에서부터 새까맣게 변했다. 화산재가 바람과 섞인 것이다. 청백홍흑의 벼락이 치기 시작했다. 삼류가 하나로 모인 것이다. 바람의 색 또한 잿빛이 되었다.

잿바람은 재와 물을 머금은 잿비를 떨구기 시작했다. 진흙비였다. 진흙비는 떨어지며 화산재와 물을 머금고 점점 거대한 진흙 덩어리가 된다. 곳곳의 분

이영인

화구 주변에서도 분출물이 뭉쳐져 거대한 진흙 더미가 생겨나고 있었다. 진흙 더미 위에 진흙 비가 내리고, 이들은 서로 합쳐져 거대한 진흙 산을 만든다. 충분히 커지면 산이 무너지면서 진흙으로 된 산사태가 일어난다. 화산이류다. 와류와 마찬가지로 탐라에서 주기적으로 발생하는 현상이다. 진흙 산사태는 섬의 모든 곳을 덮친다. 지표를 깔끔하게 쓸어버린 후 바다로 흘러나간다. 땅에 남은 진흙은 새로운 표토가 되고 그 때문에 섬의 모습이 주기적으로 바뀐다.

이 화산이류는 땅을 쓸어내리는 과정에서 모든 토착 생물을 내쫓는다. 어르신들께서 토착 생물들이 정착하지 못하게끔 만드신 방편이다. 그리고 이 때문에 탐라는 오랜 시간 동안 불모의 섬일 수 있었다.

분화구 주변에서 거대한 땅울림이 들렸다. 진흙 산이 무너졌다. 하나의 산이 무너지자 다른 산들도 차례로 무너지기 시작했다. 화산이류가 시작된 것이다. 이류는 해일보다 무겁게, 산사태보다 빠르게 표면을 쓸어내리기 시작했다. 그 앞에서 산 것과 죽은 것은 매한가지였다. 돌과 바위, 풀과 나무가 똑같이 뿌리째 쓸려나갔다. 얼마 되지 않는 땅짐승들이 도망쳐

불모의 고향

보려 했으나, 이류보다 빠른 짐승은 없었다. 이들의 몸은 매우 가냘팠기 때문에 진흙 더미에 맞으면 그대로 부서졌다. 살았던 것들을 모두 집어삼킨 이류는 더욱 무겁게 내려가기 시작했다.

우리가 전문 탐사대였다면 배에 좀 더 많은 관리자를 배치하고 섬의 변화를 관찰했을 것이다. 그러나 우리 일행은 별구경을 온 것뿐이었기에 다소 미흡한 부분이 있었다. 심지어 어르신들과 다른 아이들은 밖의 변화를 눈치채지 못하고 있었다.

나는 매우 놀랐다. 그리고 직접 보고 싶다는 강한 충동에 휩싸였다. 몰래 배에서 빠져나와 섬으로 내려갔다. 산사태는 토착 생물이 버틸 수 있는 수준이 아니었다. 그것은 사람도 마찬가지일 터였다. 그것들은 대체 어떻게 되는 걸까. 그들의 운명이 궁금해졌다. 바람을 두른 채 해안가로 날아갔다. 곧바로 일전에 본 그들의 보금자리를 찾았다. 진흙이 막 그것들의 터를 덮치고 있었다.

예상과 전혀 다르지 않았다. 그것들은 죽어가고 있었다. 조잡하게 지은 움막은 먼지처럼 쓸려 나갔고, 얼기설기 엮은 천과 말린 생선을 비롯하여 그들이 만

이영인

든 모든 것들은 순식간에 진흙 더미가 되었다. 사람은 혼비백산하여 바다로 도망치고 있었다. 그러나 발이 느린 자들은 살 수 없었다. 이류의 높이는 사람의 무릎에도 이르지 못했으나 기세와 무게가 맹렬했다. 다른 토착종들과 마찬가지로 사람은 그 파도를 견딜 만큼 튼튼하지 못했다.

　도망치던 아이 하나가 넘어졌다. 앞서 달리던, 아마도 아이의 어미나 형제로 보이는 놈 하나가 되돌아와 아이를 일으키려 했다. 이류에 휘말리자 그들의 다리가 그대로 꺾였다. 둘은 그대로 쓸려가 다시 떠오르는 일은 없었다. 사람의 우두머리도 마찬가지였다. 나이 탓인지 거동이 느렸다. 몇몇이 우두머리를 지키려 했지만 이류 앞에서는 방도가 없었다. 발에 이류가 감기자 그들은 우두머리를 부둥켜안으며 쓰러졌다. 그들 역시 속수무책으로 진흙에 파묻혔다.

　일부는 동굴 안으로 도망쳤지만 곧 진흙이 동굴을 메웠다. 지대가 높은 곳이라면 살 수도 있었지만 다른 곳에서는 그렇지 못했다. 동굴 안에서 살아남을 수 있는 자리는 매우 협소했다. 좁은 자리를 두고 상잔이 벌어졌다.

불모의 고향

나머지는 바다로 도망쳤다. 진흙이 바다 위까지는 미치지 않았으니까. 이류는 바다 아래로 가라앉기 시작했다. 그러나 위험이 끝난 것은 아니었다. 이류가 멈출 때까지 뭍으로 돌아갈 수는 없었다. 다리가 닿는 연안에는 진흙이 꾸덕하게 밀려왔다. 속도는 매우 느렸지만 그 힘은 사람이 버틸 수 있는 것이 아니었다. 결국 진흙에 휘말리지 않을 정도의 깊은 바다에서 헤엄치며 기다려야 했고, 사람은 어디까지나 땅짐승이었기 때문에 바다는 안전하지 못했다.

운 좋게 바다 위 바위에 올라간 것들은 그나마 사정이 나았다. 그러나 충분히 힘겨운 상황이었다. 잿비가 바다 위에도 떨어졌고, 소금을 머금은 바닷바람이 이들을 사정없이 할퀴었다. 곳곳에서 비명이 들렸다. 이들은 몸을 서로 뭉쳤다.

바위는 사람이 가득 차 발 디딜 틈 없었지만, 물 밑의 사람은 어떻게든 그 위를 비집고 올라오려 했다. 바위 위의 놈들은 처음에는 이들을 받아줬으나 곧 자리가 부족해 바깥쪽부터 밀려 떨어지기 시작했다. 금세 먼저 올라온 놈들이 올라오려는 놈들을 떨구기 시작했다. 안쪽의 놈들은 제 무게에 짓눌려 깔리기도 했

이영인

다. 고통스러운 울부짖음이 검은 파도 위를 떠돌았다.

자리를 잡지 못한 사람은 배 주위에 몰려들었다. 아이나 노인을 배 위에 태우고 성체는 배 주변을 붙잡고 헤엄치며 버텼다. 그러나 배라고 해봐야 풀로 어색하게 엮어놓은 나무 뭉치에 불과했다. 풀로 만든 매듭은 찢어졌다. 배는 금세 부서졌고, 사람은 나무토막을 부여잡고 제각기 물 위에서 둥둥 떠다녔다. 잡을 것조차 없는 사람도 있었다. 이곳 또한 다툼이 벌어졌다.

위험은 그뿐이 아니었다. 이류가 바다 밑으로 가라앉자 곧 물짐승들이 몰려왔다. 진흙에 먹을 것이 많기 때문이다. 화산에서 나온 양분과 죽은 생물의 잔재들. 물짐승은 산 사람도 물어뜯었다. 그나마 기운이 남은 사람은 근처에 오는 작은 물고기들을 낚아채 잡아먹기도 했다. 서로 약한 것들은 당해서 뜯어 먹혔다. 땅짐승과 물짐승들의 아귀다툼이 끝없이 계속됐다. 피 웅덩이가 곳곳에서 피어났다가 파도가 몸서리를 칠 때마다 새파랗게 사라졌다. 이윽고 아무 일도 없었던 것처럼 새카만 바다가 되었다.

화산은 적어도 해가 뜰 때까지는 사그라들지 않을

터였다.

나는 혼란스러운 감정에 휩싸였다. 그들의 고난은 내가 상상도 하지 못한 종류였다.

앞서 말했듯 우리 집안에서는 탐라가 아이들의 놀이터였다. 식구들은 아무도 탐라의 화산이류를 무서워하지 않았다. 우리의 몸은 강한 중력과 용암을 버틸 수 있다. 때문에 탐라에 있는 것들은 우리를 상하게 할 수 없다. 그런 몸 위에 보호복까지 입고 있었으니, 섬 위의 어떤 것에도 다칠 수 있다는 생각이 없었다. 정 문제가 있다면 하늘로 날아오르거나 바닷속으로 들어가면 그만이었다.

비단 우리 집안뿐 아니라 지성을 가진 존재들이라면 저 정도의 환경은 문제가 없을 터였다. 때문에 나는 탐라의 화산에서 그토록 잔인한 일이 생길 수 있을 것이라고는 상상조차 하지 못했다. 사람은 지성체로 분류되는 자들이었으나, 몸이 너무나 여리고 그것을 보완할 만큼 충분히 지혜롭지도 못했다. 그들의 살은 용암에 타고, 바닷물에 터지며, 물짐승에게 뜯겼다. 참담한 일이었다.

그제야 나는 왜 어르신들이 그들을 놔두어야 한다

고 하셨는지를 깨달았다. 우리와 무언가를 재볼 수준
이 아니었으니까. 사람은 우리가 조금만 잘못 건드
려도 바로 터져버릴 터였다. 그들의 삶은 우리로서는
상상하기 어려울 정도로 연약한 것이었다.

사람은 잿빛의 바람과 물 사이에서 하나둘씩 죽어
가고 있었다. 대부분은 탈진해 있었다. 힘이 다한 놈
들은 대양으로 쓸려나가기도 했다. 그들은 다시 돌아
올 수 없었다.

해가 뜨려면 한참이 더 남았고 비명과 신음과 울음
은 끝나지 않았다. 그저 구경만 하기가 어려웠다.

몸이 저절로 움직였다. 바람을 두른 채로 물 밑으
로 내려갔다. 물에 잠긴 진흙들을 모아 쌓기 시작했
다. 용암이 섞인 진흙은 물에 닿으면 빠르게 굳는다.
이것들을 한 곳에 모아 바다 위까지 올라갈 만큼 쌓
았다. 아주 작은 섬, 그러니까 바다 위에 솟아오를 만
한 크기의 바위들을 만든 것이다.

사람은 내가 만든 바위 위로 기어올라왔다. 그렇게
바위 하나로 몇 놈을 살렸다. 다시 조금 더 큰 바위를
쌓아 올렸다. 사람이 내 주위로 모이기 시작했지만
나를 볼 수는 없었다. 나는 근처 바다에 사람을 살릴

만한 바위를 만들고 또 만들었다.

갑자기 머리 위에 새파란 벼락이 내리쳤다. 직계께서 치신 호통이 섬 전체에 울려 퍼졌다. 내 행동을 보고 놀라 달려오신 것이다.

"이 멍청한 놈! 무엇을 하고 있는 게냐!"

호통을 듣고 나서야 정신이 들었다. 너무 과했다. 사람 무리를 다시 바라보았다. 그것들의 눈은 빠짐없이 바위가 솟아오르는 쪽, 그러니까 내 쪽을 향하고 있었다. 보이지 않는 무언가가 있다는 것을 눈치챘다. 처음으로 그것들과 눈이 마주쳤다. 그것들의 눈에, 난생 처음 보는 것이 있었다.

직계께서 다시 호통을 쳤다.

"그대로 있어서는 안 된다! 당장 내려와라!"

그 말을 듣자마자 급히 몸을 돌려 물 아래로 가라앉았다. 직계께서 달려와 다그치셨다.

"미련한 것아, 무슨 생각이었느냐!"

"저들을 살리려 하였습니다."

직계께서 다시 물으셨다.

"저것들이 딱한 것은 네가 관여할 일이 아니다. 너 또한 그것을 알고 있었을 텐데, 어째서 금기를 어겨

가며 움직였느냐?"

"그런 광경은 처음 봤습니다."

나는 울적하게 대답했다. 직계께서 한숨을 쉬고 다시 말씀을 이어나갔다.

"그래. 그럴 수 있다. 도우려는 것까지 나무라는 것은 아니다. 다만 사람은 이제 누군가가 같이 있었다는 것을 깨달았을 것이다. 저들은 머리가 좋으니 아무리 불쌍해도 너 혼자 판단할 일은 아니었다. 처벌을 받게 될 것이다."

"죄송합니다."

몸이 떨렸다. 직계께서 그것을 보시고 타박을 하셨다.

"그렇게 겁을 내면서 대체 왜 이런 짓을 했느냐."

"벌이 두려운 것은 아닙니다."

직계께서 잠시 나를 바라보시다가 다시 물으셨다.

"그러면 무엇이 두려우냐?"

"그것들이 저를 보던 눈빛이 두렵습니다. 왜 저들과 섞이지 않아야 하는지 알 것 같았습니다."

"설명해 봐라."

"저는 그것들에게 이해할 수 없는 경이였습니다. 저를 볼 때 그것들은 자기 생사를 결정할 수 있는 존재를 보고 있었습니다. 그것들에게는 제가 마치 폭발하는 화산이나 바다와 같은 존재였을 것입니다. 누군가가 저를 그런 눈으로 본 것은 처음이었습니다."

직계께서는 한참 동안 아무 말씀이 없으시다가 누그러진 목소리로 말씀하셨다.

"알겠다. 나나 대감님도 너무 흥이 앞섰다. 그 탓이 더 크다. 먼저 상태를 보고, 어떻게 할 것인지 이야기를 해보자꾸나."

직계 어르신과 함께 지상으로 올라갔다. 내 행동이 사람에게 어떤 영향을 주었는지를 확인해야 했다. 내가 만든 바위 역시 사람이 빼곡하게 차 있었다. 그 외에 크게 바뀐 것은 없었다. 목숨을 부지하는 것만으로도 벅찼기 때문일 것이다.

수많은 놈들이 바다 위에서 움직이지 않았다. 버티다가 힘이 다한 것 같았다. 그래도 살아있는 놈들이 여럿 보였다.

바위 위에 있던 늙은 녀석 하나가 돌연 섬을 보고 무언가 소리쳤다. 이전에 듣던 울음소리와는 조금 달랐다. 녀석은 꽤 다급하게, 비슷한 소리를 계속해서 질러댔다.

이영인

그러자 변화가 생겼다. 바위 위에 빼곡하게 서서 자기 자리를 지키는 데에만 온 힘을 쏟고 있던 놈들이 울음소리를 듣더니 하나둘씩 바위에서 내려오기 시작한 것이다. 조금씩 자리가 생겼고, 다른 놈들이 어떻게든 몸을 빼내어 늙은 놈에게 길을 터주었다. 늙은 놈은 섬을 보며 몇 번 고개를 주억거리더니 주변 이들을 돌아보며 무언가 짧게 외쳤다. 그러자 주변 놈들도 고개를 이리저리 흔들다가 늙은 놈이 낸 소리에 맞추어 같이 외치기 시작했다. 그 외침은 금세 퍼져서 곧 바위 위의 사람들이 모두 따라 하기 시작했다. 바위 위에는 고양감이 돌았다.

그 소리에 바다에 있던 사람까지 모두 섬을 향해 고개를 들었다. 나무를 끼고 있던 다른 늙은 놈 하나가 주변의 녀석들에게 무언가를 지시했다. 젊은 놈들은 처음에는 머뭇거리고 자기들끼리 쿵쿵거리더니 개중에 몇 놈이 섬으로 헤엄치기 시작했다.

바다 위의 놈들은 조금씩 움직이기 시작했다. 늙은 녀석들이 주변에 무어라 떠들자 그 말을 들은 놈들은 같이 무언가를 하기 시작했다. 바위에서 사람이 내려와 다 지쳐 죽어가는 놈들에게 자리를 내주어 쉴 수 있게 했다. 조금 전까지 싸우고 밀쳐대던 놈들이 협동을 시작했다.

육지로 향한 놈들은 해안가에 도착하자마자 쓰러졌다. 얼마간 쉬더니 일어나 두리번거리며 걷기 시작했다. 화산과 진흙의 상태를 보는 것 같았다. 그렇게 한동안 이곳저곳을 돌아다니다가 다시 모여서는 무언가 이야기를 나누는 것처럼 보였다. 그리고 바다에 대고 길고 높게 울음소리를 냈다.

분화가 멈췄다는 신호였을 것이다. 사람이 조금씩 무리를 지어 뭍으로 올라왔다. 처음에는 건장한 녀석들부터 움직이기 시작했다. 이들도 똑같이 해안가에서 잠시 쉬더니 몇몇은 다시 바다로 들어갔다. 그리고 약한 놈들을 도왔다. 작업은 여명이 찾아올 때에도 끝나지 않았다.

살아있는 놈들 대부분이 해안가로 돌아왔다. 여전히 진흙 비가 내리고 있었고 땅은 전혀 굳지 않아 진창이었지만 그래도 죽을 일은 없었다. 얼추 세었을 때 그 수는 절반의 절반도 남지 않았다. 내가 없었다면 더 많은 놈들이 죽었을 터였다.

비가 잦아들고 드디어 동이 트기 시작했다. 살아

이영인

남은 놈들은 서로 얼굴을 맞대며 울어댔다. 아무래도 가족을 찾는 것 같았다. 어떤 놈들은 서로 얼싸안았고, 어떤 놈들은 시체를 안고 울었다. 어떤 놈들은 해안가를 끝없이 헤매고 있었다.

동굴에서 살아남은 사람도 합류했다. 절망감이 감돌았지만 분위기는 점차 달라졌다. 늙은 놈들이 주변에 뭐라고 외치자, 젊은 놈들이 그에 맞추어 움직였다. 제법 체계가 잡혀 있었다.

그들은 진흙 사이를 뒤적이기 시작했다. 쓸 만한 도구나 식량이 남았는지 찾는 것이었다. 시체를 찾아 한편에 모으기도 했다. 땅 속에 파묻힌 놈들 중에는 아직 숨이 붙어 있는 놈들도 있었다. 몇몇은 물길을 탐색하여 깨끗한 물을 찾아냈고 또 몇몇은 물고기를 잡기 시작했다. 그리고 몇몇은 아픈 자들을 돌보았다. 물과 먹거리가 많지는 않았지만 모두가 나누어 가졌다. 간병을 하던 놈들은 보다 많은 음식을 받았고 그들은 물고기를 씹어서 삼키기 쉽게 만들어 탈진한 자들에게 먹여주었다.

놈들이 어떻게 화산에서 살아남았는지 이해가 되었다. 처음 화산이류가 덮쳤을 때 혼비백산했던 놈들

불모의 고향

은 일단 이류에서 벗어나자 제각기 자기 몸 하나만을 건사했다. 그러다 안정되는 낌새가 보이자 바로 힘을 합친 것이다.

처음에는 사람이 안정을 찾는 데 오래 걸릴 것이라 생각했다. 그러나 사람은 화산 분출을 여러 차례 겪어본 것 같았다. 특히 늙은 놈들이 지휘하는 것이나 어린 놈들이 그 지휘를 따르는 걸 보면 이들은 화산의 움직임을 알고 있었던 것 같다.

어르신들은 사람이 어떻게 이 불모의 땅에서 살 수 있었는지 의문을 품은 바 있다. 본의 아니게 내가 그 답을 찾아낸 셈이다. 사람은 재해를 주기적으로 맞닥뜨리며 고통을 정면으로 받아들이게 된 것이다. 그럴 수밖에 없었을 것이다. 평범한 짐승이었다면 금세 절멸했을 것 같았다. 그러나 놈들은 어떻게든 모두가 죽지는 않을 방도를 모색하고 있었다.

내가 도와주지 않았어도 절멸하지는 않았을 것이다. 이 화산섬에서 살아가려면 상당한 지혜가 필요했을 테고 그들은 필사적으로 생존하는 법을 체득한 것 같았다.

물론 그 과정에서 수없이 많은 놈들이 죽음을 피할

이영인

수 없겠지만 이류가 한 번 쓸고 간 섬에는 그들을 위협할 만한 것이 별로 없었다. 화산은 한 번 크게 터지고 나면 한동안은 안정기가 오도록 설계되어 있었다. 섬에는 특별히 경쟁하는 짐승도 없었다. 울창한 숲이 자랄 수야 없었지만 깊게 묻혀 타지 않은 씨앗이나 바람을 타고 온 씨앗이 작은 풀들을 피워낼 것이고 그들을 괴롭혔던 진흙 더미는 연안에 물고기를 끌어들일 터였다. 화산에서 살아남은 자들은 한동안은 이전보다 풍요롭게 살 수 있었다.

사람에게는 나름대로의 생존 방식이 있었다. 그리고 그 생각은 용암에 타고 물에 찢어지는 살을 가진 놈들의 방법이었다. 그것은 나로서는 도달할 수 없는 영역이었다.

나는 물론 탐라를 좋아했다. 그러나 안전하고 즐거운 곳이었기 때문에 좋아했던 것이다. 사람이 본 탐라는 완전히 다를 터였다. 어쩌면 그 섬을 싫어할지도 몰랐다. 아니, 적어도 두려워는 할 것이다.

나는 직계 어르신께 물었다.

"왜 이렇게 살기 어려운 곳을 고향으로 삼았을까요?"

"모르겠다. 이들이 내륙에서 온 것은 확실하다. 어쩌면 다른 놈들에게 핍박을 받고 쫓겨난 것일지도 모른다. 예기치 않게 이 섬에 표류했는데 돌아갈 방법이 없었을 수도 있다. 어쩌면 세상에 땅이 이곳뿐이라고 생각하는 것일지도 모르지."

어떤 이유에서건 주기적으로 피할 수 없는 죽음이 찾아오는 그 섬이 그들에게는 유일한 선택지인 것 같았다. 내가 생각하던 것과는 전혀 다른 곳이었다. 나와 그들이 보는 세상은 얼마나 이질적인 것인가.

마침 물길을 찾던 놈들이 소리를 치며 무리로 달려왔다. 그들은 한가운데에 있는 놈을 지키듯이 둘러싸며 몰려다녔다. 가운데 놈은 무언가를 소중히 들고 있었다. 작은 나무토막이었다. 거기엔 작은 불꽃이 붙어 있었다. 땅 위에 남은 용암에서 얻어온 듯했다.

그걸 본 늙은 놈들이 재빨리 진흙을 파헤쳐 작은 구덩이를 파내고 탈 만한 나무와 풀을 넣었다. 그러나 모든 것이 젖어 있었기에 작은 불씨는 금세 연기를 내며 사라졌다.

놈들은 포기하지 않았다. 몇 번이고 근처에 남아 있는 용암에서 불씨를 가져왔고, 섬의 더 안쪽으로

이영인

들어가 덜 젖은 땔감을 찾아 헤맸다. 불을 지피는 것은 쉽지 않았다. 여러 차례를, 거의 한나절 내내 실패했다.

처음에는 뭘 하는지 잘 이해가 되지 않았다. 수차례 보고 나서야 이해했다. 그놈들에게는 불이 대단히 소중한 자원이었을 터였다. 그러나 용암에 타는 놈들이었으므로 잔불도 만질 수가 없었던 것이다. 그래서 이처럼 번거로운 방법으로 불을 마련해야 했다. 이 또한 내게는 생소한 일이었다.

정오가 다 되어서야 그들은 작은 모닥불을 만들 수 있었다. 그리고 하루 종일 교대해가며 불을 지켰다. 다른 놈들이 와서 불을 얻어갔고, 해안가에 모닥불이 늘어났다. 사람은 모닥불을 중심으로 둥글게 앉아 휴식을 취하거나 물고기를 구워 먹었다. 밤이 되자 검붉은 불빛만이 해안에서 반짝이고 있었다.

"저놈들은 앞으로 어떻게 될까요?"

"모른다. 다음 화산 폭발에 모두 죽을 수도 있다. 반대로 저들이 길을 찾아낸다면 이 섬을 자신들이 살 수 있도록 길들일 수도 있겠지."

"저들이 섬을 길들일 수 있을까요? 저놈들은 용암

에 타고, 물에서 숨을 쉬지 못합니다."

"우리가 예측할 수는 없다. 네가 말한 약점 때문에 저들은 고생할 것이다. 그러나 무언가 방도를 찾을 수도 있다. 육체가 약한 만큼 무언가 기발한 것을 만들지도 모르지. 그것이 우리가 원하는 바이니라."

그때는 알아듣지 못했으나, 지금은 이해가 되었다.

그놈들이 섬과 세상을 어떻게 생각했는지 알 방도가 없었다. 아마도 영원히 알 수 없을 것이다.

직계 어르신은 나를 데리고 배로 돌아가 있었던 일들을 이야기했다. 다행히 내 행동이 생태계에 심대한 영향을 준 것은 아니었고 의도가 불순하지 않았기에 큰 체벌을 받지는 않았다.

나는 이 일이 계기가 되어 생태학을 공부하기 시작했다. 사실 처음에는 단순히 궁금했기 때문이다. 그렇게 조금씩 관심이 깊어지다 보니 어느새 그것이 진로가 되고 직업이 되었다. 이후로는 알려진 것과 같이 섬 건축을 업으로 삼고 있다. 다행히 연합의 연구자들도 이를 관대하게 봐주셔서 나의 구상을 실행할 수 있었고, 덕택에 약간의 명성을 얻을 수도 있었다.

탐라는 한 번 화산을 내뿜을 때마다 조금씩 넓어졌

이영인

고 지형이 바뀌었다. 수천 개의 단성 화산이 있었지만 마침내는 하나의 커다란 화산만이 남았고 점차 높아졌다. 화산이 높아지는 만큼 조금씩 분출이 줄어들었다. 나는 이 화산이 계속해서 작은 분출을 일으킬 것이고 그때마다 성장할 것이라 예측한다. 그러다 보면 화산은 어느 순간 분출할 수 없을 정도로 높아질 것이다. 그때가 되면 사람은 물론이고 짐승과 풀도 자랄 수 있는 땅이 될 것이다.

사람은 여전히 섬을 떠나지도, 그렇다고 그곳에서 사라지지도 않았다. 이들의 힘과 지혜는 너무나도 보잘것없었다. 별 볼일 없는 용류에도 그들의 모든 터전이 파괴되는 일은 반복되었다. 이따금 화산이 크게 터지기라도 하면 궤멸적인 타격을 입기도 했다.

그러나 사람은 결코 사라지지 않았다. 주기적으로 망가지는 것 또한 삶의 일부였다. 그들의 배는 조금씩이나마 정교해졌고, 말 또한 훨씬 구체적이 되었으며, 재해에서 살아남는 사람의 수가 조금씩 늘고 있었다.

직계 어르신이 예측한 대로, 그들의 삶과 지혜는 기존의 가문들과는 전혀 다른 양상으로 발전해가고

불모의 고향

있다. 그 고유성은 진귀한 것이다.

이들은 불모의 땅을 고향으로 삼았다. 앞으로도 상상할 수 없이 많은 고난이 있을 것이다. 나는 그들이 슬기롭게 극복할 수 있기를 희망한다. 부끄러운 일이 있음에도 첫 조우를 자세하게 쓴 것은 이 때문이다.

운이 좋으면 사람과 직접 이야기를 나눌 수도 있을 것이다. 그들이 충분히 발전하면 지금과는 전혀 다른 시선으로 섬과 바다를 볼 것이다. 그때는 우리 가문을 보더라도 전혀 다른 눈빛으로 보게 될 것이다.

다만 나는 이것이 궁금했다. 그날, 바위를 쌓아 올리던 나를, 그들은 어떤 생각으로 보고 있었을까. 무언가 다른 존재가 있다는 것을 어떻게 생각했을까. 만약 그들이 우리와 대화할 수 있는 존재였다면, 내게 무어라 말했을까? 그것이 가장 알고 싶었다. 아마 영원히 알 수 없겠지만.

이영인

작가 후기

　제주도의 설문대할망 설화를 비롯한 화산섬과 관련된 설화들을 참고했다. 설문대할망은 거인으로, 치마폭에 흙을 담아 제주도를 만들었다고 한다. 이때 치마의 구멍에서 넘친 흙은 제주에 퍼진 삼백육십여 개의 오름이 되었고, 마지막으로 흙을 높이 퍼서 쌓은 것은 한라산이 되었다고 한다.

　설문대할망은 다른 설화에도 여러 차례 등장한다. 대륙으로 연결되는 다리를 놓으려 했다거나, 물장오름이라는 깊은 연못에 빠져 죽었다거나, 바다에 빠져 죽었다는 설화가 있다. 오백 명의 아이들에게 죽을 만들어주려다가 거대한 죽 통에 빠져 죽었다는 이야기

도 있다. 설문대할망은 대체로 어딘가에 빠져 죽는 이
야기가 많다. 설문대할망의 아이들은 이 사실을 알고
구슬프게 울다가 돌이 된다. 슬픈 이야기들이다. 이
설화들에는 대체로 화산섬이라는 특성, 험난한 환경
에 대한 공포, 죽은 자들에 대한 애도 등이 담겨 있다.

사람들은 제주도가 화산활동을 할 때 이미 그곳에
들어가 살기 시작했다고 한다. 지금은 손에 꼽는 관
광지이지만 과거의 제주는 분명히 혹독한 환경이었
을 것이다. 척박한 환경 속에서 자연과 싸우고 생존
한 흔적들은 비단 설문대할망 설화뿐 아니라, 여러
설화에서 볼 수 있었다. 제주에서 살아간 옛 조상들
의 삶은 지금의 우리가 상상하는 것과 많이 다를 것
이다. 그리고 추측을 할 수 있을 뿐 실제로 어떤 생각
이었는지는 알 수 없다. 때문에 이 이야기에서는 옛
사람들이 자연과 어떻게 싸우고 살아남았는지에 대
해 조심스레 상상해 보았다.

이영인

소설무당지수

윤여경

윤여경은 SF 소설가, 기획자, 강사다. 2017년 〈세 개의 시간〉으로 제3회 한낙원 과학소설상을 수상했고, 〈러브 모노레일〉로 2014년 황금가지 타임리프 공모전 우수상을 수상했다. 블록체인 SF소설 〈더 파이브〉를 〈한겨레〉 온라인 미디어 '코인데스크'에서 연재했다. 아시아SF협회 초대 사무국장을 역임했다. 지은 책으로 소설집 《금속의 관능》이 있으며, SF 앤솔로지 《우리가 먼저 가볼게요》《우주의 집》 등에 참여했다.

"다가오면 죽어버린다."

매일은 언제 집어 들었는지 샤프펜슬 촉을 자신의 목에 찌를 듯이 대고 있었다. 나는 퍼렇게 선 매일의 눈을 마주보지 못하고 시선을 돌렸다.

내가 매일을 겁탈하려던 것은 아니었다. 단지 난 호기심은 많고 잠은 없었고, 잠도 많고 의심도 많은 그녀는 혼자 잠들어 있었다. 매일의 진짜 이름은 나도 모른다. 아침부터 저녁까지 매일, 매일 예쁘다고 해서 누나가 그렇게 부른다. 겉모습이 아니라 하는 행동이 예쁘다는 뜻이다.

그녀의 흰 목덜미로 동맥이 강을 거슬러 올라가

소설무당지수

는 연어처럼 위로 뛰어오르는 것을 보았다. 내 심장
도 까닥거리기 시작했다. 하낫둘 하낫둘. 사실 아침
에 매일이 콩나물을 다듬으면서 땀에 젖은 귀밑머리
를 쓸어 넘기는 걸 보았을 때부터 내 그곳은 줄곧 이
렇게 뛰고 있었다. 매일이 알아들을 수 없는 말을 내
뱉었다. 매일은 급하면 한국어를 잊는다.

"병원 갈 거야?"

드디어 정신을 차렸는지 매일이 한국어로 소리 질
렀다.

"병원? 혹시 경찰서 말하는 거야? 이렇게 방에 허
락 없이 들어오면 경찰에 신고하겠다는 말을 하고 싶
은 거지?"

내가 잠시 생각하다가 되물었다. 흥분하면 매일의
한국말은 더 알아듣기 힘들어진다.

"맞아. 경찰서 갈 거야?"

매일은 옆에 있던 쿠션을 내게 집어 던졌다.

"쩐다. 내가 뭘 어쨌다고…."

나는 말을 차마 끝내지 못하고 방문을 나섰다.

새벽 여섯 시. 오늘따라 일찍 잠에서 깼다. 당연히
매일이 잠들어 있을 줄 알았다. 하지만 내가 생각해

윤여경

도 슬쩍 여자 방을 들여다보는 행동은 파렴치한이나 하는 행동이다. 하지만 방문이 열려 있었단 말이다. 이런 어처구니없는 상황에 어쩔 줄 몰라 나는 방황했다. 매일의 방 바로 옆 방이 내 방이었지만 나는 갈 길을 잃었다. 도대체 난 여기서 뭐하는 건가, 하는 생각이 밀려왔다. 우리 집, 아니 아카식레코드랩 문을 나왔다. 상가 복도에는 오래된 형광등이 깜박거렸다. 갑자기 울컥했다. 이게 다 누나 때문이다.

"나도 이럴 계획은 아니었어."

한 집 건너마다 타로니 무슨 보살이니 하는 간판을 내건 점집들이 모여 있는 변두리 상가에 세를 들어오면서 누나는 말했다.

사실 이 동네는 좀 색달랐다. 다른 곳에서는 똠양꿍이니 훠궈니, 메뉴를 번쩍거리며 도도하게 서 있는 이국의 레스토랑들이 이곳에서는 조그맣게 어깨를 나란히 늘어서 있었다. 가격은 소박했고 인테리어는 다정했다. 서로 다른 나라에서 온 외국인노동자들이 자신들의 공통된 고향처럼 느끼는 곳이었다. 고양이와 개들도 자기 집 안방처럼 편안히 다니고 다녔고 밤에는 귀신들도 신나게 활보하고 다닐 것 같은 수상

369

한 동네였다.

　이럴 계획이 아니었다니. 나는 누나가 그 단어를 썼다는 것을 믿을 수가 없었다. 마치 누나가 계획을 세우고 살았다는 것처럼 들렸기 때문이다. 아버지가 돌아가신 뒤로 누나는 계속 계획에 없는 놀라운 사건들을 만들어냈다.

　이게 다 그 지수 때문이다. 뇌의 칩을 통해 세상의 정보를 검색할 수 있는 능력 지수인 소셜집단지능지수. 누나가 그 지수의 상위 0.2퍼센트라는 것을 알았을 때 나는 너무나 자랑스러웠다. 부모님 없이 서로를 의지하며 자라온 우리 오누이 삶에도 드디어 볕이 드나 싶었다.

　하지만 높은 지수의 사람들이 미친 사람 취급을 받기 시작한 것은 얼마 안 가서였다. 소셜집단지능지수가 높은 이들은 현재 과학 지식으로는 이해할 수 없는 정보들도 받기 시작했다. 이 메커니즘을 해석할 수 있는 과학자는 없었다. 세계 곳곳의 정부들은 대응책을 내놓았다. 뇌의 칩을 모두 리콜해버린 것이다. 대체된 칩은 예전처럼 모든 정보를 다운받기가 어려웠다. 그런데 모두 만족했다. 성능이 좋지 않은

윤여경

것에 사람들은 안심했다. 알 필요도 없는 정보를 걸러준다고 믿었기 때문이었다.

뇌의 칩을 다운그레이드하지 않는 이들은 사회부적응자로 분류되어서 취업도 안 됐다. 데이터분석가 지망생으로서 자신은 남들이 이해할 수 없는 정보들을 해석할 수 있다고 누나는 생각했다. 그렇게 직장 구하기도 그만뒀다. 그래서 우리는 이런 변두리까지 흘러들어 온 거였다. 나는 담배를 발로 밟아 껐다.

주위 눈치를 살폈다. 복도에 서서 우리 집 유리문 쪽을 주시했다. 새벽잠이 없는 누나가 언제 문을 박차고 나올지 몰랐기 때문이었다. 누나는 내가 퇴학을 당하든 정학을 당하든 신경 안 썼지만 담배 피우는 건 정말 싫어했다. 뒤통수를 세게 맞을 때까지 누나가 바로 뒤에 와 있는 줄도 몰랐다.

"여기서 몰래 피우고 있으면 모를 줄 알았어? 빨리 들어가자. 오늘은 바쁠 것 같아. 습도가 10퍼센트 올랐고 이스라엘에서 테러가 났어."

누나가 나를 떠밀며 말했다. 습도와 이스라엘의 테러와 우리 집 손님의 연관 관계가 대체 뭔지 묻고 싶었지만 한 시간은 답을 들어야 했기에 포기했다. 누나가 소셜집단지능지수를 이용해 결론을 내는 과정은 신기하긴 하다. 게다가 들어맞기까지 한다. 나는 그걸 소셜무당지수라고 부른다. 무당이라면 꽤 돈을 벌었을 거다. 제대로 돈을 지불하는 사람을 받는 무당이라면 말이다.

"바쁘다고? 손님 많으면 뭐가 좋아."

나는 누나를 보며 빈정거렸다.

"동생아. 내가 언제 손님이라고 그랬니. 우리가 오늘 바쁠 일이 많다고 했지."

누나가 나를 봤다. 심각하게. 저런 식으로 볼 때는 시선을 피하는 게 최고다. 잘못하면 또 한 대 맞을지도 몰랐다. 누나는 딱밤을 때리는 대신 말을 했다.

"넌 참 답답해. 그래도 믿음직하긴 하지. 오늘 오후에 대통령이 외국 순방에서 돌아와. 그래서 몇 시간 뒤 넌 첫사랑에 빠질 수도 있어. 물론 얌전한 네가 용기를 낼 수 있어야 한다는 전제 하에 말이지."

누나가 말했다. 나는 할 말을 잃었다. 대통령의 외국 순방과 나의 사랑이 무슨 관련이 있는지는 물어보고 싶지도 않다. 단지 나야말로 누나에게 사랑이 뭔지 알려주고 싶었다. 누나는 연인을 사귀지 않고 팬

윤여경

을 양성하고 있다고 말하고 있다. 하지만 내 생각에는 아무리 세상 만물을 사랑으로 감쌀 수 있는 존재인 연예인이나 대통령이나 부처님이라도 사생활은 있어야 하는 거다. 사람이라면 연인과 사랑을 나눠야지 팬들이나 동물들과 나누는 주제에 누구한테 조언이냐고.

아카식레코드랩. 아니 집으로 들어온 나는 잠시 멈춰 섰다. 무슨 소리가 들렸다. 주위를 둘러보았다. 눈앞에 천도재실이 보였다. 오른쪽으로는 십여 평 남짓한 작은 주방이 붙어 있고 왼쪽으로는 한편에 붉은 벨벳 커튼으로 사방을 가린 네모난 공간이 보였다. 검은 그림자 하나가 누나의 신방 커튼 앞에 보였다. 그림자는 움직임이 없었다. 다행히도 도둑이 아니고 로투스다.

약간 맛이 간 놈이다. 누나는 그 녀석이랑 내게 밥을 동시에 주고 잔소리도 한꺼번에 퍼붓곤 한다. "방 좀 어지럽히지 마. 이 녀석들아." 이런 말을 내 입으로 꼭 해야 되는지 모르겠지만, 아무리 우리가 누나한테 동시에 잔소리를 듣는 입장이라고 해도 로투스랑 나는 격이 다르다.

놈은 고양이다.

지난달 동네 건달들의 공격에 한쪽 귀가 찢기고 다리 하나를 못 쓰게 된 후부터 우리 집에 산다. 누나는 로투스의 찢긴 귀가 연꽃 같다며 이름까지 지어주었다.

녀석은 누나를 좋아한다. 하지만 나를 보면 이를 드러내고 소리를 낸다. 누나 방에 들어가려고 놈의 몸을 발로 밀쳤다. 나도 모르게 발에 힘이 들어갔다. 녀석은 반항하지 않았다. 낑낑거리기만 했다. 로투스는 앙상하고 긴 팔 다리와 꼬리를 바닥에 축 늘어뜨렸다. 열 받았는지 로투스가 계속 나를 노려보았다. 나도 로투스를 노려보았다. 누나가 아무리 널 귀여워해줘도 다리 하나를 고쳐줄 수는 없다고. 평생 기다려봐라.

로투스와 내가 만났을 때부터 악연이라는 걸 느끼고는 있었다. 두 달 전이었다. 녀석은 후미진 동네 공원에서 동물을 학대하는 불량 학생들과 함께 있었다. 모른 척하고 지나가던 나를 누군가가 불렀다. 분명히 들었다. 누군가 내 이름을 부르는 것을. 주위를 둘러보았지만 아무도 나를 부른 사람은 없는 것 같았다.

윤여경

무슨 소리지? 나는 뇌의 칩을 무선으로 리셋했다. 다운그레이드한 뒤에도 가끔 잡음이 들리곤 하기 때문이다. 무심코 고개를 돌리자 로투스의 슬픈 눈빛이 나를 불러 세웠다. 일이 꼬이기 시작한 건 거기서부터였다.

"뭘 쳐다봐?"

불량배들이 나와 싸움을 시작했고 덕분에 나도 그들과 나란히 정학을 당했다. 나를 불러 세웠던 로투스의 눈빛을 탓하자는 게 아니다. 나라도 다리가 부러지고 귀가 찢길 만큼 맞고 있었다면 누군가를 불러 세웠을 것이다.

하지만 왜 하필 나냔 말이다. 부모님도 없고 보호자라고는 정상적인 직업이 없는 누나 하나뿐이어서 정학을 맞기에 더 쉬워져 버린 나 같은 아이 말이다.

로투스도 나처럼 친구가 없다. 문을 열어줘도 바깥으로 나가지 않는다. 왠지 나를 닮았다. 특히 잠깐이라도 밖에 나가면 찢긴 귀 때문에 불량한 친구들 눈에 잘 띄어서 무슨 일이든 당하고 들어온다. 그럴 때 더 그렇다. 그래서 녀석이 싫다.

잠이 달아났다. 마치 피난 떠난 기분이었다. 뭔가

기약 없는 무전여행 길에 오른 기분이었다. 그도 그럴 것이 우리 집에는 피난민들이 살기 때문이다. 어떤 이유로든 나를 지목해서 정학시키는 학교에서 피난 온 나. 한국의 수많은 집들에 적응을 못하고 하필이면 우리 집으로 피난 온 매일이. 그리고 자기 주인 집에서 오십 미터 떨어진 이곳, 우리 집으로 피난 온 고양이 로투스. 그리고 지난 며칠 동안 우리 집에 들어온 길고양이들과 다람쥐와 거북이. 잘못 말한 게 아니다. 다람쥐와 거북이다. 동네 하천가에서 그놈들을 데려왔다. 이 모든 피난민들을 구제해 줘야 하는 누나. 아니 사실은 거꾸로다.

내가 누나를 지켜야 한다. 누나가 다 날려버리기 전에 전셋값이라도 지켜야 한다. 법적 성인이 되어서 유산을 관리할 자격이 생길 때까지. 그래서 나는 오늘도 매일이나 로투스 그리고 그 둘을 합친 것보다 더 미친 나의 누나를 지키고 있다.

"문 열어! 안에 있는 거 다 알아."

걸걸한 여자의 목소리가 철문 밖에서 쩌렁쩌렁 울렸다. 옆 건물에 세든 무당 천하보살이다.

"김 보살님 거기 안에 있지? 빨리 나와."

천하보살은 로투스, 자기 애완동물을 찾으러 온 것이다.

"여기 없어요."

나는 문을 열지 않고 대답했다.

"보사알님! 보사알니임!"

천하보살은 안에 들어와 봐야 성이 찰 눈치였다. 나는 누나의 신방 커튼을 흔들었다. 소식이 없었다. 두꺼운 벨벳 커튼을 열자 어둠 속에서 북극성 하나가 눈앞으로 날아왔다. 벽 전체를 감싼 야광 천체도였다. 천체도 옆에는 서양 점성술의 천궁도가 붙어 있고 중국 불화도 한 점 걸려 있었다. "화평케 하는 자에게 복이 있나니"라고 쓰인, 십자가 모양 같은 액자가 가운데 걸려 있었다. 불교와 점성술 사이에 기독교가 평화를 선언하는 혼돈된 분위기 속에서 야광 천체도의 수많은 별들이 물에 잠긴 것처럼 부옇다. 담배 연기로 가득 차서 그렇다. 물속에 잠긴 별들 가운데 누나가 잠들어 있었다.

"누나. 로투스 엄마 왔어."

누나가 옷을 추슬렀다. 나는 지은 죄도 없는데 미성년자 관람불가 장면이 앞에 펼쳐지는 바람에 고개를 숙여야 했다.

"그냥 나 없다고 해."

누나는 도로 이불 속으로 들어갔다.

"보살니임!"

부르짖는 천하보살의 목청이 천지를 울릴 듯이 건물 전체를 울렸다.

"누나!"

나는 누나를 다그쳤다. 누나가 나가지 않는다면 저 대단한 목청의 천하보살이 건물 전체에 저주를 내릴 참이었다. 지팡이를 휘두르며 번개가 번쩍이고. 아. 그건 마술사였던가? 무당에 대해서는 잘 모르겠다. 어쨌든 저주든 뭐든 저 목청만큼 대단할까 걱정됐다.

그에 맞대응할 누나의 슈퍼 파워에 대해서는 할 말이 별로 없다. 신방을 동물병원처럼 만드는 데는 일가견이 있다는 것은 확실하긴 하지만.

"또 왜 그러세요. 새벽에 이렇게 찾아오시면 어떡해요. 여기 없다니까요."

"그런가 보네. 미안해."

천하보살은 안으로 들어오자 웃음을 지어 보이며 자기 집인 것처럼 주방 식탁 앞에 앉았다. 천하보살이

윤여경

보살이라고 부르는 로투스의 행방을 물으러 찾아오는 일은 이 주에 한 번 정도 있었다. 천하보살도 누나가 로투스를 문간방에 숨겨 놓았다는 것을 알았고 누나도 천하보살이 안다는 것을 알았다. 그러니까 어떻게 보면 주인이 애완동물에게 문안 인사 온 셈이다.

로투스가 우리와 살기 시작한 것은 다리가 망가진 그날 이후였다. 경찰서에 데리고 간 그 녀석을 집에 데려와서 사료를 먹이고 위로해준 사람은 누나였다. 어쨌든 놈은 그날 이후 내 방인 문간방에 눌러앉았다. 어디든 밖으로 나가려고 하지 않았다. 주인집으로도 말이다.

"아. 나는 요즘 어깨도 쑤시고 풍도 오는 것 같고. 옛날 같지 않아. 보살님이 옆에 있으면 든든해서 좋겠지만… 뭐 어디 있든 잘 있겠지."

천하보살은 문간방에 있는 로투스에게까지 잘 들리도록 쩌렁쩌렁 울리는 소리로 말했다. 동물이 알아듣는다고 생각하는 걸까? 누나는 귀에 손을 대고 약간 찌푸리다가 머그잔을 꺼내서 우유를 넣고 데웠다. 둘은 잔 두 개를 마주 놓고 홀짝댔다.

"귀신들과 친해진다고?"

"아니오. 정보들과 친해져요. 뇌의 칩을 통해서 얻은 정보들이요."

"아아. 그건 잡귀들이지."

이해했다는 듯 천하보살이 고개를 끄덕였다.

"그래도 젊은 처녀가 온갖 잡귀들에게 휘둘려 살면 곤란해. 내가 신어머니 하나 소개해줄까? 큰 신 하나 모시고 잡귀에 휘둘리지 말고 편히 생활해."

천하보살이 말했다. 이번엔 누나가 눈만 깜박거렸다.

"어떻게 정통 정보랑 잡 정보랑 구분을 하세요. 이해할 수 있는 정보들만 좋은 정보들이 아니에요. 잡 정보들도 다 사연이 있고 소중해요. 저는 모든 정보들을 평등하게 대하고 있어요."

무슨 소린지 알아듣지 못한 무당은 다른 화제로 옮겼다.

"그래서 자넨 칩으로 운명을 맞춘다는 건가?"

잠깐 혼란에 빠졌다가 깨어난 보살이 묻자 누나는 반갑게 고개를 끄덕였다. 보살은 할 말을 잃은 것처럼 커피를 홀렁 마셨다.

"그럼 무당이랑 다른 게 뭐야?"

"정보를 다운로드 받는 것은 같죠. 하지만 정보를

윤여경

귀신에게서 얻는 게 아니라 칩을 통해서 얻죠."

무당과 누나는 서로 입을 다물었다. 침묵이 흘렀다.

"그 칩으로 내 운명도 알고 싶구만."

"뭘 알고 싶으신데요?"

"다른 무당들보다 소셜미디어에서 더 유명해지고 싶은데."

"무당으로 돈도 많이 버시면서 유명해지기까지 원하세요?"

"그래. 칩으로는 대답이 어떻게 나와?"

누나는 계산 중인 것 같았다. 데이터를 분석해 보니 소셜미디어에서 승부하려면 본업을 거의 포기해야 한다는 결론이었다. 누나는 이런 결론을 내주면서 기뻐했다. 상대도 기뻐할 거라고 진심으로 생각하는 모양이었다. 돈 잘 벌리는 본업을 거의 포기하라는 말을 믿을 사람이 어디 있을까.

"소셜미디어를 중심으로 일하세요."

누나가 말했다.

이 세상의 모든 슬프고 괴로운 일들은 바로 정보나 소식들이 사람들에게 제때 전해지지 않아서라는 믿음을 가진 누나였다. 이 정도면 거의 종교였다. 아버

소셜무당지수

지가 돌아가셨을 때도 미리 사망 가능성이 높았던 시기를 유추해 낼 수 있었지만 믿지 않았다고 했다. 때문에 아버지와 마지막 시간을 같이 할 수 있을 기회도 사라졌다고 했다.

그게 말이 되는가? 죽음을 예측하다니. 거실 한쪽에 이불을 펴고 자는 척하던 나는 작게 한숨을 쉬었다. 천하보살의 말에 따르면 로투스나 매일이 일이 잘 안 풀리는 것은 잡귀가 빙의했기 때문이지만 누나는 빙의가 아니라 아직 때가 안 와서 그런 거라고 했다. 모든 것은 타이밍이 있으며 그 정보를 알고 때를 잘 맞추면 소원이 이뤄진다고 했다. 그때까지 소원을 안고 때를 기다리며 살아야 한다는 말이다. 한바탕 굿거리로 귀신을 돌려보내는 무당의 굿에 비해 시간적 효율이 없어 보였다.

로투스가 있는 문간방 쪽은 잠잠했지만 매일 쪽에서는 바스락거리며 무언가를 먹는 소리가 들렸다. 저러다 당뇨병 걸리고 말지. 기분이 나쁘거나 좋거나 매일은 초콜릿이나 과자를 먹었다. 처음 이곳을 찾아왔을 때 매일은 아래층의 만두 가게에서 잡일을 하며 숙식을 하고 있었는데 누나가 나눠준 과자를 먹고 나

382

윤여경

더니 아예 눌러앉았다. 그다지 색다를 것도 없는 과
자였는데.

천하보살은 끝내 문간방은 열지 않았다. 내가 참
다못해 화장실을 들락날락하면서 문간방 앞에서 기
침을 하며 알려 주었지만 보살은 거실을 휘 둘러보는
시늉을 하고 한숨을 몇 번 쉬는 둥 마는 둥 하더니 문
밖으로 사라졌다. 천하보살의 뒤를 따라 나도 현관을
나서는데 뭔가가 머리에 날아왔다. 누나가 던진 쿠션
이었다.

"누나. 자꾸 나한테 물건 던지지 마. 매일이 배워서
똑같이 하잖아."

"던질만 하니까 던졌겠지. 매일이한테 까불면 나
한테 혼난다. 근데 너 어디 가려고? 이따가 산부인과
가야 되는데 같이 가."

누나의 말에 나는 가슴이 내려앉는 것 같았다. 고
등학생 동생한테 산부인과 심부름을 시키는 누나는
흔치 않을 것이다.

"난 경찰서 가봐야 돼. 돈 떼간 놈들 잡았대. 얼굴
확인해 달라고 지금 연락 왔어."

누나는 나를 흘겨보며 말했다.

"정기검진 오전에 예약되어 있으니까 매일이랑 같이 다녀와."

누나는 현관을 나서면서 라면 한 봉지 심부름 시키듯 말했다. 누나의 말에 나는 매일을 보았다. 그녀는 내 시선을 피해 고개를 숙였다.

한 시간 동안 나는 누워서 텔레비전만 봤다. 매일은 청소를 하며 집 안을 돌아다녔다. 나는 이대로 누워 있기로 결정했다. 누나가 집에 돌아오면 둘이 같이 가라고 할 참이었다. 임신 정기검진이라는데 그런 덴 가본 적도 없고, 그리고 매일이라니. 매일과 함께 산부인과에 들어가는 모습을 상상하니 더 망설여졌다.

두 시간이 지났지만 경찰서에 간 누나는 핸드폰도 꺼놓고 감감무소식이었다. 매일은 청소를 마치고 야채를 다듬거나 세탁기를 돌리며 시간을 보냈다. 집안일은 그녀가 다 도맡아 하고 있었다. 누나랑 단 둘이 있을 때는 내가 하던 일들이었다. 누나는 경제관념이나 청결관념이 없어서 집 안을 엉망으로 만들어놓곤 했다. 방에 불이 켜져 있거나 컴퓨터가 켜져 있으면 끄는 것도 매일이었다. 요즘 따뜻한 집밥을 먹을 수 있는 것도 매일의 요리 솜씨 덕분이었다. 누나의 요리 솜씨라면 냉동식품을 해동하는 정도였다. 나는 지나다니는 매일을 바라보았다. 그러고 보니 매일의 배가 약간 볼록했다. 평소에 과자니 빵이니 식탐이 있었던 것도 기억났다. 이런 이상한 환경 속에서도 아기가 뱃속에서 무사할지 궁금했다.

"안 가도 되는데."

현관에서 매일은 이렇게 말했다. 그녀는 허둥대며 나를 돌아보다가 현관문에 끼일 뻔했다.

"조심해."

내가 그녀에게 말했다. 매일은 나와 시선을 한 번 맞추더니 현관을 나갔다.

현관문 밖에서 매일의 비명이 들린 것은 그때였다. 매일은 하얗게 질려 있었다.

"우리 허니 잘 있었어?"

검은 모자를 쓴 중년의 남자가 매일에게 말을 걸고 있었다.

"우리 이제 집에 가자."

남자가 말하자 매일은 고개를 저었다. 매일은 어느새 내 뒤로 숨었다.

"아직 집에 돌아갈 준비가 안 된 것 같네요."

소설무당지수

나의 말에 남편인 듯싶은 남자의 얼굴이 순간적으로 붉으락푸르락해졌다.

"누구야 이놈은?"

남자는 입가에 침을 흘려가며 흥분했다. 나는 매일의 팔을 잡으려던 남자를 밀쳐냈다. 걱정이 되었다. 폭력적인 남자를 따라가면 어떻게 될지 드라마에서 많이 봤으니까.

"난 안 가."

매일이 속삭였다.

"뭐라고? 내가 뭘 잘못했는지 집에 가서 얘기하자. 미안해. 내가 잘못했어. 허니."

남자가 눈물을 흘리며 말했다. 이외의 모습이었다.

"잠깐만."

내가 말하는데 어디서 나타났는지 로투스 녀석이 남자에게 달려들었다. 남자의 모자가 벗겨졌다. 대머리가 드러났다. 벌레 하나도 못 죽이게 생긴 인상에 어울리게 싸움도 못했다. 남자의 주먹이 로투스에게 날아갔지만 로투스는 뛰어내려 살짝 피했다. 뒤에 있던 매일이 맞고 주저앉았다.

"이 아저씨가."

나는 남자의 멱살을 잡았다. 그냥 겁만 주려고 했는데 상황이 심각해졌다. 집 앞 마당에서 유튜브를 찍던 천하보살이 경찰에 신고해서 상황이 시작된 지 몇 분도 안 돼 경찰이 등장했다.

유리문을 다람쥐가 두 발로 긁기 시작했다. 멀리 거북이도 다가오기 시작했다.

"야생동물을 포획하신 겁니까?

경사가 물었다.

경찰서 안은 북적댔다. 다람쥐 세 마리와 거북이 한 마리, 고양이 한 마리. 그리고 그 고양이를 안은 한복 입은 무당이 경찰서에 들어섰지만 아무도 돌아보지 않았다.

"동물보호소에서 올 때까지 그대로 놔두세요."

경사가 말했다.

설 연휴에 술을 마시고 사고를 친 외국인 노동자들과 내국인들이 함께 취조를 받고 있었다.

매일은 남자의 집으로 돌아가지 않고 한국에서 아기를 낳아 키우겠다고 했다. 남자는 계속 매일을 설득했다. 하지만 매일은 고개를 푹 숙이고 있었다.

소설무당지수

"야. 딴 데 신경 쓰지 말고 여기나 봐. 보호자한테 전화해."

로투스와 나란히 앉아서 매일 쪽을 바라보고 있던 내게 경장이 명령했다.

"제 보호자는 저기 있는데요?"

"어디. 누군데?"

경장이 물었다. 나는 경찰서 한가운데서 경찰들에 둘러싸여서 웃고 떠들고 있는 한 여자를 가리켰다.

"아 저 아가씨가 네 보호자야? 예쁜 아가씨가 골치 아픈 동생을 뒀네. 니가 잘해야지. 인마."

경장은 내 머리를 한 대 때렸다. 누나는 종이에 무언가 적으며 취조 중인 경찰들과 웃고 떠들고 있었다.

"아가씨 나도 좀 봐줘. 올해 연애 운은 좀 어떤가?"

"난 진로 좀 봐줘. 이 짓 때려치우고 술집이나 차릴까 생각 중인데."

내 담당 경장은 시끌벅적한 누나 쪽을 보며 자신도 무언가 한마디 거들고 싶은 듯 입맛을 다셨다.

"누나 돈 떼어먹었다는 놈들하고 대질심문은 끝난 거예요?"

한눈을 파는 경장을 보다 못해 내가 물었다.

윤여경

"누나가 기억 못 하겠다는데?"

"자기 돈 떼먹은 사람 얼굴도 기억 못 한대요?"

"글쎄. 기억을 못 하는 건지 안 하는 건지. 아가씨 말로는 몇백억 꿀꺽하면 죄가 아니고 몇백만 원 꿀꺽하면 감옥 가야 되냐고 하더군. 어쨌든 그놈들은 증거가 확실하니 그렇게 도와줘 봤자 소용도 없어."

누나의 오지랖이 또 나온 것이다. 나쁜 놈은 다 나쁜 놈이지. 어디 덜 나쁜 놈과 더 나쁜 놈이 있는지. 덜 나쁜 놈은 세탁하듯이 교화하면 된다는 누나의 혼란한 윤리관 때문에 몇백만 원은 그냥 날아가게 생겼다. 나는 한숨을 쉬었다.

매일이 도망간 것은 그때였다. 경찰서 안이 어수선한 틈에 남자에게 니킥을 날리고 출입문 밖으로 도망친 것이었다. 기가 막혀서 모두 멍하니 있는데 일 분도 안 되어 얼굴이 상기된 매일이 경찰들에게 잡혀 안으로 끌려 들어왔다. 어떻게 데리고 왔는지 매일은 몸부림을 쳤다.

"난 안 가. 난 독립해!"

매일은 입술을 떨며 말했다.

"놀고 있네. 요즘에는 결혼하자마자 가출하는 외국

인이 말썽이야."

경장이 혼잣말하듯 말했다. 매일은 양팔이 잡혀서 유치장에 들어갔다. 경장이 매일을 유치장에 넣고 자물쇠를 잠그려고 하자 갑자기 누나가 끼어들어서 그의 손을 막았다.

"이 손 놔요. 공무를 방해하면 안 돼."

"아직 열여덟 여자아이일 뿐인데 이런 데 가두는 건 심하잖아요."

경찰과 누나가 유치장 자물쇠를 가운데 두고 실랑이를 했다. 경찰이 누나를 얼렀다. 그런데 로투스가 갑자기 흥분하기 시작했다. 나는 씩씩대는 로투스를 보며 '너 왜 이래' 하는 눈초리를 보냈다. 녀석도 경찰서 안인 건 아는지 난동을 부리지는 않았다. 대신 야옹 소리를 질러댔다. 경찰서를 울리는 쩌렁쩌렁한 목소리였다. 로투스는 역시 인간 엄마인 천하보살을 닮아서 목청만큼은 컸다. 경장은 의자에서 일어났다가 다시 앉았다. 다른 경찰관 두 명이 다가와 양쪽에서 로투스를 잡으려고 했다. 로투스는 계속 소리를 지르며 도망다녔고 경찰 한 명이 로투스를 한 방 걷어찼다. 화가 난 누나가 일어섰다.

윤여경

"유치장에 가두기만 하면 다예요? 말 못 하는 동물인데 배려를 좀 해주세요."

결국 누나도 로투스를 감싸 안은 채 유치장에 갇혔다. 누나가 '배려'라는 단어를 썼다는 걸 믿을 수가 없었다. 걸핏하면 하나뿐인 남동생을 때리는 독재자 누나가 할 말인가 싶었다. 손발이 오글거렸다.

경찰서 안 텔레비전에서 대통령이 베트남에서 돌아왔다는 뉴스가 나왔다. 한국 남자와 베트남의 미성년자와의 결혼을 조사해서 무효로 하는 방안을 협의 중이라고 했다. 그걸 본 나는 깨달았다. 저 뉴스는 매일이의 상황도 해당될 거라는. 매일이는 고작 고등학교 1학년 때 결혼한 것이다. 내 나이 때. 너무나 불쌍하다는 생각이 들었다.

"잠깐만요."

매일이를 경찰들이 제압하려는 순간 내가 소리 질렀다. 모두의 시선이 내게 향했다.

"그러니까. 제가 하고 싶은 말은. 그러니까, 저 여자분은 임신했으니까. 살, 살, 다, 뭐, 주시라고요."

내 말이 끝나자마자 매일은 소란을 피운 죄로 유치장에 갇혔다. 남자는 그것 보라는 듯이 침을 퉤 뱉었다. 자기의 아이를 임신한 여자가 유치장에 갇혀 있는데 말이다. 나는 꼭지가 돈다는 게 뭔지 처음으로 느꼈다. 남자에게 달려가 펀치를 날렸다. 남자를 내 밑에 깔고 패기 시작했다. 어느새 어디서 날아오는지 모를 주먹들이 내게 날아왔다. 세상은 반짝거리는 별천지가 됐다. 나는 쓰러졌다.

나는 유치장 쪽을 보았다. 남자유치장 안에서는 로투스가 고래고래 소리를 지르고 있었고 누나는 유치장 창살을 잡은 채 경장에게 '배려'를 호소하고 있었다.

소리가 점점 잦아들다가 거의 아무것도 들리지 않았다. 흰 티셔츠에 청바지를 입은 매일이 눈물을 흘리며 나를 동정하는 듯이 쳐다보고 있는 것이 클로즈업 되어 보였다. 나의 매일은 이 모든 아우성 속에서 첫눈처럼 빛을 내고 있었다. 아기도 독립도 지켜내리라는 눈빛이었다. 나는 깨달았다. 지금이 생애 처음 사랑에 빠진 순간이라는 것을. 누나가 나를 손가락으로 가리키면서 경장에게 무언가 속삭였다. 누군가의 팔이 뒤에서 감겨왔다. 내 몸이 질질 끌려갔다.

"오늘따라 서가 난장판이네."

윤여경

나를 소파에 앉힌 채 물을 권하는 경장의 목소리가 메아리처럼 울렸다. 다람쥐와 거북이는 상자를 빠져나와 도망 다녔고, 강강술래를 하듯 주위 사물들이 돌기 시작했다. 취조하는 경찰관. 발뺌하는 사기범들. 술에서 덜 깬 외국인노동자들. 소리 지르는 로투스. 현실과 비현실 구분을 못하는 누나와 모두가 나와 매일을 가운데 두고 빙빙 돌았다.

그때였다.

"땅이 무너지고 있어요."

주변을 핸드폰으로 찍고 있던 천하보살이 소리쳤다.

"밖으로 내보내줘요. 싱크홀이에요. 싱크홀이 뭔지 알죠? 몇십 초 안에 여기 전부 가라앉을 거예요."

누나가 소리쳤다.

그 후 며칠은 정말 정신없는 나날이었다. 천하보살이 올린 싱크홀 영상은 조회 수 삼백만을 넘었다. 덕분에 그녀의 유튜브 채널은 인기 채널이 되었다. 다리 한쪽이 제 구실을 못했던 로투스의 영상을 본 누군가가 로투스에게 큰 후원금을 주어 다리를 고치게 해주었다.

하천 옆에 있던 경찰서는 무너져 내렸다. 우리가 몇 초만 더 머물렀더라면 어떻게 됐을지 생각하기도 싫다. 그리고 나는 묻기 싫은 질문을 누나에게 했다.

"싱크홀이라는 건 어떻게 알았어? 누나는 유치장 안에 있었잖아."

"동물들이 도망가고 있었어. 하천가 옆에서."

"그 동물들이 설마 누나에게 말을 걸거나 하지는 않았던 거지?"

누나의 정신 건강이 의심스러웠던 나는 조심스레 물었다.

"글쎄. 의사소통은 여러 경로로 하는 거니까. 싱크홀이 일어날 하천가에 있던 동물들이 크게 동요했었지."

누나가 알쏭달쏭하게 말했다. 싱크홀 뒤에 다람쥐와 고양이들은 우리 집에서 나갔다. 피난처로 들어왔다가 집에 돌아간 모양새였다. 로투스도 자기 주인에게 돌아갔다. 매일이만 남았다. 그녀에게는 아직 우리 집이 피난처인 모양이었다. 그녀에게 나도 따스한 피난처가 되었으면 좋겠다.

나는 저녁 여섯 시 이후로는 그녀의 방문 앞에는

윤여경

얼씬거리지도 않는다. 하지만 낮에는 우리는 둘이 같이 검정고시 공부를 했다.

바깥에서 시끄러운 소리가 들려서 나가 보니 누나와 양복쟁이 몇 명이 같이 들어오고 있었다.

"국가기관 연구소 분들이야. 싱크홀과 여러 예측을 성공한 나를 연구하신대."

누나는 실험동물이 된 것이 뭐가 좋은지 희희낙락이었다.

"누나를 집 밖으로 데려가시면 안 됩니다. 절대 감금 연구는 안 됩니다. 그러시려면 우선 저희 변호사와 연락하세요."

공포에 질린 나는 있지도 않은 변호사를 운운했다.

"장상아, 좀 조용히 해. 이분들은 한 달 동안 우리 집에 머물거야."

"한 달이라고? 어디서 주무실 건데?"

"한 분은 건넌방에서, 다른 분들은 출퇴근하실 거야. 게다가 연구지원비를 많이 주신대. 그리고 말이야."

누나가 내 귀에 속삭이기 시작했다.

"이분들이 우리 집에서 머물동안 혜성 N872-L2가

소셜무당지수

지구를 향해 날아오고 있어."

혜성과 연구원이라고? 이 둘이 어떤 관련이 있는지는 이 세상 아무도 모를 거였다. 누나의 꿍꿍이가 뭔지는 전혀 알고 싶지 않았다. 단지 하나는 알고 싶었다.

"도대체 습도랑 이스라엘 테러랑 싱크홀이랑 무슨 상관관계인 거야?"

내가 물었다.

"이분들에게도 설명할 거야. 같이 들어와서 들을래? 오전, 오후 다해서 음… 여섯 시간 걸릴 텐데."

누나가 대답했다.

"됐어."

나는 뒤로 뺐다. 우리 집은 또 이렇게 분주해졌다. 누나가 혹시라도 감금 연구 대상이라도 되지 않을까 싶어서 바짝 긴장해야 할 상황이다.

이렇게 해서 나는 오늘도 나의 누나를 지켜야 한다. 매일이도 함께. 매일이 생각을 하자 나도 모르게 미소가 지어져서 급히 표정을 지웠다. 이런 생각을 누나에게 들킬 수는 없었다. 하지만 나는 알고 있었다. 누나는 언제나 거의 모든 것을 알고 있다는 것을.

누나 쪽을 보았다. 연구원들을 보는 누나의 표정

윤여경

을 보니 소셜무당지수 덕분에 이미 연구원들에 대해서도 많은 것을 알아낸 모양이었다. 연구 대상이 누나인지 연구원들인지 알 수 없는 일이었다. '이봐, 관음증 환자! 너무 스토킹하듯이 알려고 하지 마.' 나는 찌푸린 표정으로 누나에게 전했다. '나도 이럴 계획은 아니었다고.' 이런 표정으로 누나가 어깨를 으쓱하며 미소 지었다.

작가 후기

    박봉춘 심방이 구연한 〈원천강본풀이〉의 서사 단락은 다음과 같다.

    '오늘'이 부모를 찾으러 원천강으로 가다가 장상이라는 소년과 연꽃, 선녀들 그리고 매일이라는 소녀를 만나 각자에게 자신의 운명에 대한 물음을 받는다. 오늘이는 부모를 만나 오는 길에 답을 부탁받은 물음들을 모두 해결해 준다. 장상이와 매일이는 혼인을 하고, 연꽃은 꽃을 피울 수 있게 되는 등 성취를 한다. 그 후 오늘이는 옥황의 신녀가 되어 인간의 절마다 '원천강' 즉 운명의 책을 등사한다. 이와 비슷하게 서양에서는 '아카식 레코드'라는 곳에 모든 시간을 뛰어넘은 우주의 여러 기록이 다 담겨 있다는 이야기가 전해온다.

주인공 오늘이는 한국의 '시간과 운명의 여신'이다. 우리가 생각하는 운명이라는 것은 일종의 타이밍이며, 그 타이밍을 만드는 것은 정보가 아닌가 생각했다. 인공지능을 이용해 수많은 정보를 운용할 수 있는 시대다. 정보를 가져오는 루트가 꼭 전통적일 필요는 없는 것이 아닐까. 인간보다 먼저 쓰나미와 같은 재해와 비가 오는 것을 미리 예측하는 동물들, 그들이 볼 수 있는 정보, 좀 더 나아가서 다른 차원이나 시간대의 정보 등 인간이 아는 그 이상의 정보처 즉 '원천강'이 있다면 인간의 운명도 스스로 만들어갈 수 있는 시대일 것이라는 생각을 한국의 신화에서 빌려왔다.

홍진국대별상전

이경희

이경희는 SF를 주로 쓰는 작가다. 첫 장편소설 《테세우스의 배》로 2020년 SF어워드 장편부문 대상을 받았다. 동양 판타지와 시간여행이 뒤섞인 단편 〈꼬리가 없는 하얀 요호 설화〉가 2019년 황금가지 타임리프 공모전에 당선되었고, 단편소설 〈살아있는 조상님들의 밤〉은 온라인 소설 플랫폼 '브릿G'에서 '2019 올해의 SF'에 선정되었다. 지은 책으로 《그날, 그곳에서》《테세우스의 배》《SF, 이 좋은 걸 이제 알았다니》등이 있다.

하늘에서 핵이라는 것이 떨어져 폭발한 이래로, 날개를 지닌 채 태어난 아기는 제 부모의 손으로 직접 숨통을 끊어야만 하는 것이 나라의 정해진 법도였다. 이는 천 년간 대를 이어 내려온 홍진국紅眞國 성주星主의 지엄한 명령으로, 누구도 이에 맞서거나 이를 바꿀 엄두를 내지 못했다.

못난 부모들은 자신에게 해가 돌아올까 두려워 양손을 떨면서도 기어이 아이의 목에 탯줄을 감았다. 차마 제 손으로 행하지 못하는 자들을 위해 이웃이 대신 나서는 풍습 또한 횡행했다. 집집마다 날개 뼈로 치장된 무덤이 그득했고, 매일 밤 통곡이 끊이지 않았다.

간혹 법을 어기고 아기를 감추려 한 자도 있었으나 대

홍진국대별상전

개는 하루를 채 넘기지 못하고 주변에 그 정체를 들키고 말았다. 날개 돋은 아이의 주변에서는 항상 설명하기 힘든 신묘한 사건들이 일어나곤 하기 때문이었다. 어느새 소문을 듣고 나타난 관병들이 금줄을 끊고 산실 안까지 들이닥쳤으니, 아이는 부모의 눈앞에서 총칼에 죽임을 당했고, 부모는 역모를 꾸민 죄로 예외 없이 원개圓蓋 밖으로 추방되었다.

홍진국 성주가 이토록 날개를 두려워한 이유는 날개를 지닌 아이가 새 시대의 영웅이자 역모의 상징이요, 역성혁명易姓革命의 씨앗인 제세주濟世主의 환생이라는 소문 때문이었다. 소문에는 아무런 근거가 없었으나 많은 사람들이 이를 굳게 믿었다. 애당초 날개를 지닌 자가 아니고서야 하늘 높은 곳에 위치한 성주의 궁전에 가닿을 방도가 없었으므로.

이러한 때에 산신産神과 마고신麻姑神이 합심하여 한 아이를 잉태하니, 아이의 이름을 별상別相이라 했다. 후대에 이르러 사람들은 이 자를 홍진국대별상마마紅眞國大別相媽媽라 불렀다.

__《탐라기耽羅記》,〈홍진국대별상전紅眞國大別相傳〉

이경희

"세상 만물에는 정해진 짝이 있다 하네."

산産이 말했다.

"음과 양. 긴 것과 짧은 것. 선한 것과 악한 것. 심지어 인간을 빚는 상제上帝의 언어조차 말일세."

"유전자를 말하는 것입니까?"

마고는 침소에 편히 누운 자세로 물었다.

"그렇지."

산은 붓을 집어 마고의 배꼽을 중심으로 사방에 길고 짧은 막대를 그렸다. 이는 우주의 설계도이자 세상의 이치인 중심원리中心原理를 표현한 상징으로, 한 생명의 탄생이 우주의 탄생에 닿아 있음을 뜻하는 주술이었다.

"생명을 빚는 상제의 언어는 일견 복잡해 보이나, 실제는 건-곤-감-리 네 가지 괘의 조합에 불과한 것이야. 이러한 괘들은 다시 건(☰)과 곤(☷)이 한 쌍을 이루고 감(☵)과 리(☲)가 한 쌍을 이루니, 오직 긴 것은 짧은 것과 짧은 것은 긴 것과만 대응할 뿐이네. 꼭 반대의 형상끼리 서로 만나 교접하는 것이지."

"이해하기 어렵습니다. 네 가지 괘의 조합만으로 어찌 이토록 복잡한 인간이 빚어진단 말입니까?"

붓을 내려놓은 산은 이번엔 길고 두꺼운 주삿바늘을 집어 들며 마고의 질문에 답했다.

"건곤감리의 괘는 셋씩 하나로 묶여 다시 짝을 짓게 되니, 네 가지 괘의 조합을 세 번 제곱하면 결국 괘의 조합은 예순넷이 되는 것일세. 이를 코돈이라 부르네."

산의 설명처럼 마고의 배에는 총 예순네 개의 괘가 그려져 있었다. 이는 대성괘大成卦라 불리는 오랜 상징이었다.

"인간의 씨앗 하나에만 코돈 조각 수억 개가 정성스럽게 쌓아 올려져 있으니, 예순네 가지 성정의 많고 적음이 저마다 차이가 있어 아이들은 모두 각자의 개성을 지니게 되는 것이야. 이와 같은 과정을 거쳐 만들어진 애기 씨가 이 주삿바늘 속에 들어 있네. 이제 그대의 뱃속에 착상을 마치면 이윽고 한 생명의 잉태가 시작될 것이네."

마고는 천천히 몸의 힘을 풀고 치마를 들어 올렸다. 산은 마고의 다리를 열고 주삿바늘을 집어넣었다. 출산을 평생의 업으로 살아온 두 사람에게 이는 무척 익숙한 일이었다.

이경희

"허나 이후로도 열 달의 감내와 스무 해의 애정이 담겨야만 한 인간이 올바른 어른으로 자라나니, 생명을 기르는 일이란 참으로 애달프고 쓰디쓴 과정이로구나."

애기 씨를 밀어 넣으며 산은 자기도 모르게 한탄스럽게 읊조리고 말았다. 한숨 소리를 들은 마고는 손가락으로 산의 입술을 가로막았다.

"이리 크게 숨을 뱉으시면 아이의 혼백이 날아갑니다."

"혼백이란 없는 것이다. 생명은 오로지 산신의 손으로 빚어낸 물질의 조합일 뿐이니."

그러자 마고는 산을 향해 비웃듯이 말했다.

"답답합니다. 산신께서는 우주의 간단한 이치를 어찌 이토록 복잡하게만 고뇌하십니까."

"무엇이 간단한 이치란 말인가."

산의 목소리에는 심통이 섞여 있었다. 마고는 위로하듯 부드럽게 산의 얼굴을 끌어당겨 입을 맞추었다.

"그대와 내가 한 짝이며, 우리의 정이 이 아이를 잉태한 것입니다."

마고는 거대한 몸을 뒤척이며 자신의 배를 쓰다듬

었다.

"저는 이미 알고 있습니다. 이 아이는 자라나 새 세상의 영웅이 될 것입니다."

마고의 손이 닿는 족족 먹물이 축축한 땅에 녹아 배꼽 주위의 괘가 흐트러졌다. 산은 오직 자신의 지혜와 손재주만을 믿을 뿐 미신을 신봉하지는 않았으므로, 주술이 허물어지는 것을 크게 신경 쓰지 않았다.

✦

산과 마고가 갖은 정성과 감내를 다했으니, 다행히도 탈 없이 열 달이 흘러 아이가 태어나는 날이 되었다. 차가운 새벽, 진통이 시작되었다는 소식을 들은 산은 머리를 땋아 올릴 틈도 없이 펄럭이는 치맛자락을 움켜쥐고 한걸음에 마고의 집을 찾았다. 그런데 아이를 받은 할망이 걱정스러운 얼굴로 이리 말하는 것이었다.

"문제가 있사옵니다."

"말하라. 어떤 문제인가."

"쌍둥이옵니다."

"축복이지 않은가. 그것이 어찌 문제란 말인가."

이경희

"그것이…."

할망은 계속 말을 이리저리 돌리며 머뭇거렸다.

"어서 말해보라."

"두 아이 모두에게 날개가 달려 있사옵니다."

황망해진 산이 급히 방문을 열어젖히니, 과연 날개 달린 두 아이가 서로를 꼬옥 끌어안은 채 마고의 품 안에서 곤히 잠이 들어 있는 것이었다. 산은 누가 볼세라 황급히 문을 닫았다.

"건위천乾爲天의 기운이 지나치게 강한가 싶더라니…."

산이 이마를 짚으며 말했다.

"보십시오. 마치 음과 양이 현현하기라도 하듯 하얀 것과 검은 것이 날개를 퍼덕이며 서로를 꼬옥 끌어안고 있지 않습니까. 울음 한번 터뜨리지 않는 것이 신묘합니다."

할망이 아주 작게 속삭였다. 지쳐 잠이든 산모를 깨우지 않기 위해서였다.

"또 누가 이를 아는가?"

"저 외에는 아무도 모릅니다."

산은 잠시 고민에 잠기었다.

"어찌할까요?"

할망이 채근하듯 물었다.

"아이가 날개를 지녔으니 숨통을 끊는 수밖에 없지 않은가."

할망은 냉정히 고개를 가로저었다.

"허나 산신이여. 우리 계획에 반드시 필요한 아이가 아니옵니까. 함께 통문通文을 돌린 동지들에게 다시 열 달을 기다리라 말할 수는 없습니다."

"그렇다고 금기를 깨자는 말인가. 성주의 눈을 피해 영원히 아이를 감추진 못할 것일세."

"이리하는 것은 어떻겠습니까."

할망이 귀에 대고 속삭였다. 할망의 제안을 들은 산은 양손으로 이마를 감싸 쥐고 한참 고민했으나, 결국 제안에 승낙할 수밖에 없었다.

"그리하라."

할망은 곧장 되물었다.

"그럼 어느 쪽을?"

"…검은 아이가 특색이 있으니, 검은 아이를 택하자꾸나."

할망이 고개를 끄덕였다. 산은 잠든 마고의 품에서

이경희

두 아이를 빼앗아 양팔에 하나씩 안고 주방으로 향했다. 뒤따라온 할망이 문을 닫았다. 문틈으로 들어온 빛이 가려지자 새근거리는 아이들의 얼굴도 어둠에 덮혔다.

'한 아이를 죽여 다른 아이를 살리자는 것입니다. 날개 돋은 아이의 출생을 자진하여 고한다면 성주의 의심을 덜 수 있을 것이며, 혹여 신묘한 일이 일어난다 치더라도 죽은 아이가 남긴 원한으로 둘러대면 될 것입니다.'

산의 머릿속에서 할망의 속삭임이 끝없이 되풀이되었다.

그러는 동안 두 아이의 입을 단단히 틀어막은 할망이 부엌칼을 뽑아 들고 아이들의 날개를 도려내었다. 새빨갛게 달아오른 인두로 뽀얀 살갗을 지지는 동안에도 아이들은 숨소리 한번 내지 않으니 과연 비범한 영웅의 운명을 타고났음이 분명했다.

산은 하얀 아이를 내려다보며 사죄했다.

"세상에 눈뜨자마자 이리 떠나보내는 것이 미안하고 또 미안하구나."

칼을 받아 든 산은 아이의 목을 단숨에 끊었다.

411

이내 무너져 내린 산은 서럽게 흐느끼며 피 묻은 손으로 자신의 입을 틀어막았다. 이때만큼은 닳디 닳은 할망의 마음속에서도 감당할 수 없이 서글픈 감정이 샘솟았으니, 결국 할망의 눈에서도 한줄기 눈물이 흘러내렸다.

아득한 감정 때문에 그들은 눈치채지 못했다. 검은 아이의 올망한 눈동자가 데구루루 구르는 형제의 얼굴을 좇아 함께 구르고 있었다는 것을.

긴 밤이 지나는 동안에도 아이는 울음을 터뜨리지 않았다.

✦

다음 날 아침, 대문 위로 하얀 날개가 높이 걸렸다. 밤사이 날개 돋은 아이가 태어났음을 자진하여 고하는 의미였다. 동시에 대문에는 숯과 고추가 함께 엮인 금줄 또한 쳐졌으니, 이는 사내아이가 태어났음을 알리는 의미였다.

한낮이 되어서야 겨우 눈을 뜬 마고는 이내 울음을 터뜨렸다. 일주일이 넘도록 마고의 통곡 소리가 하늘을 뒤덮었다. 홍진국 사람들에게 이러한 곡소리는 너

이경희

무나 자연스럽고 익숙한 일이었기에 누구도 마고를 힐난하지 않았다.

이윽고 정신을 추스른 마고는 살아남은 아이를 '별상'이라 이름 짓고 애정을 다해 끌어안았다. 갖은 정성으로 아이를 보듬고 젖을 물리니 이에 호응하듯 아이도 마고의 새하얀 품으로 깊이 파고들었다.

마고의 건강을 확인한 산은 매정하게도 곧장 마을을 떠났다. 집안 대대로 이어받은 산신의 책무 때문이었다. 산은 몇 달씩 홍진국 곳곳을 떠돌다 돌아오기를 반복해왔다. 홍진국의 모든 아이를 자신의 손으로 점지하려면 언제나 시간이 부족했기 때문이었다. 산신의 손을 거치지 않은 아이들은 대개 뱃속에서 열 달을 채우지 못하거나, 태어나더라도 큰 병을 앓았기에 제멋대로 자신의 책무를 그만둘 수도 없는 노릇이었다.

산이 거의 집을 비우다시피 했으므로 아이를 기르는 일은 온전히 마고의 몫이었다. 홀로 남은 마고는 이웃에 젖을 팔아 얻은 쌀로 별상을 길러야 했다. 매일 낯선 아이들이 찾아와 여섯 개의 가슴에 매달려 서로 다투어대니, 별상의 눈빛엔 질투가 마를 날이 없었다. 어린 별상은 마고의 품에서 밀려나지 않으려 혼신의 힘을 다했다. 마고와 잠시 떨어지기라도 하면 아이는 천장이 무너지도록 우렁찬 울음을 터뜨렸다.

날개가 도려내졌음에도 태생의 비범함은 가려지지 않았다. 별상은 불과 한 달 새에 두 다리로 땅을 딛고 일어서 걸음을 걷기 시작했으며, 어느새 키도 쑥 자라 웬만한 아이보다도 커 보일 지경이었다. 별상의 성장이 하도 빨랐기에 마을에 돌아올 때마다 산은 깜짝 놀라곤 했다.

태어난 지 한 해가 지날 무렵이 되자 별상은 말과 문자를 모두 깨우쳤다. 별상이 글을 읽게 된 후로, 산은 집으로 돌아올 때마다 수레 가득 책을 가져다주었다. 가져온 책을 한 곳에 쌓으면 별상의 키를 훌쩍 넘길 정도였다. 집 안에 갇혀 별달리 할 일이 없었으므로, 별상은 그 책들을 순식간에 모두 읽고 습득했다. 다 읽은 책이 방 하나를 가득 메울 정도가 되니, 세 살이 될 즈음부터는 이미 어지간한 어른보다도 풍부한 학식을 갖추게 되었다.

아이의 몸도 훌쩍 자라났다. 이제 별상은 겉보기에

이경희

열 살 아이처럼 보였다. 하지만 여전히 그 속은 두 살 아기와 같이 미숙했다. 아이는 여전히 마고의 품에서 떨어질 줄을 몰랐고, 두 사람은 언제나 한 몸처럼 붙어 다녔다. 마고는 아이의 머리를 쓰다듬으며 매일 수백 번이 넘도록 이렇게 속삭였다.

"아가, 사랑한다."

아이는 마고의 젖을 입에 물고 손으로 조물거리며 사랑에 대해 물었다.

"그게 뭔데?"

"내 몸의 살을 뜯어 상대에게 먹일 정도로 소중히 여기는 것이란다. 내가 너에게 이리 정을 쏟듯 언젠가 너도 사람들에게 정을 주어야 할 때가 오겠지. 그 때가 오면 사랑이 무엇인지 이해할 수 있을 거란다."

"그럼 산과 마고가 서로에게 하는 것도 사랑이야?"

"그렇단다."

아이는 한참 고민하다 이렇게 말했다.

"나도 마고를 사랑해."

석고처럼 하얀 몸뚱이 위로 그림자처럼 검은 얼굴이 찰싹 달라붙었다. 이제는 양팔이 저릴 정도로 크고 무겁게 자란 아이를 내려다보며 마고는 아이가 너무 빠르게 자라고 있는 것은 아닐까, 혹여 아이의 정체를 들키지는 않을까 걱정이 되었다.

허나 이는 기우에 불과했다. 본래 홍진국 사람들은 저마다 몸에 크고 작은 흉을 지닌 데다, 수명과 겉모습 또한 제각각이어서 별상이 큰 주목을 받는 일은 없었다. 보기 드문 검은 피부만이 가끔 입방아에 오르내리는 경우가 있을 따름이었다.

산은 서너 달에 한 번씩 마을로 돌아왔다. 별상은 산이 집에 오는 날이 싫었다. 그런 날에는 언제나 산이 마고를 독차지했으니까. 산과 마고는 안채의 문고리를 굳게 걸어 잠갔고, 별상은 멀찌감치 떨어진 사랑방으로 내쫓겨야 했다. 이때만큼은 아무리 싫다고 매달려 소리쳐도 소용이 없었다.

"가만히 어른들의 말에 따르거라. 무릇 올바른 아이라면 어른 사이의 일에 끼어들지 않는 법이다."

산은 매정히 말하며 사랑방의 문을 닫았다. 아이는 어두운 방 안에 홀로 웅크린 채 추운 밤을 꼬박 지새워야 했다.

아침이 찾아오면 산은 어김없이 별상의 손을 이끌고 마을 밖으로 나섰다. 마고의 곁을 떠나야 하는 것

이경희

이 내심 불편했으나 평소에는 거의 구경할 일이 없는 거리의 풍경을 뜯어보는 일도 나름의 즐거움이 있었으므로 별상은 불평 없이 산을 따라나섰다.

거리에는 언제나 신기한 것들이 많았다. 무너진 담장 아래 부모를 잃고 바닥에 널브러진 아이들. 그런 아이들을 잡아가는 군졸들. 지워지지 않는 화약 냄새와 끈적한 핏자국들. 눈알을 파먹는 쥐 떼와 알을 낳는 파리 떼들. 길을 나설 때마다 매번 새로운 이름의 축제가 열리고 있었으나, 사람들의 얼굴은 그리 즐거워 보이지 않았다. 별상은 이러한 풍경을 찬찬히 톺아보며 눈에 밟히는 것마다 호기심을 담아 산에게 질문했다.

"저건 뭐야?"

아이가 높은 곳을 가리켰다.

"하늘이다. 투명한 원개가 홍진국 전체를 감싸고 있는 것이야."

"왜?"

"바깥의 독으로부터 사람들을 지키기 위해서지."

"독?"

"방사선이라는 것이다. 핵이라는 것이 하늘에서 쏟

아져 내려 아흔아홉 개의 거대한 구덩이를 만들어냈으니, 제각기 다른 종류의 독이 온 천지에 이만사천 년간 묻어나올 거라 하더구나. 구덩이에서 뿜어 나오는 독은 눈에 보이지도 않고 냄새도 나지 않으나 사람을 쉬이 아프고 병들게 한다. 평범한 사람이라면 한번 숨을 들이켜는 것만으로도 죽음에 이른다 하는구나."

"저 바깥엔 모두 독으로 가득 차 있는 거야?"

"내 알기로는 원개 밖으로 삼백 보 이상 내디뎌 살아 돌아온 자가 없다고 하더구나."

아이는 두려움에 몸을 떨며 높다란 원개를 시선으로 훑었다. 그러다 문득 하늘 높은 곳에서 궁성을 발견했다.

"저기 보이는 집은 뭐야?"

"어디 보자, 성주의 궁전이로구나."

"성주?"

"그래. 이 땅을 지배하는 자를 이르는 말이다."

"지배가 뭐야?"

"사람들의 삶을 대신 정해주는 것이다. 무슨 일을 하는지, 어디에 살아야 하는지, 누구와 혼례를 맺고

이경희

언제 아이를 낳아야 하는지 모든 것이 성주의 입에 달려 있다. 홍진국의 백성은 모두 성주의 명을 따라야 해."

"왜?"

"성주를 거스르는 것은 금기니까."

"금기를 어기면 어떻게 되는데?"

"저리 된다."

산은 손가락으로 먼 곳을 가리켰다. 누군가의 얼굴이 그려진 현판 아래에 사람들의 잘린 머리가 피를 뚝뚝 떨어뜨리며 장식물처럼 매달려 있었다. 그보다 한참 아래에선 발을 맞춰 걷는 군졸들이 총칼을 이리저리 휘두르며 사람들에게 호통을 쳐댔고, 그들의 발 아래엔 여인 하나가 낮게 웅크려 짐승처럼 짓밟히고 있었다.

"저 사람들은 왜 참고 있는 거야? 성주가 그렇게 강해?"

"아니. 허나 무척 힘센 사람들이 성주를 따른다더구나. 그들 각자가 신묘한 능력이 있어 나 같은 여인 백 명이 모여도 하나를 이기지 못할 정도라 하더구나. 허나…."

홍진국대별상전

산은 조심스럽게 아이의 귀에 속삭였다.

"어쩌면 언젠가는 네 힘이 그들보다 더 세질지도 모르지."

별상의 눈빛이 전에 없이 새롭게 반짝였다. 세상의 비밀을 하나 깨달은 자의 기쁨이었다. 아이의 마음속에 벅찬 감정이 차오르는 것을 느끼며 산은 이렇게 덧붙였다.

"이를 꼭 기억하거라. 무릇 사람이란 누군가에게 자유를 억압당하는 때가 오면 반드시 이에 맞서야 한다. 너에게도 곧 그러한 순간이 올 것이니 항시 이를 대비하도록 하여라."

별상은 자유라는 말이 무슨 뜻인지 몰랐으나 산의 진중한 표정만은 가슴속에 깊이 새겼다.

✦

"학당을 다니거라."

반년 만에 돌아온 산이 처음 건넨 말이었다. 산의 말을 들은 별상은 곧장 반발했다. 이제 산의 키를 훌쩍 넘긴 별상은 어깨가 쩍 벌어졌고 턱에서는 거뭇거뭇 수염이 돋아났다. 아이는 아직 다섯 살에 불과했

이경희

으나 겉보기에는 열다섯을 훌쩍 넘었다. 산은 아이를 올려다보며 다시 한번 명했다.

"학당을 다녀야 한다."

"하지만, 하지만…."

별상은 머뭇거렸다.

"학당에 가면 마고와 떨어져야 하잖아!"

아이가 소리쳤다. 그 소리가 어찌나 큰지 고막이 떨어질 듯하여 산은 두 귀를 틀어막고 얼굴을 찡그렸다.

"조용히 말하거라."

아이는 여전히 화가 난 표정이었지만 목소리는 작아졌다.

"싫어. 가기 싫어."

"빨리 어른이 되고 싶지 않느냐? 마음껏 원하는 일을 하고 싶지 않느냔 말이다."

"…어른이 되고 싶어."

"그럼 잠자코 학당에 나가거라. 학당을 마쳐야 비로소 관례冠禮를 치를 수 있으니. 일 년만 참으면 금세 어른이 될 터이고, 어른이 되고 나면 언제든 네가 원하는 대로 할 수 있다."

별상은 불만 가득한 눈빛으로 양 볼을 부풀리며 침묵했다. 산도 입을 다물었다.

"학당은 싫어!"

결국 별상은 사랑채로 뛰어가 거세게 문을 닫았다.

그날 밤, 별상은 홀로 밤을 지새우리라 생각했으나 어찌 된 일인지 마고가 방으로 오라며 부르는 목소리가 들렸다. 별상은 안채로 들어서며 조심스럽게 주위를 둘러보았다. 산의 모습은 보이지 않았다. 마고는 별상의 곁으로 다가와 머리를 쓰다듬었다.

"어째서 학당에 가기 싫다고 하였니?"

마고가 물었다. 별상은 빠르게 도리질을 쳤다.

"마고랑 떨어지면 항상 나쁜 일이 생긴단 말야."

"두렵니?"

"…응."

마고는 거대한 몸을 움직여 아이를 끌어안았다. 그리고 자신의 목에 걸린 목걸이 중 하나를 풀어 아이에게 걸어주었다.

"이게 뭐야?"

"마고신의 핏줄을 따라 전해지는 특별한 목걸이 중 하나란다. 사방의 사악한 기운을 감지해 네게 속삭여

이경희

줄 것이야."

별상은 줄에 매달린 옥색 구슬들을 하나하나 헤아리듯 만지작댔다. 마고의 목에도 똑같은 목걸이가 걸려 있었다.

"아가, 우리가 이처럼 함께 이어져 있으니 나쁜 일은 절대 일어나지 않을 것이야. 그러니 걱정 말렴. 무슨 일이 있어도 내 너를 지킬 테니."

다정한 목소리를 들은 아이는 이내 울음을 터뜨렸다.

"어리구나, 여전히."

마고가 아이의 등을 쓸어내렸다. 가느다란 손가락이 강철 같이 탄탄한 근육의 결을 따라 미끄러졌다. 아이도, 마고도 밤새 잠을 이루지 못했다.

✦

결국 아침이 찾아왔다. 아이가 칭얼대며 버티는 통에 마고는 어쩔 수 없이 아이의 손을 잡고 함께 학당으로 향했다. 마을 외곽, 깊고 울창한 숲을 지나자 낡고 녹슨 콘크리트 건물이 보이기 시작했다. 별상은 손에 힘을 꽈악 주었다. 마고는 아팠으나 내색하지 않았다.

"이제 다녀오렴."

마고가 말했다.

"여기서 기다려줄 거야?"

"아니. 집으로 가야 한단다."

"끝나면 마중 나와 줄 거야?"

마고는 미소만 지을 뿐이었다. 별상은 천천히 손을 놓았다. 학당 정문 앞에 도착할 때까지 몇 번이나 돌아보았으나 마고는 여전히 꼼짝 않고 아이를 지켜보고 있었다. 조용히 목걸이에 귀를 기울여 보았지만 특별한 소리는 들리지 않았다. 아이는 안심하며 문을 열고 안으로 들어섰다.

별상이 엄마 손을 잡고 왔다는 소문은 하루도 안 되어 학당 전체로 퍼졌고, 별상은 금세 모두의 놀림거리가 되었다. 열다섯 아이들 사이에서 다섯 살의 마음을 지닌 별상의 존재는 몹시도 이질적이었다. 검은 피부 덕에 별상은 어디서나 눈에 띄었고, 모두에게 놀림을 당해야 했다.

그중에서도 특히나 별상을 괴롭힌 것은 성덕이라는 이름의 아이였다. 성덕은 첫날부터 별상을 옥상으로 불러냈다. 옥상은 성덕을 따르는 아이들로 그득했

이경희

고, 별상을 지켜줄 사람은 아무도 없었다. 별상은 이유 없이 매질을 당해야 했다.

성덕과 그의 친구들은 학당의 지배자였다. 학당의 아이들 모두가 그에게 굴복했고 온갖 재물을 가져다 바치고 있었다. 그는 별상에게도 같은 것을 요구했으나 별상은 거부했다. 산의 가르침 때문이었다.

"누군가에게 자유를 억압당하는 때가 오면 사람은 반드시 이에 맞서야 한다."

별상은 이리 말했고 곱절로 매질을 당했다.

자신의 그날 저녁, 힘겨운 첫날을 마치고 집으로 돌아온 별상은 마고의 품에 매달려 울음을 터뜨렸다. 별상은 구겨진 저고리를 풀어 헤치며 하루 동안 있었던 일들을 고했다. 허나 마고는 이를 믿어주지 않았다. 학당이 싫어 꾸며낸 거짓이라 생각하며 다정히 위로를 건넬 뿐이었다. 그도 그럴 것이 신묘하게도 몸의 상처가 씻은 듯 사라졌기 때문이었다. 마음이 갑갑해진 별상은 축 쳐진 어깨로 마고의 품에서 잠이 들었다.

다음 날에도, 그다음 날에도 마고는 기어이 별상을 학당 앞까지 데려다 놓았다. 별상은 두려움을 잊으려 묵묵히 자리에 앉아 서첩에 코를 박았다. 아무와도 눈을 마주치지 않고, 아무와도 말을 섞지 않았다. 다툼도 사귐도 없이 오로지 학업에만 집중하려 했다. 그러나 학당의 가르침이란 오로지 성주의 업적을 칭송하는 내용뿐이어서 그가 새로이 배울 수 있는 것은 아무것도 없었다.

이러한 노력에도 성덕의 패거리들은 매일 별상을 괴롭혔다. 그들은 온갖 트집을 잡아 쉬는 시간마다 별상을 불러냈다. 성덕과 친구들이 학당의 지배자가 된 이유도 곧 알 수 있었다. 패거리는 어른들 몰래 신묘한 능력을 길러 감추고 있었다. 성덕은 남들보다 몇 배는 강한 완력을 지녔고, 그의 친우인 강목은 염력을 부려 손대지 않고도 사람을 꼼짝 못 하게 만들었다. 그들과 꼭 붙어 다니는 윤희라는 아이는 사람의 마음을 읽고 헤집는 재주가 있었다.

강목이 신묘한 능력으로 그를 붙잡으면 근육을 한껏 부풀린 성덕이 그의 배를 무참히 걷어찼다. 별상은 먹은 것을 전부 토해내며 무릎을 꿇어야 했다. 그러면 강목이 염력으로 별상을 다시 일으켰고, 성덕이 그의 가슴을 때렸다. 이러한 일이 끝도 없이 반복되

이경희

었다.

지루하고 폭력적인 날들이 매일 이어졌다. 배움은 무의미했고, 아픔은 줄지 않았다. 지쳐버린 별상은 이제 마고 앞에서 눈물 짓지 않았다. 대신 거짓 웃음을 꾸며냈다. 묵묵히 학당에 나와 하루를 버티고 돌아올 뿐이었다.

별상이 갖은 폭력에도 굴하지 않자 성덕의 패거리는 점점 더 잔혹한 방법으로 별상을 괴롭혔다. 그의 남다른 회복력을 눈치챈 패거리는 사양 않고 몽둥이를 휘두르기 시작했다. 온몸에 상처가 터지고 피멍이 들었다. 어떤 날은 정신이 끊어졌다 몇 시간 만에 되돌아오기까지 했다. 잠깐 죽었다 깨어난 것이 아닌가 의심될 정도였다.

"아직 버티네?"

겨우 정신을 차리자 윤희의 얼굴이 보였다. 윤희는 그의 얼굴에 연초 연기를 내뿜으며 까르르 웃음을 터뜨렸다.

"아프니?"

"하나도 안 아파."

"거짓말."

홍진국대별상전

윤희가 별상의 뺨을 때렸다. 그러곤 그의 허벅지에 뜨거운 연초를 지졌다. 별상은 크게 비명을 지르려 했으나 성덕이 그의 입을 단단히 틀어막았다.

이처럼 사악한 폭력에 시달렸음에도 여전히 마고의 목걸이는 침묵했다. 아이는 더 이상 목걸이의 효험을 믿지 않게 되었다. 이제는 마고에 대한 애정조차 탁해져 내면의 빛을 잃어가고 있었다. 이러한 거짓 장난으로 자신을 속여 영원한 고통 속으로 밀어넣은 마고가 미웠다.

그날 침소에 들기 전 별상은 마고에게 물었다.

"만약에 나를 싫어하는 사람이 있으면 어떻게 해야 해?"

"학교에 그런 아이가 있니?"

"아니, 만약에. 만약에 말이야."

"음… 그럼 좋아하도록 만들어야겠지."

"어떻게?"

"진심을 보이면 반드시 마음이 통할 거란다."

"진심을 보여도 안 되면?"

"더 많이 노력해야겠지. 통할 때까지."

그 말을 듣고 아이는 참을 수 없이 분노가 치밀었다.

이경희

"노력했어! 충분히 노력했어! 지금도…."

별상은 세상이 떠나가도록 소리 지르며 불길에 뛰어들듯 마고의 가슴에 안겼다. 어찌나 기세가 강했던지 거대한 마고의 몸이 뒤로 넘어갈 정도였다.

"왜 내 마음을 몰라주는 거야?"

별상은 마고의 몸을 양팔로 꽈악 끌어안았다. 터질듯 숨이 막혔지만 마고는 내색하지 않았다. 오히려 커다란 손으로 차분히 아이를 보듬어 진정시키려 노력했다. 폭발하듯 쿵쿵거리는 별상의 심장이 마고의 몸을 북처럼 두드렸다. 터질 듯한 충동으로 가득 찬 육체가 단단해졌다. 열다섯 살의 몸을 지닌 다섯 살 아이는 생전 처음 느끼는 몸의 변화에 어찌할 도리 없이 휘둘리고 있었다. 순간, 소름이 끼친 마고는 날카로운 비명을 질렀다.

깜짝 놀라 물러서는 아이에게 마고는 처음으로 손찌검을 했다. 번쩍 눈앞에 섬광이 일었다. 뺨을 움켜쥔 별상은 한껏 겁을 집어먹은 표정이었다. 마고는 자리에서 일어나 아이를 내려다보며 말했다.

"아가, 너는 지금 내게 매우 큰 잘못을 저지를 뻔하였다."

그러나 별상은 지지 않고 팽팽히 맞섰다.

"어째서?"

"어찌 아이가 어미에게 그러한 연심을 품을 수 있단 말이냐. 이는 금기다. 짐승이나 하는 짓거리다."

"아니." 별상은 마고를 매섭게 노려보았다. "엄마가 아냐."

"무슨 뜻이냐."

"나는 마고에게 한 조각의 유전자도 받지 않았어. 내 몸엔 마고의 피가 흐르지 않아. 나는 잠시 당신의 사랑스러운 뱃속에 들어갔다 나온 존재일 뿐이야."

별상은 자리에서 일어서며 한마디를 덧붙였다.

"나는 당신을…"

"내 너를 짐승으로 길렀구나!"

마고는 아이가 말을 잇지 못하도록 회초리를 집어 마구잡이로 휘둘렀다. 궁지에 몰린 아이의 몸이 다시 뒤로 넘어갔다. 안채 문이 열리며 아이는 마당으로 굴러떨어졌다.

잠시 떨리는 숨을 가라앉힌 마고는 흐트러진 매무새를 정돈하며 아이에게 차갑게 명했다.

"이제부터는 각자 따로 잠을 청하도록 하자꾸나."

이경희

안채의 문이 닫히고 자물쇠로 굳게 잠겼다. 그 모습을 바라본 별상의 두 눈에 눈물이 차올랐다. 그는 바닥에 몸을 웅크린 채 한참을 흐느꼈다.

그날 밤 별상은 마당에 홀로 누워 하늘 너머의 별을 보았다. 아름답지만 닿을 수 없는 별들. 산이 가져다준 역사서에 따르면 탐라의 옛 선조들은 누구나 별들 사이의 질서와 법칙을 읽어낼 줄 알았다. 배를 타고 자유롭게 별과 별 사이를 건너다닌 사람들도 많았다. 항성계 전체를 하나의 깃발 아래 엮었던 위대한 시절도 있었다. 모두 핵이라는 것이 떨어지기 전, 일만팔천의 신들이 살아있을 적의 이야기다.

허나 지금 세상은 아흔아홉 가지 치명적인 독으로 가득 차고 말았다. 하늘길은 닫혔고, 대지에는 보이지 않는 저주가 내려졌다. 성주의 금기로 촘촘하게 짜인 좁은 원개 속에 갇혀 한 걸음도 편히 내디딜 수 없었다. 작은 학당조차 마음대로 벗어날 수 없는 처지였다. 불합리했다. 모든 것이. 아이의 힘으로는 도저히 어찌할 수 없는 세상이 미웠다.

빨리 어른이 되고 싶어.

별상은 속으로 같은 말을 중얼거리다 잠이 들었다.

◆

마고는 날 사랑하지 않는 걸까?

별상은 종일 고민에 잠겼다. 성덕이 그의 몸을 마구 때리고 있는데도 아무 느낌을 받지 못할 정도였다. 이상하게도 더는 매질이 아프지 않았다.

가슴에 멍도 들지 않았다. 오히려 때리는 성덕이 숨을 헐떡일 정도였다.

"안 아프다잖아. 하나도 안 아프다잖아."

별상의 마음을 읽은 윤희의 목소리가 파르르 떨렸다. 윤희의 말을 주워들은 아이들이 멀리서 웅성거렸다. 당황한 성덕은 평소보다 더 거대하게 근육을 부풀렸다.

"어디 이것도 버티나 보자."

턱을 얻어맞은 별상의 몸이 붕 하늘로 떠올라 옥상 끝까지 날아갔다. 하지만 별상은 멀쩡히 몸을 일으켰다. 화가 끝까지 치민 성덕이 그의 턱을 쥐고 들어올렸다. 별상은 표정 하나 바뀌지 않은 얼굴로 그를 내려다보았다.

"어서 굴복해라! 그렇지 않으면 여기서 떨어뜨릴 테다."

성덕이 호통쳤다. 하지만 별상은 속으로 딴 생각을 하고 있었다. 어젯밤 마고의 표정이 마음속에서 지워지지 않았다. 자꾸만 시끄럽게 떠드는 성덕의 목소리가 귀찮았다.

왜 모두가 나를 괴롭힐까? 이런 짓을 하면 재미있나? 사람을 치면 기분이 좋은가?

별상은 자신도 한번 성덕을 때려보기로 마음먹었다. 다리에 힘을 주어 성덕의 가슴을 힘껏 걷어찼다. 한 번도 사람을 때려본 적이 없는 탓에 어설픈 모양새였지만 성덕을 자극하기엔 충분했다. 성덕은 광분하여 별상을 아래로 집어 던졌다. 윤희가 꺅 비명을 질렀다. 별상은 윤희의 비명을 들으며 생각했다. 잘 모르겠다. 한 번 더 차볼까.

새하얀 두루마기가 날개처럼 펄럭이며 잠시 몸이 하늘을 나는 듯했다. 별상은 상쾌한 바람을 느끼며 평온히 눈을 감았다. 그러나 이내 아래로 떨어진 별상의 몸이 요란한 소리를 내며 바닥과 충돌했다.

"강목, 네가 염력으로 붙잡기로 했잖나!"

"했다! 했는데 통하질 않았다!"

옥상에서 외침 소리가 들려왔다.

"죽었니? 혹시 죽었니?"

고개를 쭉 내민 윤희가 아래를 내려다보며 물었다. 이에 답하듯 별상이 벌떡 일어나 자신의 몸을 살폈다. 멀쩡했다. 등의 상처에서 새살이 돋아나고 있는 것이 느껴졌다. 별상은 다시 학당 안으로 들어가 성큼 계단을 올랐다.

옥상에 도착하니 구경하던 아이들이 비명을 지르며 까마귀 떼 마냥 뿔뿔이 흩어지고 있었다. 별상은 곧장 성덕을 향해 나아갔다.

강목이 손을 뻗어 제지하려 했으나 염력이 듣지 않았다. 별상은 망설임 없이 성덕을 걷어찼다. 이번엔 꽤 성공적인 품새였다. 이번엔 성덕의 몸이 하늘을 날아 옥상 끝에 떨어졌다. 별상은 성덕의 목을 쥐고 똑같은 자세로 들어 올렸다.

"굴복할래?" 그가 물었다.

성덕이 고개를 끄덕이며 울음을 터뜨렸다. 성덕의 바지가 축축이 젖어드는 것을 보며 별상은 웃음을 터뜨렸다. 별상은 그를 천천히 바닥에 내려놓았다.

어느새 윤희가 그의 곁으로 다가왔다.

"있지. 난 처음부터 네 편이었어. 누가 억지로 시켜

이경희

서 그만…"

"거짓말."

별상은 윤희의 뺨을 때렸다.

별상은 몸을 돌려 옥상을 떠났다. 철문이 굳게 닫히자 아이들은 저마다 자신이 본 광경을 무용담처럼 떠들어대기 시작했다. 별상의 용맹함을 칭송하고, 그에게 꺾인 성덕을 모욕하는 목소리가 옥상을 가득 채웠다.

그러던 중 갑자기 한 아이가 입을 열었다. 너희도 그거 봤어?

가장 가까이에서 별상의 모습을 지켜보았다던 아이였다. 짧은 질문을 듣는 순간, 삽시간에 주위가 조용해지며 그 아이에게 모두의 눈과 귀가 집중되었다. 아이들은 그 아이가 무슨 말을 할지 이미 예상하고 있었다. 내색은 하지 않았으나 속으로 모두가 이미 같은 생각을 하고 있었던 것이었다.

그 아이가 말하길, 찢어진 옷감 사이로 새하얀 날개털이 삐져나온 것을 보았다는 것이었다.

✦

학당을 나서자 그제야 겁이 났다. 별상은 떨리는 손을 움켜쥐고 헐떡이며 집까지 쉬지 않고 달렸다. 마고의 웃는 얼굴을 보아야만 비로소 안심이 될 것 같았다.

허나 대문을 열고 집으로 들어서려는 순간 그가 마주한 것은 군졸들이었다. 군졸들이 장총을 휘둘러 마고의 고운 얼굴을 마구 뭉개고 있었다. 코에서 쏟아진 피가 흥건히 바닥을 적시는 순간, 별상의 몸속에서도 끓는 피가 솟구쳤다.

"마…"

소리치려는데 누군가 그의 뒷덜미를 잡아채 입을 막았다. 산이었다.

"따라오거라."

"대체 무슨…"

"어서. 입을 굳게 닫고 조용히 따르거라. 마고는 괜찮을 것이다."

산의 심각한 표정에 압도당한 별상은 그의 뒤를 따라 조용히 뒷골목을 걸었다. 걸음이 하도 빨라 쫓아가기 힘들 지경이었다. 날이 어두워질 정도로 한참을 걸어 숲속 깊은 곳에 도달하고서야 산은 걸음을 멈췄다.

이경희

그가 헐떡이는 호흡을 가다듬으며 첫 마디를 꺼냈다.

"생각만큼 멀리 떨치지 못했다. 곧 군졸들이 흔적을 따라 쫓아올 것이다."

"대체 무슨 일이야? 내가 학당 수업을 빼먹어서 그래?"

"아니다. 그것은 칭찬받을 일이다. 억압에 굴하지 않았으니."

"그럼 아이들을 때려서?"

"아니다. 그 또한 칭찬받을 일이다. 악행을 되갚아 교훈을 주었으니."

"그럼 대체 뭐야?"

"정녕 모르겠느냐."

산은 퍼덕이는 별상의 날개를 붙잡아 거칠게 당겼다.

"날개를 가진 아이는 모두 성주에게 붙잡혀 무참히 살해당할 운명이라는 것을 어찌 모르느냐. 사람들 앞에 철없이 정체를 내보이고 말았으니, 내 아무리 소문을 막아보려 하여도 이미 마을 전체에 퍼진 말을 주워 담을 방도가 없다."

산은 아이의 등을 밀치며 말했다.

"가라. 군졸들이 쫓아오기 전에 먼 곳까지 도망치

거라."

아이는 울상이 되었다.

"대체 어디로 가란 말이야?"

"울개 바깥으로. 세상의 끝으로 가거라. 그곳에 네가 원하는 진실이 있을 것이다."

"바깥에 나가면 죽는다며?"

"너는 다를 것이다. 내가 그리 설계하였으니."

"마고는 어쩌고?"

"네 살아 돌아오기만 한다면, 마고를 구할 길 또한 열릴 것이다."

"싫어!"

산이 그의 양어깨를 붙잡아 억지로 눈을 마주했다.

"아가, 두 번 설명하지 않겠다. 너는 세상의 끝으로 가야 한다. 성덕을 찾아가거라. 그 아이가 도움을 줄 것이다."

"산이… 어찌 성덕을 알아?"

산은 답이 없었다. 별상은 여전히 아무것도 이해할 수 없었으나, 더 따져 물을 수도 없었다. 멀리서 군졸들의 발소리가 들리기 시작했기 때문이었다. 산은 손에 쥐고 있던 전등에 불을 붙이며 그를 재촉했다.

이경희

"어서 가거라. 내 미끼가 될 터이니."

달리 마고를 구할 방법이 떠오르지 않았다. 아이는 어쩔 수 없이 고개를 끄덕이고는 한층 깊은 숲속으로 빠르게 걸음을 옮기기 시작했다. 등 뒤에서 산이 반대 방향으로 내달리며 이렇게 소리치는 목소리가 들려왔다.

"외롭게 일어나 학정을 뒤엎으리!"

더 먼 곳에서 한 번 더.

"외롭게 일어나 학정을 뒤엎으리!"

그보다 더 먼 곳에서 한 번 더.

"외롭게 일어나…."

더는 목소리가 들려오지 않았다.

✦

마고의 곁을 떠나면 항상 좋지 않은 일이 일어나. 맨 처음엔 날개와 형제를 잃었고, 거리로 나섰을 땐 사람들의 목이 허공에 걸렸어. 학교에 갔을 땐 아이들이 날 괴롭혔고. 이번엔 한 번도 가본 적 없는 먼 곳까지 나아가게 될 텐데. 대체 얼마나 좋지 않은 일이 일어날까?

몇 날 며칠을 방황한 끝에 누더기가 된 몸으로 집에 돌아오니 집은 이미 텅 비어 있었다. 별상은 마고의 흔적을 찾으려 지푸라기 하나까지 뒤졌으나 아무것도 찾을 수가 없었다. 아이는 분한 표정으로 주먹을 휘둘러 벽을 무너뜨렸다. 콘크리트로 된 기와가 바닥에 와르르 쏟아졌다.

　　어른이 되어야 해. 누구보다 강한 어른이 되어야 해. 마고를 되찾을 만큼, 누구에게도 마고를 빼앗기지 않을 만큼. 아이는 옥색 목걸이를 꼬옥 움켜쥐며 속으로 중얼거렸다.

　　이제 며칠 뒤면 학업을 마친 아이들이 관례를 치르는 시기였다. 이들 무리와 섞여 함께 행사를 치른다면 바깥으로 나갈 수 있을 터였다. 관례를 치르고 나면 이제 누구도 그가 어른이라는 것을 부정하지 못할 것이었다. 별상은 누렇게 바래진 두루마기를 장옷처럼 둘러 얼굴과 날개를 가리고 어둠 속에 몸을 감추었다.

　　다음 날 오후, 별상은 몰래 학당에 숨어들어 옥상으로 향했다. 그곳에는 여전히 성덕과 그의 무리들이

440

이경희

자리를 잡고 있었다. 별상은 곧장 성덕의 멱살을 휘어잡았다.

"너 이번에 관례를 치를 나이지?"

겁에 질린 성덕은 곧잘 묻는 대로 대답했다.

"그래, 맞다."

"너희도?"

강목과 윤희도 고개를 끄덕였다. 별상은 성덕을 잡은 손을 놓고 차분히 무릎을 꿇었다.

"도와줘. 나도 함께 관례를 치를 수 있게."

갑작스런 태도 변화에 놀란 아이들은 서로의 얼굴을 쳐다볼 뿐이었다. 윤희가 조심스럽게 앞으로 나서며 물었다.

"얘, 사정을 말해줄 수 있겠니?"

"소중한 사람이 군졸들에게 잡혀갔어."

"누구? 얼마나 소중한 사람이니?"

별상은 잠시 머뭇거렸다.

"…가족이야."

답을 듣자마자 윤희가 뺨을 때렸다.

"거짓말."

별상은 고개를 돌려 눈을 피했다.

"모욕하고 싶으면 해. 나는 더러운 짐승이야."

"그런데 왜 관례를 치르려는 거니?"

"나도 이유는 몰라. 그 사람이 바깥으로 가야 한댔어. 세상의 끝까지 다녀와야 한댔어."

"그 사람?"

"내 부모."

윤희의 눈동자가 커졌다.

"산신께서 다녀오라 하셨단 말이니?"

"그래."

패거리는 눈빛으로 서로의 얼굴을 흘겨보았다. 강목이 염력으로 별상의 무릎을 일으켜 세웠다. 윤희가 다가와 등 뒤에서 별상의 몸에서 먼지를 털어주었다.

"이번엔 우리가 널 도울 차례인가 보구나, 동생아."

성덕이 말했다.

"내가 왜 동생이야?"

별상이 물었다. 그러자 윤희가 답했다.

"우린 모두 산신의 아이들이니까."

◆

이경희

이윽고 관례를 치르는 날이 되었다. 흥분한 아이들의 틈바구니에 끼어든 별상은 옷깃을 높이 올려 얼굴을 감쌌다. 정해진 시간이 되자 아이들은 두 줄로 걸음을 맞춰 동쪽 하늘이 끝나는 지점까지 나아갔다. 군인들이 원개 바깥으로 향하는 통로를 지키고 있었다.

행사가 시작되기 직전, 강목이 아이 하나의 주머니에서 염력으로 통행증을 훔쳐 별상에게 건넸다. 성덕은 몸을 최대한 부풀려 별상의 몸을 가려주었고, 윤희는 신분을 확인하는 군인의 마음을 헤집어 별상의 얼굴이 다른 아이처럼 보이도록 재주를 부렸다.

얼마 후 통행증을 잃어버린 아이가 울음을 터뜨리며 집으로 돌아갔다. 군인들은 떠나간 아이에겐 조금도 관심을 두지 않았다. 대신 남은 아이들에게 집중하며 단단히 주의를 주었다.

"백 보다. 백 보를 내디디면 앞에 붉은 깃발이 보일 것이다. 깃발을 하나씩 뽑아 돌아오면 그것으로 시험은 끝이다. 깃발을 가져온 아이들에게는 비녀를 지우고 상투를 올려줄 것이다. 알겠느냐?"

"예!"

아이들이 다 함께 소리쳤다.

"또한, 가장 멀리까지 나아간 아이에게는 성주께서 직접 하사하시는 특별 포상이 주어질 것이다. 허나,"

군인은 단호히 덧붙였다.

"이는 목숨을 다루는 일이니 결코 무리해선 안 된다. 알겠느냐?"

"예!"

아이들이 다시 한번 소리쳤다.

군인들은 원통 모양의 혹이 달린 여우 가면을 뒤집어쓴 다음 천천히 문을 열었다. 육중한 철문이 움직이자 그 틈새로 생전 처음 겪어보는 차가운 바람이 들이닥쳤다. 별상은 양팔을 끌어안고 아이들과 함께 앞으로 나아갔다. 출발할 즈음부터 이미 먼 발치에 펄럭이는 깃발이 보였다. 백 보는 고작 그 정도 거리였다. 금세 깃발까지 도착한 아이들은 제각각 자신의 깃발을 하나씩 챙겼다.

대다수의 아이들은 몸을 돌렸으나 몇몇 아이들은 멈추지 않고 나아갔다. 또래 아이들에게 자신의 대담함을 증명하려는 부류들이었다. 십여 명의 아이들은 백 보를 넘어 더 앞으로 나아갔다. 그러나 얼마 지나

이경희

지 않아 붉은 금줄이 그들을 가로막았다. 이백 보 거리에 도달했다는 의미였다.

이미 선배들에게 귀띔을 받은 아이들은 약조한 것처럼 두 번째 깃발을 집어 들고 되돌아가기 시작했다. 이 이상 나아갔다 돌아오지 못하는 경우에 대해 이야기를 들었기 때문이었다. 허나 별상은 꼼짝 않고 그 자리에 서 있었다. 윈개 바깥이 독으로 가득 차 있다며 겁을 주던 산의 얼굴이 떠올랐다. 그러자 마치 산이 그의 앞길을 가로막고 있는 것처럼 느껴졌다. 참을 수 없이 화가 났다.

"아니야."

별상이 말했다.

"무엇이 말이니?"

윤희가 물었다.

"어른들이 시키는 대로 그어놓은 선을 따라 걷기만 했어."

"그게 왜?"

"여기가 끝이 아니야."

별상은 쥐고 있던 깃발을 바닥에 내리꽂고 선을 넘어 한 걸음 더 앞으로 나아갔다. 그러자 성덕이 그를

홍진국대별상전

뜯어말렸다.

"붉은 선을 넘는 것은 오래된 금기다."

"상관없어."

"더 나아가면 죽는다."

"삼백 보까진 괜찮다 했어."

아이들은 한숨을 쉬며 별상의 뒤를 따랐다. 삼백 보 역시 멀지 않았다. 그곳엔 죽음을 뜻하는 보라색 선이 그어져 있었다. 그러나 별상은 멈추고 싶지 않았다.

"어쩔 테야? 나는 더 나아갈 거야."

별상이 묻자 이번엔 강목이 등 뒤에서 외쳤다.

"더는 안 된다! 내 아버지께 전해 듣기로 이 길을 끝까지 걸으면 숨겨진 백 번째 구덩이가 있다 하더라. 그 구덩이가 열리면 온갖 사악한 것이 튀어나와 세상이 망하고 모든 것이 끝이라 하더라."

허무맹랑한 소리에 별상은 피식 웃음을 터뜨렸다.

"무서우면 돌아가."

"정말 말이 통하질 않는구나."

강목은 고개를 저으며 몸을 돌렸다. 허나 성덕과 윤희는 그의 곁에 남아 있었다.

이경희

"그래, 한번 가보자."

성덕이 그리 말하며 선을 넘었다. 별상과 윤희도 그 뒤를 따랐다. 윤희는 조금 걱정스러운 듯 뒤를 가리키며 별상에게 말했다.

"저어기 높다란 탑이 보이니?"

윤희의 말처럼 운개 위로 새하얀 탑이 하늘 끝까지 솟아 있었다.

"응"

"어른들 말이, 저 탑이 보이지 않게 되면 다시는 돌아올 길을 찾을 수 없게 된대. 그리되기 전에 반드시 되돌아가야 한대."

"그것도 금기야?"

별상은 답을 기다리지 않고 빠르게 걸음을 옮겼다. 앞으로 나아갈수록 주위의 풍경이 빠르게 바뀌는 것 같았다. 붉게 물들었던 세계는 점차 색을 잃고 잿빛으로 변해갔고, 하늘은 먹구름으로 뒤덮여 점점 더 어두워졌다. 길 주위로 여기저기 널브러진, 얼마나 오래되었는지도 가늠키 어려운 해골들을 볼 때면 아이들의 마음도 조금씩 움츠러들었다.

쯔쯔쯔—

별안간 별상의 목에 걸린 목걸이가 불길한 소리를 내며 울기 시작했다. 마치 날벌레가 톡톡 터지는 듯한 소리였다. 진한 옥색이었던 구슬은 어느새 거뭇하게 색이 변해 있었다. 사악한 기운이 주위를 맴돌기 시작한 모양이었다. 별상은 조금 두려워졌다.

"이상하다." 갑자기 성덕이 말했다. "입안에서 쇠맛이 난다."

별상이 돌아보니 그의 얼굴에 울긋불긋한 곰보가 피어 있었다. 그 옆에서 윤희도 오들거리며 떨고 있었다.

"배가 아파."

어느새 윤희의 아랫배 주위가 붉게 젖어 있었다. 하혈이 쏟아진 것이었다.

"너희는 돌아가. 더는 안 되겠어."

별상이 말했다.

"그럼 너는?"

윤희가 물었다.

"걱정 마. 내 몸은 너희보다 튼튼하니까."

아이들이 고개를 끄덕였다. 그러나 몇 걸음 옮기기도 전에 바닥에 쓰러지고 말았다. 이미 돌이킬 수 없

이경희

을 정도로 몸속에 누적된 독이 아이들을 죽이고 있었다. 별상은 목걸이 소리가 나지 않는 그늘을 찾아 성덕과 윤회를 나란히 눕혔다.

"미안하다. 일부러 그랬다."

성덕이 힘겹게 입을 열었다.

"뭘 말이야?"

"너를 괴롭힌 것. 모두 그분께서 내리신 명이었다. 세상을 구할… 제세주를 각성토록 하기 위해 꼭 필요한 일이라 했다."

"그분이라니?"

성덕이 기침하며 피를 토했다.

"맞아. 네가 아는 바로 그 사람 말이야."

별상의 마음을 읽은 윤회가 대신 답해주었다. 혼란해진 별상은 머리를 감싸 쥐고 소리 질렀다. 내가 살아온 모든 게 산신의 간교한 계획대로란 말이야? 내가 날개를 지닌 채 태어난 것도, 유별나게 빨리 자라난 것도, 학교에서 고통받은 것도, 마고를 위험에 빠뜨린 것도 모두…

"정말 미안해. 내가 바보처럼 산신에게 속아 너희를 위험에 내몰았어."

홍진국대별상전

별상이 사과했다. 그러자 윤희가 마지막 힘을 끌어모아 별상의 뺨을 쳤다.

"거짓말."

윤희는 곧바로 잠이 들었다.

✦

별상 또한 깜빡 잠이 들었다. 다시 눈을 뜨자 성덕이 벌써 일어나 길을 나설 채비를 하고 있었다. 휴식을 취한 덕인지 조금은 기운이 돌아온 모양이었다.

"가자."

성덕이 말했다.

"괜찮겠어?"

"내 생각에 이미 살아 돌아가긴 글렀다. 차라리 끝까지 데려가다오. 기왕 이리 되어버린 마당이니 더 나아가 보고 싶어졌다."

"윤희는?"

"윤희는 벌써 돌아갔다."

왠지 알 것 같았다. 별상은 성덕의 뺨을 때렸다.

"거짓말."

"그래, 네 말이 맞다. 윤희는 죽었다. 네가 잠든 사

이경희

이에 내가 묻어주고 왔다."

성덕이 걸음을 옮겼다. 별상은 말없이 그 뒤를 따랐다.

쯔쯔쯔쯔쯔쯔—

목걸이가 불길한 소리를 내는 일이 점점 잦아졌다. 별상은 한 손으로 보석을 움켜쥐고 최대한 소리를 틀어막았다. 성덕은 잠깐 동안 나아진 것처럼 보이기도 했으나 이내 다시 상태가 나빠지기 시작했다. 하루를 꼬박 걷고 나자 온몸의 피부가 문드러지며 진물이 쏟아지기 시작했다.

쯔쯔쯔쯔쯔쯔쯔쯔쯔쯔쯔쯔—

"아무래도 점점 독의 기운이 강해지는 모양이다." 소리를 들은 성덕이 말했다. "그만큼 목적지가 가까워졌다는 뜻이기도 하겠지."

성덕의 말처럼 점차 새로운 풍경이 나타나기 시작했다. 생전 처음 보는 높다란 건물들 사이로 검정색 도로가 뻗어 있었다. 먼지뿐인 세상에서 처음으로 마주한 역사의 흔적이었다.

역시 마고와 멀어지면 좋지 않은 일이 일어나.

별상은 눈앞의 풍경을 올려다보며 이리 생각했다.

집채만 한 바위가 그들의 앞길을 가로막고 있었다. 성덕이 비틀거리며 바위 앞으로 나섰다. 힘껏 몸을 부풀린 성덕은 남은 힘을 쥐어짜 바위를 향해 주먹을 내뻗었다.

쩍 바위가 갈라지며 길이 열리는가 싶었으나, 이는 헛된 희망일 뿐이었다. 바위 너머에는 또 다른 바위가, 그 너머에는 또 다른 바위가 있었다. 성덕은 헛웃음을 터뜨렸다.

"나는 여기까지인가보다."

부러진 손목을 감싸 쥐며 성덕은 주저앉아 바위에 등을 기댔다. 별상은 그의 곁으로 다가가 마지막 남은 물주머니를 건넸다.

"별상아."

성덕이 말했다.

"내 너를 도와 여기까지 온 것은 미안함 때문만은 아니었다. 십 년 전 성주가 내 부모를 무참히 살해하였으니, 나는 한시도 이를 잊을 수가 없다. 어쩌면 지금껏 비뚤게만 지내온 것은 그 때문인지도 모르지."

"아니. 너는 누구보다 선하고 올곧은 사람이야."

별상이 위로를 건넸지만 성덕은 이를 듣지 못했다.

이경희

그의 귀에서도 피가 흘러내리고 있었다. 눈에서도, 코에서도, 입에서도. 모든 구멍에서 핏물이 쏟아져 나왔다. 그가 마지막 힘을 짜내 이렇게 부탁했다.

"별상아. 나를 대신하여 복수…"

성덕은 결국 말을 끝맺지 못했다.

조심스럽게 성덕을 묻어준 별상은 눈물을 닦으며 다시 바위 앞에 섰다.

바위를 노려보는 별상의 몸이 크게 부풀어 올랐다. 마치 주인을 잃은 성덕의 힘이 그에게 흘러들어온 것만 같았다. 금세 힘을 다루는 법을 터득한 별상은 주먹을 휘둘러 마지막 바위를 산산이 부서뜨렸다.

그래. 얼마나 좋지 않은 일이 일어나는지 보자. 정말 세상이 멸망하기라도 하는지 어디 한번 보자.

쑈쑈쑈쑈쑈쑈쑈쑈쑈쑈쑈쑈쑈쑈쑈쑈쑈쑈쑈쑈쑈쑈쑈쑈쑈쑈쑈—

별상의 의지에 반발하듯 목걸이에서 여느 때보다도 강한 울음소리가 들렸다. 걸음을 옮길 때마다 몇 배씩 고통이 심해졌다. 온몸의 구멍마다 피가 쏟아지고, 전신의 피부가 익어 벗겨지고 새살이 돋기를 반복했다. 치명적인 고통이 몸의 체계를 무너뜨리는 동안, 역설적으로 그는 온몸이 깨어나는 듯한 느낌을 받았다. 묵은 껍질을 벗어내고 새로 태어나는 기분마저 들었다. 그는 계속 앞으로 나아갔다.

그러다 갑자기 뚝 소리가 그쳤다. 백 번째 구덩이에 도착한 것이었다.

그리고.

✦

잠에서 깨어보니 새하얀 방이었다. 의원이 다가와 그의 몸을 진맥하더니, 이상 없음을 증명하는 문서를 한 장 머리맡에 써주었다. 의원의 말처럼 별상의 몸은 깨끗이 나아 있었다.

얼마 후 행정관이라는 자가 방으로 들어왔다. 그를 뒤따르는 수십 명의 사람들도 함께였다.

"영웅이 깨어났도다!"

행정관이 큰 소리로 외치자 사방에서 박수 소리와 함께 온갖 종류의 꽃잎이 휘날렸다. 이유는 알 수 없었으나 사람들은 모두 신이 난 표정으로 그를 축하하고 있었다.

"여긴 어디야?"

별상이 물었다.

이경희

"병동이다. 어젯밤 출입문을 방호하던 병졸들이 그대를 발견하고 이리 데려왔다. 네 손으로 직접 문을 두드리지 않았는가."

행정관은 손에 들고 있던 것을 내밀었다.

"먹어라. 햄버거라는 것이다."

별상은 단숨에 햄버거를 한입 베어 물었다. 달콤한 소스가 혀를 한번 자극하자 참을 수 없이 허기가 느껴졌다. 그는 단숨에 다섯 개를 먹어 치웠다.

"맛있느냐? 아마 상상도 못 해본 맛이겠지."

행정관은 너저분하게 흩어진 포장지를 창밖으로 던지며 말했다.

"내 말만 잘 따르면 내일은 아마 더 맛있는 것들을 먹게 될 것이다."

"이보다 더?"

"이런 싸구려는 비교도 안 되지."

행정관이 손짓하자 예닐곱 명의 시종들이 앞으로 나왔다.

"예쁘게 꾸며주거라. 큰 역할을 해야 하니."

그들은 아직도 상황을 모르는 별상을 끌어다 의자에 앉히고 덥수룩하게 자라난 머리를 정리하기 시작했다. 생전 처음으로 면도도 했다. 그때까지 별상은 자신의 턱에서 그렇게 긴 털이 자라고 있다는 사실조차 몰랐다.

몸을 씻고 화장까지 마치니 거울 속에 비친 그의 모습은 전혀 다른 사람처럼 변해 있었다. 땋아 내린 머리에서는 단단한 힘이 느껴졌고, 자수가 가득 새겨진 저고리는 그를 한층 어른스러워 보이게 했다. 향유를 바른 몸에서는 들판의 꽃들만큼이나 좋은 향이 났다.

흡족해진 행정관은 별상을 데리고 밖으로 나왔다. 병동 바깥에는 더 많은 사람들이 한데 모여 있었다. 행정관은 우렁찬 목소리로 말했다.

"축하하라! 그리고 기뻐하라! 영웅 별상이 바깥 세계에서 만 보를 걷고도 무사히 살아 돌아왔도다! 지난밤 성주께서는 별상의 업적을 낱낱이 보고 받으시고는 이리 칭찬하시었다."

행정관은 마치 자신이 성주가 되기라도 한 것 같은 표정이었다.

"영웅 별상의 업적은 홍진국 역사상 처음 있는 일이다. 위대한 영웅 별상의 업적을 기려 홍진국 성주

의 이름으로 노동 영웅의 칭호를 하사한다. 축제를
열어 이를 칭송하라!"

별상의 가슴에 훈장이 채워지자 모두가 환호성을
지르며 꽃잎을 던졌다. 행정관은 마치 자신이 바깥을
다녀오기라도 한 것처럼 자랑스러운 표정을 지었다.
별상은 그가 이끄는 대로 마을을 순회하는 꽃마차에
올랐다. 마차 안에 단둘만 남게 되자 행정관의 표정
이 싹 달라졌다.

"우쭐대지 마라."

그가 말했다.

"너는 내가 시키는 대로만 하면 된다. 그럼 지금
까지 겪어본 적 없는 인생을 살게 될 것이다. 알겠느
냐?"

"어떤 인생?"

"그건 네가 하기에 달렸지."

"자유도 줄 수 있어?"

별상의 물음에 행정관은 웃음을 터뜨렸다.

"헛꿈 꾸지 말거라. 그런 것이 이 세상에 존재하기
는 하느냐."

별상은 더 묻지 않았다.

사람들의 축하를 흠뻑 받은 후에야 하루가 끝났다. 별상은 잠을 청해보려 노력했지만 흥분이 가라앉지 않았다. 그는 건물 밖으로 빠져나왔다. 병동에는 마당이 없는 탓에, 그는 거리 한복판에 대자로 누워버렸다. 해는 떨어진 지 오래였고, 통행이 금지된 거리는 텅 비어 있었다.

"좋더냐?"

등 뒤에서 누군가 조용히 다가와 물었다. 산이었다.

"모르겠어."

"모르겠사옵니다."

"응?"

"그분 앞에서는 반말을 해선 안 된다."

"그분?"

"성주 말이다. 너는 내일 성주를 만날 것이다."

"내가?"

"그럼 행정관이 이유 없이 너에게 잘 대해 주었겠느냐."

산이 한걸음 더 다가왔다. 달빛에 비친 그의 얼굴은 많이 상해 있었다. 단아했던 머리칼은 엉망으로 헝클어져 있었고, 옷에는 검은 피가 엉겨 붙어 있었다. 손과 발은 차가운 사슬로 채워져 걷는 것조차 불편해 보였다.

"혹시나 산의 머리가 허공에 걸려 있지는 않을까 불안했어."

별상의 말을 들은 산은 껄껄 웃음을 터뜨렸다.

"제 아무리 성주라 하여도 산신을 해할 수야 있겠는가."

산은 별상의 등 뒤에 서서 서투른 손길로 그의 머리칼을 쥐고 정수리로 쓸어 올렸다. 별상은 눈을 감고 그의 손길을 받아들였다.

"전부 산이 시킨 거야? 성덕이 날 괴롭힌 것도."

"그래. 그 아이들은 내 명을 따른 것이다."

"산은 알고 있었지? 아이들이 죽을 거라는 거."

"그래. 어쩔 수 없는 희생이었다."

"내 하얀 형제처럼?"

산의 손길이 잠시 멈추었다.

"…알고 있었느냐."

"나는 대체 뭐야?"

"…너는 내 평생 쌓아올린 모든 것이다. 홍진국 백성들의 형질을 모두 모아 네 씨앗에 담았다. 성덕의 유전자도, 윤희의 유전자도. 그리고 강목의 유전자도. 허나 날개가 돋을 줄은 몰랐다. 나 또한 상제의 언어를 전부 이해하고 있지는 않으니."

별상은 반응 없이 산의 말을 듣고만 있었다. 산은 주머니에서 망건網巾을 꺼내 그의 이마 위를 감쌌다.

"그래, 세상의 끝은 보았느냐?"

별상은 고개를 끄덕였다.

"너무 고통스러웠어."

"괜찮다. 너는 고통을 겪을수록 더 단단해진다. 내가 그리 설계하였으니."

"알아."

"보고 나니 기분이 어떻더냐. 진실을 알게 되니."

"아직 잘 모르겠어."

"그래…"

"마고는 찾았어?"

"내 동지들이 마고가 갇혀 있는 수용소의 위치를 알아냈다."

"거기가 어디야? 내가 당장…"

별상이 크게 소리치며 고개를 돌렸다. 산은 고삐를 틀어쥐듯 상투를 잡아당기며 그를 진정시켰다.

"걱정 말거라. 네가 주어진 역할만 잘 해낸다면 우리가 마고를 무사히 구해낼 것이다."

"역할?"

산은 망건의 매듭을 마무리한 다음, 별상의 머리에 갓을 씌워주었다.

"아들아. 너는 내일 성주를 죽여야 한다."

✦

하늘에서 부유정이 내려왔다. 별상은 병졸들과 함께 부유정에 올랐다. 궁전까지 이르는 데에는 그리 오랜 시간이 걸리지 않았다. 하늘은 의외로 가까웠다.

몇 가지 보안 절차를 통과하고 들어선 궁전 내부는 지루할 정도로 넓었다. 별상은 평생 상상조차 해본 적 없던 규모에 주눅이 들었다가, 금세 모든 것을 잊고 반짝이는 것들의 아름다움에 빠져들었다.

멀리 성주가 의자에 앉아 있는 모습이 보이기 시작했다. 성주는 한참 높은 위치에서 그를 내려다보고 있었다. 멀리서도 축 늘어진 턱과 불룩 튀어나온 뱃살이 확연히 드러나 보였다. 그를 둘러싼 수십 명의 깡마른 여인들 때문에 그의 비대함은 더욱 선명히 강조되었다.

이윽고 별상은 성주의 앞에 서서 절을 올렸다.

"인사드립니다. 별상이라 하옵니다."

"오오, 우리 민족의 영웅!"

성주가 양팔을 쭉 뻗어 소리쳤다.

"그대가 저 먼 바깥까지 걸어가 당당히 살아 돌아왔으니, 이는 원개 바깥 땅을 정화토록 하라는 상제의 계시가 아니겠는가. 축하하고 또 축하해도 모자랄 일이도다."

"황공하옵니다."

"게 무엇하느냐? 어서 식사 준비하지 않고."

성주가 손짓하자 시종들이 우르르 달려와 커다란 식탁을 내려놓았다. 식탁 위의 생전 처음 보는 음식들에서 모락모락 김이 오르고 있었다.

"자자, 어서 들거라."

성주는 자신의 곁에 별상을 앉혔다. 다른 여인들이 그 주위로 둘러앉아 키득키득 웃어댔다. 바로 곁에 앉은 여인이 손등으로 별상의 뺨을 쓰다듬었다. 쑥스러워진 별상은 고개를 숙인 채 눈앞의 음식만 쳐다보았다.

이경희

"허! 사내가 그렇게 숫기가 없어서야…."

성주는 한 손으로는 포크를 들고 고기를 씹어 먹으며, 다른 손으로는 한 여인의 허리를 감싸 쥐었다. 여인들은 그의 곁에 붙어 앉아 어깨를 주무르며 때로는 밥을 떠먹여 주기까지 했다. 성주란 자는 밥조차 제 손으로 떠먹지 못한단 말이야? 실망감에 긴장이 탁 풀렸다.

"그래, 바깥으로 나가 보니 어떻던가? 세상은 어떤 모습이더냐? 내 심히 궁금하구나."

"세상의 모든 색이 물 빠지듯 사라져 탁한 먼지뿐이었습니다."

"그래? 그래서 어디까지 가보았느냐?"

"갈 수 있는 끝까지, 사람들이 백 번째 구덩이라 말하는 곳까지 이르렀습니다."

"그래서 그 구덩이를 찾았느냐?"

"백 번째 구덩이는 없었습니다."

"그럼 무엇이 있더냐?"

성주의 눈빛에 흥미가 돌기 시작했다. 별상은 성주의 눈을 가만히 꿰어 보았다. 노려볼 것까지도 없었다. 그는 아무런 위협도 아니었다.

"해골들이 터지지 않은 핵탄두를 끌어안고 있었습니다. 수백 명이나. 그들이 얼마나 필사적이었는지 나는 한눈에 알 수 있었습니다. 홍진국에는 오로지 아흔아홉 개의 구덩이가 존재할 뿐으로, 백 번째 구덩이가 생겨나지 않은 것은 모두 그들의 덕입니다."

"오, 장대한 영웅의 희생이로다. 별상 그대도 그들처럼…"

"그들의 희생이 없었더라면, 이곳에 백 번째 골이 패여 당신이 지배할 만한 것은 아무것도 남지 않았을 것입니다."

별상은 무례함도 알지 못한 채 성주의 말을 끊었다. 성주의 얼굴에 불쾌한 표정이 떠오르며 입술이 부르르 떨렸다.

"내가 말하고 있지 않느냐. 네 감히…"

"날개가 있었습니다."

흥분하기 시작한 성주의 말을 별상이 또 한 번 끊었다.

"옛 사람들은 누구나 자유롭게 하늘을 날았던 것입니다. 하늘의 궁성에 사다리가 없는 것은 그 때문이며, 더 높은 곳까지 탑이 이어진 것 또한 그들이 자유

이경희

롭게 드나들 수 있었기 때문…"

"그만!"

성주가 식탁을 내려치며 고함질렀다. 낌새를 챈 병졸들이 칼을 빼들며 다가왔으나 성주는 손짓으로 그들을 멈춰 세웠다.

"네 나이가 다섯에 불과해 마음이 어리고 세상 물정에 어둡다 하더니, 그 도가 심히 지나치구나. 마지막으로 한 번만 더 기회를 주마. 또 실수한다면 네 목숨이 성치 않을 것이다. 알겠느냐?"

별상은 고개를 끄덕였다.

"네놈이 글깨나 읽은 모양이로구나. 허나 책이라는 것에는 허무맹랑한 이야기만 쓰여 있을 뿐, 쓸모 있는 진실은 하나도 없다. 진짜 진실을 알고 싶으냐?"

성주는 별상의 턱을 쥐어 하늘을 바라보게 했다.

"보아라. 저 멀리 우주까지 내뻗은 궤도 엘리베이터를 활발히 오가는 캡슐카들이 보이느냐? 우주는 닫히지 않았다. 이 별은 갇힌 적이 없었다. 탐라성주의 핏줄인 내가 너희를 정벌해 모든 물류를 틀어쥐고 재화를 독점할 뿐인 것이다."

성주는 별상의 턱을 거세게 흔들었다.

홍진국대별상전

"성계의 오랜 법률에 따라, 전쟁을 일으킨 죄인인 너희에게는 자유가 없다. 너희 모두가 나의 온당한 소유물이며 우주로 팔려나갈 진상품에 불과한 것이다. 온 우주가 나를 지지하고 있으니, 너희의 존재는 한갓 먼지보다 가치가 없다."

그가 턱을 풀어주었다.

"기억하거라. 온 우주가 내 권력의 원천이다."

성주는 옆에 있는 여인의 가슴팍에 손을 집어넣고 거칠게 주물러댔다. 여인은 싫어하는 기색을 잔뜩 품으면서도 더욱 꽈악 성주의 몸에 안겼다. 그 곁의 다른 여인들도 질세라 성주의 몸을 손으로 훑고 감싸기 시작했다. 여인들의 눈빛에는 두려움이 역력했다. 별상은 성주의 돼지 같은 몸짓이 한없이 역겹게 느껴졌다.

"나를 위해 일하거라. 그리하면 네가 원하는 모든 것을 주마."

별상은 잠시 고민했다. 지금 당장이라도 손을 내뻗어 성주를 죽여 버리고 싶었다. 하지만 그럴 수 없었다. 마고의 얼굴을 떠올렸기 때문이었다. 산과 약조한 시간이 되려면 아직 한참 남았다. 별상은 결국 성주의 발아래 무릎을 꿇어야 했다.

그 모습을 본 성주는 호탕한 웃음을 터뜨렸다.

"아주 좋다. 이제 그 날개를 내게 바치라."

별상은 성주의 요구를 받아들였다. 성주가 보는 앞
에서 병졸들이 그의 옷을 벗기고 날개에 칼을 대었
다. 몸의 반쪽이 퍼덕이며 떨어져 나가는 동안 별상
은 마고의 얼굴을 떠올리며 굴욕을 꾹 참아냈다. 바
닥에 붉은 피가 주르륵 쏟아졌다.

비틀비틀 다시 식탁으로 되돌아온 그는 허전함을
채우려 손에 집히는 대로 음식을 뱃속에 집어넣었다.
성주는 별상의 머리를 쓰다듬으며 흡족한 미소를 지
었다.

"그렇지. 내가 그 생각을 못했구만."

성주는 뭔가 생각난 듯 주먹으로 손바닥을 쳤다.

"별상아. 이 중에 마음에 드는 여인이 있느냐?"

"예?"

"이 중에서 하나 골라 보란 말이다."

성주가 그렇게 말하며 주먹과 손바닥으로 경박한
손짓을 했지만 별상은 그 의미를 알지 못했다. 누구
를 지목해야 할지 몰라 한참을 머뭇거리던 그는 아

무렇게나 한 여인을 지목했다. 그녀의 얼굴이 어딘지 마고와 닮아 보였기 때문이었다.

식사 자리가 순식간에 정리되었다. 성주는 여인들과 함께 자리를 떠났고, 별상은 지목했던 여인과 단둘이 남았다. 곧이어 검은 옷을 입은 내관 하나가 그를 침소로 안내했다. 여인은 마치 등 뒤에 붙은 그림자처럼 그를 따라 방으로 들어왔다. 내관이 문을 잠그는 소리가 들리자마자 여인은 표정 없이 그의 손을 붙잡아 이끌었다.

여전히 상황이 파악되지 않았던 그는 여인이 시키는 대로 침대에 누웠다. 여인이 훅, 하고 머리맡의 촛불을 꺼뜨리자 방 전체의 전등이 자동으로 어두워졌다. 별상은 여인이 두 팔을 들어 머리를 올려 묶는 모습을 지켜보면서 이유는 모르지만 온몸이 팽팽하게 긴장되고 단단해지는 것을 느꼈다. 잠시 후 여인이 입속에 그의 신체 일부를 집어넣었을 때, 그는 거의 정신을 잃을 것 같은 기분이 되었다.

다시 정신이 들었을 때 방 안은 이미 어두컴컴해져 아무것도 보이지 않았다. 냄새도, 소리도, 아무것도 느껴지지 않았다. 다만 그의 팔을 베고 잠든 여인의

이경희

체온만이 몸에 남아 있었다.

"아. 이런 것이었구나."

별상은 무언가 깨달은 듯 중얼거렸다. 그는 곯아떨어진 여인을 내버려 두고, 망설임 없이 침대에서 일어나 방을 나섰다. 복도의 화려한 조명 때문에 눈이 찌푸려졌다.

✦

잠시 후, 성주의 침실 문이 열렸다. 어둠 속으로 하얀 조명 불빛이 길게 뻗어 나갔다. 빛의 길 한가운데에는 별상의 그림자가 드리워져 있었다.

성주는 침대 위에서 여인들을 끌어안고 곯아떨어져 있었다. 별상은 여인들이 깨지 않도록 조심스럽게 침대 위로 기어올라갔다. 몸통 위로 올라탄 별상의 체중에 깜짝 놀란 성주는 소리를 지르며 몸을 일으켰다. 하지만 꼼짝도 할 수 없었다. 별상의 손이 그의 입을 단단히 틀어쥐고 그를 누르고 있었다.

"너는 고작 이런 것들을 위해 사람들을 억압하고 있었구나."

별상이 말했다.

성주는 새빨개진 얼굴로 바둥거렸다. 그가 몸부림치는 통에 깨어난 여인 하나가 눈을 비비며 일어났다. 그녀는 별상과 눈이 마주치자마자 꽥 비명을 지르며 알몸으로 방을 뛰쳐나갔다. 나머지 여인들도 뒤를 이어 도망치기 시작했다. 여인들은 방 밖에서 도와줄 사람을 찾으려다 경호원들의 시신을 발견하고 또 한 번 큰 소리로 비명을 질렀다.

비명을 듣고 달려온 병졸들이 별상을 포위했다.

"그 손 놓지 못하겠느냐!"

누군가 소리를 질렀지만 별상은 아무 반응이 없었다. 그저 차분히 주위를 노려볼 뿐이었다. 자신을 죽이겠다 소리치는 객기는 가상했으나 병졸들은 하나같이 약해 빠진 모습이었다. 하지만 분명 성주보다는 강해 보였다. 어째서 이런 자를 위해 봉사하고 있는 것인지 이해할 수 없었다.

별상이 고민하는 사이 성주의 입이 그의 손을 비집고 튀어나와 소리를 질렀다.

"쏴라! 이놈을 죽여 버리란 말이다!"

성주의 외침에 별상을 둘러싼 총구들이 반사적으로 불을 뿜었다. 별상의 몸에 무수한 구멍이 뚫렸다.

이경희

하지만 그는 꿈쩍도 않았다. 별상이 먼지를 털듯 몸 주위를 쓸자 찌그러진 납덩이들이 침대 위로 떨어졌다. 몸에는 생채기조차 나지 않았다.

"소용없어."

별상은 손에 더욱 힘을 주었다. 성주의 목이 꽃송이를 꺾는 것보다도 쉽게 부러졌다. 그 광경을 지켜본 병졸들은 좀 전의 여인들보다도 더 큰 목소리로 비명을 지르며 사방으로 흩어졌다.

별상은 숨이 끊어진 독재자의 몸뚱어리를 싫증 난 장난감처럼 창밖으로 휙 던져버렸다. 성주의 시신은 창문을 부수며 날카로운 유리 조각들과 함께 창밖 아래 지상으로 떨어졌다.

침대 옆 테이블에 먹다 남은 음식들이 가득 쌓여 있었다. 별상은 아까 맛보지 못했던 두툼한 스테이크와 구운 랍스터를 양손에 하나씩 집어 들고 햄버거처럼 베어 물었다. 처음 경험해보는 맛과 향이 입안을 가득 채웠다.

자유의 맛이었다.

✦

성주가 죽었다는 소식이 들리자마자 홍진국 각지에서 검정 옷에 붉은색 띠를 두른 민군民軍들이 거리로 쏟아져 나왔다. 겨우 몇 번의 총성이 오간 끝에 성주의 병졸들은 항복을 선언했고, 전투는 손쉽게 민군의 승리로 끝났다.

산은 백여 명의 민군을 이끌고 부유정에 올랐다. 피와 부서진 잔해로 어질러진 궁성의 복도를 지나 성주의 집무실에 도달했을 때, 그는 별상의 모습을 발견할 수 있었다. 양손을 피로 물들인 별상은 성주의 자리였던 커다란 의자에 알몸으로 앉아, 팔걸이에 턱을 괴고 그를 내려다보았다.

"전부 죽였어. 신묘한 능력을 쓰는 것들이 백 명이 넘었지만 하나 남김없이 전부 죽여 버렸어. 산이 시킨 대로."

"수고했다, 아들아. 네 덕분에 자유를 찾았구나."

산은 아이를 높이 올려다보며 칭찬했다.

"별거 아니었어."

별상은 웃으며 대답했다.

"마고는?"

"무사하다."

이경희

"다행이야. 이제 난 뭘 하면 돼?"

"성주가 갖고 있던 부와 권력을 사람들에게 다시 돌려주어야지."

"왜?" 별상이 되물었다. "왜 내 걸 나눠줘야 하는데?"

당황한 산은 말문이 막혔다.

"모두가 성주를 미워한 건 이해해. 그토록 나약한 자가 세상을 주무르는 척 가식을 떨다니 역겹고 혐오스러웠겠지. 하지만 나는 달라. 나는 충분히 강해. 아무도 나를 해할 수 없을 정도로. 내가 왜 이것들을 포기해야 해? 왜 사람들에게 나눠줘야 해?"

별상은 자리에서 일어나 팔을 뻗었다.

"산은 내게 자유로워지라 했어. 그런데 지금은 내 자유를 억압하려 해. 산이 시키는 대로 한다면 그건 자유가 아니야. 내가 가진 건 한 조각도 못 나눠. 전부 내가 가질 거야."

"자유란 그런 것이 아니다."

"산이 자유에 대해 뭘 알아? 자유를 누려본 적도 없으면서. 진정한 자유를 가질 수 있는 건 세상에서 오직 한 사람뿐이야. 세상의 정점에 선 나만이 자유를 논할 수 있어."

"별상아, 그것은 짐승의 도덕이다. 네 정녕 짐승이 되려는 것이냐!"

"짐승은 내가 아니라 산이야! 밤마다 마고를 데려가 짐승같이 흐느끼며 함께 추잡한 짓을 했잖아. 방 안에서 둘이 무엇을 했는지 나도 이제 다 알아!"

별상은 그리 말하며 외설적인 몸짓을 흉내 냈다. 모욕적이었다. 산은 사람들 앞에서 발가벗겨진 기분이었다. 그는 양손이 새하얘지도록 치맛자락을 움켜쥐고 최대한 감정을 억누르며 조용히 경고했다.

"나를 이리 모욕한다면 너는 반드시 후회하게 될 것이다."

"어디 한번 해봐."

산은 속으로 마음이 찢어졌으나, 망설이지는 않았다. 그는 곧장 별상의 머리에 총을 쏘았다. 명중이었다. 그러나 별상은 꿈쩍도 않은 표정으로 이마에 박힌 총알을 손으로 뽑았다.

"봤지? 산은 아무것도 못 해."

누군가 한숨을 쉬며 산의 곁으로 걸어 나왔다.

"보십시오. 제가 경고하지 않았습니까."

이경희

윤회의 능력을 사용한 별상은 곧장 그의 정체를 알아챘다. 그는 강목의 아버지였다. 겁쟁이 강목이 아버지에게 모든 것을 고했던 것이었다.

강목의 아버지가 손을 뻗자 별상의 온몸이 일그러졌다. 팔다리가 제멋대로 뒤틀려 부러지고 뼈가 튀어나와 피와 살점이 엉망으로 튀었다.

그러나 곧, 다시 멀쩡해졌다.

"이런 식으로 하는 건가?"

별상이 그리 말하며 손가락을 까딱이자 도리어 상대의 손발이 뒤틀렸다. 별상은 악기를 연주하듯 손가락을 움직여 관절을 하나씩 꺾었고, 상대는 비명을 지르며 바닥에 쓰러졌다.

겁에 질린 민군을 향해 별상이 선언했다.

"이제부터 이 별의 주인인 나를 대별상마마라 부르도록 하라."

눈치가 빠른 병졸 하나가 납작 바닥에 엎드리는 모습이 보였다. 나머지 병졸들도 금세 그를 따라 엎드려 소리쳤다.

"대별상마마!" "대별상마마!"

홀로 꼿꼿이 서서 버티는 산을 향해 별상이 나지막

이 명했다.

"왕의 첫 번째 명이야. 마고를 데려와."

✦

"정녕 그 아이와 함께할 셈인가?"

산의 물음에도 마고의 눈빛은 흔들리지 않았다.

"그렇습니다."

"그대는 아이의 품에서 죽게 될 것이다."

"알고 있습니다."

"그럼에도 어째서…"

"제 아이입니다."

"그 아이는 그대를 엄마로 생각하지 않는다."

"알고 있습니다."

"그런데 어찌하여 가려는가?"

"저마저 이 아이를 저버린다면 아이는 곧 영혼이 썩을 것입니다."

산은 코웃음 쳤다.

"그 아이는 너무 많은 독을 삼킨 탓에 이미 정신이 썩어버렸다. 무수한 출산을 관장해 온 그대가 뒤늦게 모성이라도 생겼단 말인가."

이경희

"모성이 아닙니다."

"그럼 연심으로 그 아이를 택한 것이냐?"

마고는 슬픈 눈썹을 지어 보였다.

"산신께서는 여전히 간단한 이치를 복잡하게만 고민하십니다."

"무엇이 간단한 이치란 말이냐."

되묻는 산의 목소리가 크게 떨렸다.

"정녕 모르십니까? 아니면 모른 체 하시는 것입니까. 이는 정 때문이란 말입니다. 산신과 저 사이의."

"그것이 무슨 뜻인가."

"내 오직 사랑하는 것은 당신이니. 이 몸을 바쳐서라도 그대가 저지른 실수를 바로잡으려는 것입니다."

산은 마고의 눈동자에 어린 간절한 눈물을 보았으나 애써 모른 척 고개를 돌렸다.

"아시지 않습니까? 이는 모두 당신 책임입니다. 아이에게 세상을 증오하라 가르치고, 세상이 정한 선들을 넘으라 시킨 건 당신입니다."

"…이 방법뿐이었다. 아이가 세상을 변혁토록 하기 위해서는 세상을 미워하도록 가르치는 수밖에 없었다."

"넘어선 안 될 선도 있다는 걸 가르쳤어야지요."

산은 아무 말도 하지 못했다. 마고는 한숨을 쉬며 다가와 산에게 입맞춤했다.

"내 그대에게 열두 달을 벌어 드리겠소. 그 안에 왕의 마음을 돌릴 묘책을 마련하시오."

마고는 이렇게 말하며 단호히 부유정 위에 발을 얹었다.

궁성에 도달한 마고는 코를 감싸 쥐었다. 미처 닦지 않은 피가 여전히 바닥에 홍건했고, 시신을 치울 손조차 부족해 복도에 부취腐臭가 가득했다. 마고는 숨을 참고 침착하게 하늘만을 바라보며 걸음을 옮겼다.

병졸들의 안내를 따라 곧장 앞으로 나아가자 손쉽게 별상의 침소에 다다를 수 있었다. 텅 빈 침대 위에 웅크린 채 떨고 있는 몸뚱어리를 감싸 안고서, 마고는 아이의 귀에 이렇게 속삭였다.

"안심하거라, 아가. 이제 좋은 일만 있을 거란다."

쯔쯔쯔―

마고의 목에 걸린 목걸이가 미약하게 울음을 터뜨렸다. 마고는 자신의 목에 걸린 것들을 전부 벗어 창밖으로 던져버렸다.

이경희

이후로 잠시간은 태평한 날들이 이어지기도 했다. 마고가 온 힘을 다해 왕의 눈과 귀를 가리고 어두운 성정을 누른 덕분이었다.

왕의 원에 따라, 마고는 아이와 혼례를 치르고 왕비가 되었다. 얼마 지나지 않아 아이도 갖게 되었다. 뱃속에서 아이가 자라는 동안엔 나라에 웃음꽃이 피기도 했다. 그러나 열 달이 지나고, 열 한 달째가 되자 상황이 달라졌다. 아무리 기다려도 아이가 태어날 기미가 보이지 않았던 것이다.

조바심이 난 왕은 산신을 궁전으로 불러들였다.

"아이가 태어나질 않아. 대체 뭐가 문제야?"

산은 마고의 맥을 짚으며 상태를 살폈다. 마고는 이미 혼수상태에 빠진 지 오래였다. 태아를 품은 채로 온몸이 고통스럽게 병마와 싸우고 있었다.

이미 이리될 것을 예상하고 있었던 산은 왕을 향해 물었다.

"알고 있느냐? 너와 침소에 들었던 여인이 얼마 전 죽었다."

"그 이야기는 왜 꺼내는 거야? 나는 왕비에 대해 물었어."

산은 별상왕을 노려보았다.

"마고도, 태아도 마찬가지기 때문이다."

"뭐?"

"정녕 모르느냐? 원인은 너 자신이다. 네 몸에서
뿜어나온 저주가 산모와 아이의 몸을 쳤기 때문이야.
네 몸은 이미 걸어 다니는 역병이나 다름없다. 원개
바깥에서 들이킨 독먼지가 체내에 가득 쌓여 주위로
방사선을 뿜어내고 있는 것이다."

왕은 산의 뺨을 때렸다.

"거짓말."

"거짓이 아니란 것은 네가 가장 잘 알지 않느냐. 윤
희의 능력으로 내 마음을 읽지 않았느냐."

왕은 대답하지 않았다.

"뱃속의 아이는 진즉 죽었어야 했다. 치명적인 방
사선을 쐬고도 여즉 살아있는 이유는 필시 너의 핏줄
을 이어받은 탓일 테지. 온전한 사람의 형태를 갖추
고 있지는 않을 것이다."

"거짓말이야…"

왕은 다리가 풀려 무릎을 꿇었다.

"마고 또한 곧 죽을 것이다. 너와 매일 함께 붙어

이경희

다니며 일 년간 온몸으로 독을 받아냈으니 어찌 몸이
성할 수 있겠느냐."

"그럼 마고는…."

"그래. 마고는 모든 것을 알면서 너를 받아들인 것
이다. 너를 대신하여 금기의 대가를 치르기로 마음먹
은 것이다."

왕은 금방이라도 울음을 터뜨릴 것 같은 표정으로
산의 다리를 부여잡았다.

"살려줘. 제발 마고를 살려줘."

산은 매정하게 왕의 손을 떨쳐냈다.

"나는 산신이지, 생명신이 아니다. 죽어가는 사람
을 살릴 지혜는 갖고 있지 않다."

산은 차갑게 돌아서서는 망설임 없이 궁성을 떠났
다. 그의 등 뒤에서 왕이 엉엉 울음을 터뜨렸다.

마고도, 아이도 한 달을 채 넘기지 못하고 숨을 거
두었다.

✦

마고의 곁을 떠나면 항상 좋지 않은 일이 일어나.
이제 마고는 세상 끝간 곳까지 떠나버렸으니, 앞으론

얼마나 더 좋지 않은 일이 일어날까?

✦

왕은 왕비와 함께 죽으려 최선을 다했다.

밧줄에 목을 매어도 보고, 하늘 높은 궁성에서 추락해보기도 했으나 튼튼한 그의 몸은 결코 상하는 일이 없었다. 혀를 끊어 죽고자 해도 금세 새로운 혀가 다시 돋아날 뿐이었다.

결국 왕은 미쳐버렸다. 결코 채워지지 않는 결락을 메우려 몸부림쳤다. 그는 알몸으로 온 나라를 기웃거렸다. 배가 고프면 음식을 빼앗아 먹고, 아무 집에 불쑥 쳐들어가 눈에 보이는 여인과 억지로 밤을 보냈다. 그가 다녀간 집집마다 아이가 병들고, 여인의 얼굴에는 곰보가 피었다.

몇몇 정의감에 사로잡힌 이들이 저항을 시도하기도 했다. 누군가는 그에게 총부리를 겨누었고, 누군가는 폭탄을 안고 뛰어들었다. 그러나 광장에 쌓인 시체가 산을 이룰 때까지 왕의 몸에 작은 상처조차 남기지 못했다. 사람들은 무력감을 느꼈고, 왕에게 맞서려는 자는 더 이상 찾아볼 수 없었다.

이경희

이러한 나날이 계속되자 백성들은 입을 모아 끊임없이 한탄했다.

"만백성 모두의 힘을 합한 것보다도 한 사람의 힘이 더 강하니, 하늘이 정한 윤리에 무슨 의미가 있으며, 순리와 도리는 대체 어디에 존재한단 말인가."

견디다 못한 백성들은 다시 한번 민군을 소집하기에 이르렀다.

"다시 봉기해야 합니다."

통문에 이름을 올린 자들이 빠짐없이 비밀스러운 장소에 다시 모였다. 산은 그들 앞에 서서 혁명을 부추기고 있었다.

"이번에야말로 세차게 일어나 공화정의 꿈을 실현할 때입니다."

"가능하겠는가? 우리의 힘으로 세상을 뒤집는 것이."

연로한 좌장이 그에게 물었다.

"가능합니다."

"당치도 않소!"

누군가 벌떡 일어나 산의 말을 반박했다.

"대저 사태가 여기까지 온 것은 모두 산신이 일을 그르친 탓이 아닌가. 어찌 자신의 실수를 동지들의 피로 덮으려 하는가!"

사람들이 웅성거리기 시작했다. 산을 모욕하고 위협하는 언사들도 쏟아졌다.

"내 잘못에 대해서는 백번 사죄하겠소."

산은 진심을 담아 고개를 숙였다. 그러나 굴복한 자의 태도는 아니었다. 그는 다시 몸을 일으켜 당당히 사람들을 노려보았다.

"허나, 어찌 내 잘못만을 논하고 그대들의 잘못은 모른 체 넘어가려 하는가? 근원을 따지고 들면 이는 모두 그대들의 조바심에서 비롯한 것이다. 하루빨리 키워내라는 성화에 못 이겨 훈육할 틈도 없이 성장을 촉진했으니, 아이의 어린 마음이 어찌 측은지심을 이해하겠는가."

산은 앞으로 한걸음 나서며 차가운 목소리로 선언했다.

"대별상왕이라는 괴물이 탄생한 것은 우리 모두의 책임이다."

그러자 다시 좌장이 산신에게 물었다.

"왕은 언제쯤 수명이 다할 것 같은가?"

"글쎄요. 빨리 자라났으니 빨리 늙으리라 기대할

이경희

수밖에."

"그런 것도 모르고 만들어냈단 말인가?"

"수억 가지 꽤의 조합을 부족한 인간의 머리로 어찌 전부 꿰어 본단 말입니까. 그저 대략 이러저러하리라 짐작만 할 따름이지요."

"그래, 짐작으로는 어떠한가?"

"인간의 세포 속에는 젊음을 묶는 매듭이 있소. 이 매듭이 점점 짧아질수록 몸이 늙고 병들게 되어 있소."

산이 말했다.

"내 별상을 설계할 때 이 매듭을 지극히 짧게 하였으니, 앞으로 길어야 오 년을 넘기지 못할 것입니다."

"아직 오 년이나 더 버텨야 한단 말입니까? 왕비께서 승하하신 지 한 달 만에 오백 명이 죽었습니다. 오 년이면 이 원개 내에 살아있는 자는 아무도 없을 것입니다."

민군 부대를 이끄는 청년들 중 하나가 끼어들었다.

"동의하네. 하루빨리 왕을 무찔러야 해."

산이 말했다. 좌장이 걱정스러운 표정을 지었다.

"허나 왕은 불멸일세. 총칼도 폭탄도 그 무엇도 통

하질 않으니, 대책도 없이 동지들을 죽음으로 내몰 수는 없네."

"한 가지 계책이 있습니다."

"그게 무엇인가?"

"이러한 방법입니다."

산은 차분히 사람들에게 자신이 준비한 묘책을 설명했다. 그가 말을 마치자마자 사람들은 동요하며 웅성거리기 시작했다. 좌장이 크게 노하여 언성을 높였다.

"그런 불확실한 감정에 온 백성의 목숨을 걸고 도박을 하란 말인가!"

반대파의 목소리가 점차 커졌으나 산은 조금도 물러서지 않았다.

"이는 약자들이 취할 수 있는 유일한 저항법이오. 자유롭게 살지 못할 거라면 목숨을 부지한다 한들 무슨 의미가 있겠는가? 일 년 전 우리는 이보다 간절히 혁명을 희망하지 않았던가? 죽어 사라지는 한이 있더라도 성주에 맞서 자유를 쟁취하려던 것이 아니었느냔 말입니다."

산은 진심을 담아 거세게 저고리를 움켜쥐었다.

이경희

"백성 모두에게 뜻을 물으시오! 모두 기꺼이 동의해줄 것이오. 이미 죽은 시체나 다름없는 삶을 그들도 더는 참지 않을 것이오."

산이 설명을 마친 다음에도 웅성거림은 쉬이 잦아들지 않았다. 하지만 뚜렷하게 반대하고 나서는 사람도 없었다. 딱히 더 나은 대안이 없었기 때문이었다. 기운이 빠진 사람들은 점차 입을 닫고 조용해졌다.

그때 침묵 속에서 갑자기 누군가 외치는 소리가 들렸다.

"의롭게 일어나!"

그러자 모두가 함께 이렇게 외치는 것이었다.

"학정을 뒤엎으리!"

✦

왕이 한 마을에 도착했을 때, 입구에는 산호색 피부의 소녀가 서 있었다. 처음엔 겁먹은 사람들이 내세운 희생양일 거라 짐작했으나, 그런 것 치고는 소녀의 눈빛이 너무나 당돌했다.

소녀는 자신을 이리 소개했다.

"안녕, 오빠. 나는 해령海靈이라고 해."

왕은 소녀의 표정에서 왠지 모를 위험을 느꼈다. 해령의 눈동자에서는 한 조각의 두려움도 보이지 않았다.

"산신께서 널 제압하라 명하셨어."

"산이?"

그는 몸집을 부풀리며 소녀를 겁박했다.

"그래서? 나랑 싸우려고? 그 작은 몸집으로?"

"아니. 싸우지 않아. 나는 널 무시할 거야."

"무시한다고? 나를?"

왕은 자신을 손으로 가리키며 되물었다.

"그래. 나뿐 아니라 살아있는 모든 사람들이 이제부터 널 무시할 거야."

"그게 무슨…"

"며칠 전 홍진국 백성들이 모두 모여 한 가지 합의를 했어. 더는 너에게 굴복하지 않기로. 하지만 너를 힘으로 이길 수는 없으니, 대신 너를 상대해주지 않기로 약속했어."

"너희 같은 겁쟁이들이? 헛된 약속이야."

왕은 지나가는 사람을 붙잡아 해령을 때리라 명령했다. 하지만 그는 왕을 무시한 채 스쳐 갈 뿐이었다.

이경희

왕이 그의 팔을 비틀어 뽑아도 그는 절대 왕을 쳐다보지도, 목숨을 구걸하지도 않았다.

"어째서…."

왕은 계속해서 사람들을 욕하고 때리고 죽였다. 여인을 붙잡아 겁간하려 하자 여인은 이유도 없이 심장이 멎어버렸다. 다른 여인에게 같은 짓을 하려 해도 마찬가지였다. 왕이 아무리 고함치고 물건을 부숴도 사람들은 눈 하나 깜짝하지 않았다.

"뭐야, 뭐냐고!"

왕이 소리쳤다.

"겁쟁이니까. 약한 자들이니까."

한참 동안이나 말없이 그를 지켜보던 해령이 입을 열었다.

"사람들이 바보겠어? 저들도 자신이 겁을 먹고 너에게 굴복하고 말 거라는 걸 알고 있었어. 그래서 스스로 다짐하는 대신 나를 찾아왔지."

해령은 엄지와 검지로 총 모양을 만들어 자신의 이마를 가리켰다.

"내가 사람들의 마음속에서 너를 지웠어. 홍진국백성들은 아무도 왕이 존재한다는 사실을 몰라. 앞에 있어도 볼 수 없고, 네 소리도 못 들어. 네가 아무리 괴롭힌들 저들은 아픔조차 느끼지 못해."

"아무도 날 볼 수 없단 말이야?"

"그래. 나 외에는 누구도 너와 눈을 마주치지 않고, 너의 응석을 받아주지도 않고, 너를 안아주지도, 너에게 말을 걸지도 않을 거야. 결국 외로움이 널 죽일 거야."

"그런 게, 그런 게 가능할 리가 없어."

별상의 목소리가 떨렸다.

"믿든 말든 그건 내 알 바 아니야. 이젠 나도 더이상 널 받아주지 않을 거니까."

해령은 마치 자신의 머리에 권총을 발사하는 것처럼 손목을 튀겼다. 소녀의 작은 몸이 축 늘어진 채 휘청거렸다가 잠시 후 균형을 되찾았다. 소녀는 이제 그를 보고 있지 않았다.

"웃기지 마."

왕은 천천히 다가와 해령의 뺨을 때렸다. 아파하는 낌새조차 보이지 않았다. 왕은 이번엔 소녀의 목을 졸랐다. 뼈를 부러뜨릴 것처럼 엄지에 힘을 실었다가 부르르 떨리는 손끝에서부터 공포가 밀려왔다. 그는

이경희

결국 황급히 손을 풀고 말았다.

왕은 해령의 몸을 내팽개치고 무작정 달리기 시작했다. 허나 누구도 왕을 바라보지 않았다. 사람들은 그저 평소와 다름없이 각자의 생활을 이어가고 있었다. 왕은 처음으로 사람들의 진실된 모습을 관찰할 수 있었다. 대화로, 글귀로, 때로는 몸으로 사람들은 모두 서로의 삶에 깊이 비집고 들어가 마음의 틈새와 틈새를 메워주고 있었다.

나만 아무도 없어.

오싹해진 왕은 다시 뒤돌아 달리기 시작했다. 소리를 지르며 한참을 내달린 그는 어느새 다시 해령의 앞으로 되돌아왔다. 해령은 여전히 같은 자리에서 투명한 원개 너머로 별을 헤아리며 산책하고 있었다.

"날 봐! 날 보라고!"

해령의 주변이 염력으로 폭발해 먼지가 일어났다. 건물이 찌그러지고 높은 첨탑이 불꽃을 쏟으며 무너져 내렸다. 기둥 하나가 쓰러져 소녀의 뺨을 스쳤다. 턱을 타고 주르륵 피가 흘렀음에도 소녀는 아무런 반응이 없었다.

왕은 털썩 무릎을 꿇고 주저앉았다. 눈에 구멍이

홍진국대별상전

뚫린 것처럼 눈물이 쏟아졌다. 태어나서부터 지금껏 언제나 품고 있었던 막연한 감정이, 마고가 떠난 뒤로 뚜렷해진 결락이, 이제는 명백히 표면 위로 드러나 그의 가슴 가운데로 솟아올랐다. 무척이나 서럽고, 사무치도록 추운 기운이 몸을 감쌌다.

왕은 해령 앞에 이마를 대고 엎드렸다. 저도 모르게 큰 소리로 울음이 터져 나왔다. 눈물, 콧물에 침까지 흘리며 막 태어난 아기라도 된 것처럼 겁에 질린 채 몸을 떨었다. 대단했던 왕의 위엄은 온데간데없이 벗겨지고 그저 평범한 어린아이 하나가 덩그러니 남아 있을 뿐이었다.

그러나 해령은 간단히 왕의 등을 밟고 넘어 그를 지나쳐 갔다.

세상을 향해 왕이 간절히 울부짖었다.

"죄송합니다. 제가 잘못했어요. 제발… 제발 저를 봐주세요. 이렇게 안아주세요. 제발 사랑한다고 말해주세요. 부탁이에요. 지금 너무 괴롭단 말예요. 네? 제발 부탁드려요. 당신만이라도 좋아요. 제발 저를 좀 봐주세요. 네?"

그 말을 들은 해령은 그제야 다시, 하지만 여전히

이경희

시선은 밤하늘에 고정해둔 채로 천천히 입을 열었다.

"너 하는 거 봐서."

홍진국대별상전

작가 후기

결코 바뀌지 않을 것처럼 보이는 세상의 많은 규칙들은 실은 사람의 입으로 꾸며낸 허상이다. 어쩌면 금기란 모래 위에 거짓으로 그어놓은 흐린 선에 불과한 것인지도 모른다.

만약 한 사람의 힘이 세상 전체의 힘을 합친 것보다 강해진다면, 그까짓 말 몇 마디로 그어놓은 선들이 무슨 의미가 있을까. 그러한 존재 앞에서 도덕은 힘을 발휘할 수 있을까.

이런 고민은 과거엔 슈퍼맨 코믹북에서나 할 법한 지적 유희였지만, 이제는 꼭 그렇지만도 않은 것 같다. 러시아군은 사람의 모습을 하고 권총을 쏘는 로봇을 개발했고, 실리콘밸리에선 경비 로봇이 빌딩을 지키고 있다. 삼성은 경비견 로봇을 공개했다. 이 모든 자동화된 폭력이 특정 개인을 위해 작동하기 시작한다면 과연 그때도 우리에게 저항할 방도가 남아 있을지.

〈홍진국대별상전〉은 '마마신' 혹은 '대별상'이라 불리는 존재에 대한 설화들을 중심 모티브로 활용했다. 그중에서도 가장 나를 매혹시켰던 이야기는 '산신'과 관련한 일화다. 아이를 잉태시키는 존재인 산신은 어느 날 단지 여자라는 이유로 마마신에게 모욕당한다. 산신은 마마신에게 후회할 것이라 경고하지만 마마신은 이를 웃어넘긴다. 훗날 시간이 흘러 마마신의 부인이 아이를 갖게 되자 기묘한 일이 벌어진다. 열두 달이 넘도록 아기가 태어나지 않는 것이다. 그제야 마마신은 산신 앞에 엎드려 자신의 무례를 사죄하지만 산신은 무심히 마마신의 등을 밟고 지나가 버릴 뿐이다.

갓 태어난 별상의 등에 날개가 달려 있다는 설정은 한반도 곳곳에서 구전으로 전해지는 날개 달린 아기 설화들을 참조했다. 날개를 지닌 채 태어난 아이는 대개 며칠 내로 죽임을 당하지만 간혹 살아남아 영웅으로 자라게 된다고 한다. 혹은 새로운 세상의 왕이 되거나.

작중 등장하는 핵 구덩이들은 제주 지방의 아흔아홉 골짜기 설화를 참조했다. 본래 제주에는 백 개의 골짜기가 있었으나, 어느 승려가 한 골짜기에 모든 요괴와 맹수를 몰아넣고 골짜기를 닫아버렸다는 내용의 설화다. 백 번째 골짜기가 닫힌 후로 제주에는 맹수와 요괴가 사라졌지만 그와 동시에 왕이 될 만한 재목이 태어나는 일도 없어졌다. 그래서인지 모르지만 탐라의 지배자를 지칭하는 명칭은 왕이 아닌 '성주星主'라고 한다. 별의 주인이라니. 이 얼마나 매혹적인 이름인가.

이경희

옮긴이..박산호

번역가, 에세이스트. 한양대학교 영어교육학과에서 영어를 가르치는
방법을 공부했고, 영국 브루넬대학교 대학원에서 영문학을 전공했다.
100가지 영단어를 엄선하여 관련 정치, 경제, 역사, 문화 등의 상식을
살펴보는 영어 교양서 《단어의 배신》을 비롯하여 《번역가 모모씨의
일일》《어른에게도 어른이 필요하다》《생각보다 잘 살고 있어》 등 에
세이를 썼다.
옮긴 책으로 《세계대전 Z》《자기만의 방》《윌키 콜린스》《그 일이 일
어난 방》《사브리나》《싸울 기회》 등이 있다.

옮긴이..이홍이

번역가, 드라마터그. 연세대학교 심리학과, 서울대학교 공연예술학 협
동과정 석사를 졸업한 뒤, 일본 오차노미즈 여자대학에서 유학했다.
옮긴 책으로 《우리에게 허락된 특별한 시간의 끝》《산책하는 침략자》
《언젠가 헤어지겠지, 하지만 오늘은 아니야》《비교적 낙관적인 케이
스》 등이 있으며, 연극 〈이뤄〉 〈꽐 farm〉 〈우리별〉 〈응, 잘 가〉 〈곁에
있어도 혼자〉 등을 번역, 번안했다.

일곱 번째 달 일곱 번째 밤

1판 1쇄 펴냄 2021년 5월 31일
1판 4쇄 펴냄 2022년 1월 5일

지은이 곽재식, 남세오, 남유하, 왕칸유, 윤여경, 이경희, 이영인, 켄 리우,
 홍지운, 후지이 다이요
옮긴이 박산호, 이홍이
펴낸이 안지미
일러스트레이션 람한

펴낸곳 (주)알마
출판등록 2006년 6월 22일 제2013-000266호
주소 04056 서울시 마포구 신촌로4길 5-13, 3층
전화 02.324.3800 판매 02.324.2846 편집
전송 02.324.1144

전자우편 alma@almabook.com
페이스북 /almabooks
트위터 @alma_books
인스타그램 @alma_books

ISBN 979-11-5992-334-0 03800

알마는 아이쿱생협과 더불어 협동조합의 가치를 실천하는 출판사입니다.

종이 표지_인사이즈 모딜리아니 캔디도 120g/㎡ 본문_전주 그린라이트 70g/㎡